정찬주 長篇小說 上

그곳에 부처가 있다

천년 전 혜초 · 현장 스님이 순례했던 인도 주요 도시

델리 ●
아그라
⑪ 발람푸르
⑩ 룸비니
포카라
카트만두
나질링
⑥ 바이샬리
⑦ 고락푸르
⑧ 쿠쉬나가라
⑫ 바라나시
⑨ 파트나
⑤ 날란다
② 가야
④ 라즈기르
갠지스강
③ 보드가야
① 캘커타
산치
후글리 강

아잔타

봄베이

마드라스

콜롬보

① 캘커타: 칼리 가트(힌두 사원)가 유명하고
　　혜초의 〈왕오천국전〉에 나오는 나체주의자들이 아직도 있음.
② 가야: 교통 요충지로 싯타르타 호텔 등 순례자들의 숙소가 많음.
③ 보드가야: 석가모니 부처가 깨달음을 얻은 곳이라 하여
　　붓다가야로 불리다 보드가야로 바뀜.
④ 라즈기르: 불경에 나오는 왕사성. 현장의 〈대당서역기〉에 나오는
　　영취산이 있음. 산 가까운 곳에 최초의 절인 죽림정사가 있음.
⑤ 날란다: 현장이 본 세계 최대의 종교대학인 날란다대학 유적지가 있음.
　　전성기에는 학생스님이 1만 명, 교수가 2천 명이었다고 함.
⑥ 바이샬리: 불경에 비야리성으로 나오는 곳. 기생 암라팔리가 부처에게
　　동산을 기증하여 불교가 발전함. 〈유마경〉의 유마가 살았던 곳.
⑦ 고락푸르: 비하르 주의 북부 거점 도시. 아반티카 호텔 등 숙소가 많음.
⑧ 쿠쉬나가라: 석가모니 부처의 열반지. 혜초의 〈왕오천국전〉에
　　구시나국(國)으로 나옴.
⑨ 파트나: 비하르 주(州) 주도. 부처가 열반길에 들렀던 곳.
⑩ 룸비니: 석가모니 부처의 탄생지. 현재는 네팔 영토임.
⑪ 발람푸르: 석가모니 부처가 가장 오랫동안 머물렀던 기원정사가
　　부근에 있음. 옛날에는 쉬라바스티(사위성)의 한 촌락이었음.
⑫ 바라나시: 순례자들에게 카시로 불리는 힌두 성지 중에 성지.
　　'영적인 빛으로 넘치는 도시'라는 뜻이 담긴 도시.

정찬주 長篇小說 上

그곳에 부처가 있다

작가의 말

이 소설을 집필하게 된 동기는 나의 다른 작품들과 달리 좀 독특한 편이다. 10여 년 전 경주를 내려가 황룡사지를 무심히 둘러본 적이 있는데, 그때 나는 무어라고 표현할 수 없는 이상한 느낌에 사로잡혔던 기억이 지금도 생생하다. 넓은 터에 거대한 목탑은 사라지고 바둑판의 바둑알처럼 주춧돌들만 남아 있었는데, 천년 전에 다듬어진 그 돌덩어리들이 내 귓속에 무어라고 전언(傳言)을 보내는 듯했던 것이다.

'이것은 단순한 돌덩어리가 아니다. 천년이 된 이 돌 속에 선인들의 전언이 담겨 있다.'

그래서 나는 그 전언의 암호문을 풀어내기라도 할 것처럼 9층목탑에 대한 설화와 시(詩)들이 기록된 〈삼국유사〉 등의 옛 문헌을 뒤적이며 찾아보기도 하고, 다시 몇 번이나 천년 고도인 경주로 내려가 그곳을 배회했던 것이다.

나는 사라지고 없는 9층목탑을 한동안 애인처럼 사랑한지도 모른다. 경주에 내려가면 꼭 먼저 황룡사 9층목탑지를 찾아가 마치 사학도처럼 주춧돌들을 어루만져보고, 그것도 성에 차지 않아 그곳 국립박물관으로 가서 9층목탑 모형도를 미리 읽은 논문들과 비교 조사해 보고 내 나름대로 그 장엄한 크기와 아름다움을 상상해 보곤 했었기에.

그러고 보니 이 작품의 상권 배경인 국내 쪽의 답사는 9층목탑과 밀회하는 길이었기에 은밀한 즐거움이 많았었다. 앞에서도 좀 과장을 하여 표현했지만 황룡사 9층목탑이 꿈속에서까지 또렷하게 몇 번이나 나타났던 내 애인이었으므로.

고생은 소설 하권부터 본격적으로 시작되었다. 인도를 가지 않고서는 작품의 하권을 도저히 완성할 수 없기 때문이었다. 그래서 나는 고생을 각오하고 94년 2월 경에 용기를 내어 인도로 떠났던 것이다. 그러므로 이 작품 속의 인도 화폐 가치나 문화시설, 운송수단 등은 94년을 기준으로 한 것임을 밝힌다.

인도를 여행한다는 것은 생각보다 쉬운 일이 아니었다. 더구나 나는 직장에 휴가서를 내고 떠났으므로 허락받은 짧은 기간 안에 쫓기며 돌아다녀야 하는 강박관념이 있었던 것이다. 그런 악조건 속에서 나는 작품의 배경이 되는 소도시와 촌락들을 최대한 돌아다녔었다. 보드가야, 라즈기르, 쿠쉬나가라, 룸비니, 발람푸르, 바라나시 등등 인도의 역사 유적지가 있는 곳들을 돌아다니며 그때그때 메모를 해두었던 것이다.

그때 난 탐험대원의 고독과 고통을 이해할 수 있을 것 같았다. 잠자는 시간을 극도로 제한하며 목적지를 향해 비몽사몽 간에 한발한발 걷는 탐험대원처럼 인도 북부인 내륙지방의 끝도 없이 펼쳐진 고도 200미터의 대지를 돌아다녔던 것이다.

그런데 정작 인도를 다녀 온 뒤, 나는 한동안 작품을 쓸 수 없었다. 그래서 초조했다. 작품의 자료를 얻으러 갔었는데 오히려 단 한줄도 쓸 수 없었으니 그런 초조함은 당연한 것이었다.

한동안 갠지스 강의 어지러운 풍경이 내 의식을 내리누르는 느낌이었다. 그 첫번째는 갠지스 강 저편 항하사(恒河沙) 위로 떠오르는 일출 광경이었는데, 그것은 나를 숨도 못 쉬게 압도해버렸다. 마치 대지의 자궁에서 붉디붉은 핏덩이를 하늘의 거대한 두손이 힘껏 뽑아올리는 듯한 광경이었는데, 그 순간을 기다렸다가 힌두 신자들은 남녀 가릴 것 없이 일제히 강물에 풍덩풍덩 몸을 담그고 해돋이 목욕을 하는 것이었다. 그리고 또 다른 풍경은 차마 눈을 뜨고 볼 수 없는 광경이었다. 강물에 떠내려 온 시체를 개들이 뜯어먹고 있었다. 그런데 그 개들 뒤에는 독수리들이, 또 독수리 뒤에는 까마귀들이 찌꺼기라도 쪼아먹기 위해 기다리고 있었다. 또한 개들 옆에는 한 수행자가 갠지스 강물로 아침 준비를 하고 있었고.

그 수행자는 놀라고 있는 나에게 이런 말을 하는 듯하였다.

'이게 바로 장엄한 평화의 세계라오. 핏덩이 같은 아기해가 있고, 강이 있고, 산 사람들이 있고, 죽은 시신이 있고, 그 시신을 향해서 하늘이 정해준 먹이사슬이란 질서가 있지 않소.'

다시 작품을 쓸 수 있었던 것은 아주 자연스럽게 그러한 풍경으로부터 벗어난 순간부터였다. 비로소 갠지스 강을 이해할 수 있었다고나 할까. 갠지스 강에는 삶과 죽음, 더러움과 깨끗함,

혼돈과 질서, 지혜와 무지 등등이 서로 편가르지 않고, 함께 어울려 장엄한 평화의 세계가 이루어지고 있는 것이었다. 그래서 인도의 대지는 아니, 갠지스 강은 아름다움을 넘어 자비스런 구원의 강으로 불려지는지도 모를 일이었다.

어쨌든 소설 한편을 쓰기 위해 황룡사 9층목탑지는 물론 짧은 기간 동안, 기후와 풍토가 다른 인도라는 이국땅에서 4,000km의 길을 답사했다는 것은 작품의 완성도를 떠나 내게는 너무 힘들었고, 인내를 요하는 작업이 아닐 수 없었다. 다시는 이런 작품을 구상하고 또 집필하기가 어려울 것도 같다. 그때는 가볍게 '훨훨'이란 제목으로 발표했었지만 다시 개작을 하여 작품명을 개명하면서까지 내놓는 이유도 이런 구성의 작품은 내게 처음이자 마지막이 될 것 같은 예감이 들기 때문이다.

그렇지만 여느 작품보다 보람이 컸다는 것도 부인하기 어렵다. 취재 당시는 고된 여정이었지만 지장 대사의 9층목탑의 웅혼한 조성의지를 보았고, 천년 전 혜초 스님이 걸었던 길을 뒤따라 걸어가며 인도의 길 위에서 스님의 빼어난 절창의 시들과, 〈왕오천축국전〉을 다시 탐독하였던 기쁨은 지금도 가슴을 뭉클케 한다.

또, 밝히고 싶은 것은 인도인들의 묘사가 그들의 가난 때문에 부정적으로 그려졌을지 모르나 사실은 인간의 순수를 잃지 않고 있는 그들이야말로 오늘날의 부처가 아닐까 생각해 본다. 그렇다. 나는 석가모니 부처의 유적지를 보고 온 것이 아니라 가난한 부처를 만나고 온 것이리라.

한마디로 이 소설은 '황룡사 9층목탑의 재현'과 '인도로 가는 길'의 두 기둥 속에서 한 컴퓨터 마니아가 해탈의 길을 걷는 선승과 중생제도의 길을 걷는 사판승의 갈등을 지켜보며 전개해 가는, 그러나 마지막에는 그 자신이 마음속에서 등신불 같은 눈부신 탑 하나를 얻는다는 내용의 작품이다. 따라서 구도의 길을 걷는 분들이나 혹은 인도 여행을 하려는 분들께 작가로서 이 작품을 권하고 싶은 생각이 든다.

끝으로 표지화를 제주도에서 보내주신 이왈종 선생님, 속표지화를 그려주신 송영방 선생님께 감사를 드리며 저자사진을 선사한 김명렬님, 표지디자인을 해준 박상순님에게도 진심으로 고마운 뜻을 적어 남긴다. 또한 어려운 출판 여건 속에서도 이 작품의 출판을 제의해주신 좋은날의 최정헌 사장님과 품위있는 책으로 만들어 준 편집부 여러분에게도 깊은 감사를 드린다.

1997년 광복절에

無染 정 찬 주

차례

미소사의 비밀

금요일 늦은 오후.

고속도로는 텅 비어 있는 활주로 같았다. 톨게이트를 벗어나서도 비어 있기는 마찬가지였다. 이렇게 고적한 고속도로가 있었는가 싶으리만치 뻥 뚫려 있었다. 고속도로 위를 달리고 있는 최림(崔林)은 저절로 흥분이 되고 가벼운 전율이 등을 타고 흘러내렸다. 이따금 몇몇 승용차가 최림이 운전하고 있는 지프 뒤로 딱정벌레처럼 작아졌다가는 사라져버리거나, 거대한 트럭이 맞은편에서 돌진해오듯 과속으로 달려오고 있을 뿐이었다.

텅 빈 고속도로 때문에 최림은 어느 정도는 심란한 기분을 떨쳐버릴 수 있었다. 이런 고속도로의 상태라면 얼마든지 질풍노도같이 내달릴 수 있기 때문이었다. 더구나 고속도로는 굵은 빗방울이 한두 방울씩 떨어지고 있어 푸르고 싱싱한 고등어처럼 탄력이 느껴지고 있었다.

계기판의 바늘은 벌써 시속 150km를 가리키고 있었다. 시속

100km가 제한속도라면 어느새 한 배 반의 속도로 내달리고 있는 셈이었다. 그러나 더 이상의 속도는 도로가 차츰 미끄러워지고 있으므로 조심해야 했다. 또한 옆에 말없이 앉아 있는 승(昇) 행자의 태도도 고려하지 않을 수 없었다. 그녀는 지프가 높다란 다리 위를 지나거나 산모퉁이 커브 길을 돌 때에는 두려움을 내비치고 있었다.

행자(行者)란 승려가 되기 전에 일정 기간 호된 수련을 받는 사람을 두고 부르는 호칭인데, 얼핏 보아서는 속인과 구분이 안 되었다. 개량한복 같은 바지저고리에다 머리를 기르고 있기 때문이었다. 최림의 오른쪽 좌석에 앉아서 그녀는 입을 꼭 다물고 있었지만 이렇게 말하고 있는 얼굴 표정이었다.

'최 선생님, 비가 오고 있잖아요. 천천히 달리세요. 지웅 스님이 목숨을 걸고서라도 화급하게 오라고는 않으셨거든요.'

그녀의 표정에는 분명 그렇게 씌어 있었다. 지프의 폭주에 두려움을 느끼는 한편 천천히 달리자는 심사가 얼굴에 씌어 있는 것이었다. 아무리 구도를 위해 출가했다고는 하지만 고된 절 생활이 좋을 행자가 어디 있겠는가. 그녀의 큰 눈망울에는 바깥 세상의 자유를 좀더 누리고 싶은, 숨쉴 틈도 없이 몰아치는 절 생활로부터 벗어나 있고 싶은 갈망이 또렷하게 새겨져 있었고, 최림은 그것을 충분히 읽어낼 수 있었다. 그러고 보니 승 행자는 최림을 찾아 절로 오라는 주지 지웅의 심부름을 어떤 면에서는 휴가 나온 병사의 자유시간처럼 즐기고 있는 것도 같았다.

굵은 빗방울은 여전히 문득문득 압정이 꽂히듯 차창에 달라붙고 있었다. 시야를 트기 위해 브러시로 쓸어버리지만 금세 소용

없는 일이었다. 여왕벌과 교미를 하기 위해 달려드는 숫벌처럼 차창에 달라붙는 빗방울의 기세는 필사적이었다.

최림은 약간 웅크린 자세로 핸들을 잡고 지프를 몰았다. 남들은 그의 그런 자세를 마치 자궁 속의 태아 같다고 말한 적이 있다. 그렇다면 타고 있는 지프는 자궁이 된다. 그리고 언제든지 자신과 대화를 나눌 수 있도록 설치한 컴퓨터는 자궁의 한 성감대쯤 될 것이고.

하기는 그에게 있어 어느 곳보다도 편안한 곳이 바로 지프의 운전석이었던 것도 같다. 전날 무슨 일이 있었던지 간에 핸들만 잡으면 마음이 진정되고 마니까. 속도를 올려 씽씽 달리다 보면 잡다한 일상사로부터 탈출하는 듯한 쾌감에 젖어들곤 하였던 것이다.

사실 어제도 승 행자의 느닷없는 전갈을 받고는 얼마나 불쾌했는지 다시는 떠올리고 싶지 않았다. 이미 목조 9층탑의 설계 도면이 결정되고 탑의 기단부 위에 6층이 완성되어 가고 있는 시점인데, 물론 추측이긴 하지만 또다시 지웅 스님이 설계 도면을 변경하자고 할 것 같아 설계사로서 자존심이 상해 견딜 수 없었던 것이다. 자신이 개발한 건축 설계 소프트웨어로 컴퓨터가 무려 1년 동안이나 그려낸 설계 도면을 기분에 따라 뜯어고치라니 제기랄, 화가 나서 밤잠을 설친 것은 난생 처음이었다. 가끔 복용하는 수면제에다 진정제를 섞어 복용해야 할 정도였던 것이다.

황룡사 9층탑을 재현하고 있는 천불탑은 결코 조그만 규모가 아니었다. 이랬다저랬다 해도 좋을 만큼 작은 건축물이 아닌 것이었다. 높이가 무려 80여 미터에 이르는, 맨 아래층의 법당 넓이가 200여 평으로 한반도에 불교가 전래된 이래 가장 큰 규모가 될 것이 틀림없었다.

그렇기 때문에 불교 신도들이 전국 각지에서 중원 땅의 미소사로 구름처럼 모여들고, 교단은 교단대로 불국토가 도래하는 증표라며 서서히 뜨거워지고 있었다. 뿐 아니라 탑 조성에 직접 간여하고 있는 승려들은 말로 표현할 수 없는 법열로 덩실덩실 춤이라도 추고 싶은 심경들이었다.

신라의 고승 자장율사가 축원을 올리고 지혜가 출중했던 선덕여왕이 명하여 조성한 황룡사 9층탑. 불법의 빛을 천지사방으로 흩뿌리어 신라의 영토는 물론 한반도를 온통 불법의 빛으로 넘쳐나게 하려 했던 황룡사 9층탑. 천불탑은 자장율사의 축원을 오늘에 잇고자 미소사의 주지 지웅이 원력(願力)을 내어 무섭게 추진해가고 있는 불교계 최대의 공사인 것이었다.

그런데도 설계 도면에 이것저것 간섭을 해오는 데는 설계사이자 현장 부감독인 최림으로서는 괴롭지 않을 수 없었다. 건축을 잘 모르는 승려들이 너무 욕심을 부리는 것이었다. 물론 다른 일로, 절에 중대한 문제가 발생하여 최림과 상의를 하려고 승 행자를 보냈을 수도 있었다. 그러나 승 행자에게 용건을 확실하게 밝히지 않은 것을 보면 또 설계 도면의 변경 건으로밖에 짐작할 수 없는 일이었다.

최근에는 그런 일이 한번도 없었지만 기단부가 올라가기 전에는 이런저런 이유로 서너 달에 한번씩 수시로 설계 도면이 바뀌었던 것이다. 최림은 승려들의 직관적이고 신비적인 사고방식을 도대체 이해할 수 없었다. 컴퓨터의 빈틈없는 인식체계와는 너무도 대조적이었다. 탑의 설계 도면이 자주 바뀐 데는 소위 안목이 높다는 스님들의 책임도 컸었다.

지웅의 상좌인 어떤 스님은 백일기도를 하던 중에 바로 눈 앞에서 탑이 나타나 보았다고도 하고, 또 어떤 스님은 백지를 앞에 놓아두고 관음기도를 하던 중 관세음보살이 시킨 대로 그렸는데, 그것이 바로 이상적인 탑이라고 주장하기도 하였다. 그때마다 주지스님인 지웅은 최림을 불러 그들의 주장이 반영되도록 최림에게 압력을 넣었고, 따라서 그동안에 최림의 컴퓨터가 완성한 도면은 뼈대와 살이 조금씩 달라져왔던 것이다.

"승 행자님, 심심하시죠."

"아니요. 너무 빨리 달려 온몸에 소름이 돋는 걸요. 호호호."

"무섭습니까."

"솔직히 그래요."

"미소사까지 안전하게 모실 테니 걱정말라구요."

"최 선생님은 운전을 즐기시는 것 같아요."

"운전에도 나름대로 짜릿한 쾌감이 있어요."

"그래서 과속을 하시는군요."

"막 질주하는 게 좋잖아요. 아무 생각 없이."

"과속 운전은 나쁜 습관이에요. 부처님 말씀처럼 중도가 좋을 거예요."

"고속 드라이브도 매력이 있습니다. 달리면서 아무 잡생각도 하지 않고, 아무 고민도 하지 않으니까요. 그냥 목숨 생각지 않고 달릴 뿐이죠. 그러다 보면 스트레스나 갈등은 물론 달린다는 생각조차도 사라져버리게 되죠."

"큰스님 법문을 흉내내고 있는 것 같군요."

"흉내가 아닙니다. 무얼 하든 거기에 빠질 수만 있다면 그게
바로 삼매나 수행이 아니겠습니까."

"정말 그럴까요, 무엇에 빠져드는 몰두와 수행은 다르다고 들
었어요."

"저는 제 승용차와 컴퓨터에 출가한 놈입니다. 산 속의 절로
꼭 힘들게 출가할 필요가 없지 않겠습니까. 하하하."

비로소 최림은 크게 소리를 내어 웃었다. 턱없이 큰 웃음소리
로 하하하 웃고 보니, 아직도 귓불이 옥처럼 투명하리만큼 맑은
승 행자를 뭔가 압도하는 느낌이었다. 승 행자의 얼굴은 어느새
복사꽃처럼 엷은 홍조를 띄어가고 있었다. 그리고 그런 여자의
수줍음이 잘 익은 수밀도의 빛깔처럼 극에 달해서는 보송보송한
솜털까지도 붉은 빛을 띄는 것 같았다.

최림은 들리지 않게 나직이 뇌까렸다.

'언젠가 지웅 스님이 승 행자를 두고 내게 말했었지. 여자라는
생각을 버릴 때 비로소 중물이 든다고. 하지만 나는 저 여성의
수줍음이 사랑스럽고 아름답다.'

지웅의 논법대로라면 승 행자에게는 아직도 본능의 얼룩 같은
습(褶)이 남아 있다는 증거이리라. 애욕의 잔물결이 출렁거리어
명경지수 같은 마음을 흩트려 놓고 있는 것은 아닐까. 그런 번뇌
의 잔뿌리를 싹둑 잘라내고서야 승 행자는 비로소 탈속한 비구
니가 되는 것인가. 최림은 그녀의 내면을 훔쳐보고 있는 것 같아
미안하기도 하여 빗방울이 들이침에도 불구하고 차창을 조금 열
어 젖혔다.

14

빗방울은 기다렸다는 듯이 차창 밖의 음기(淫氣)와 함께 날쌔게 달려들었다. 승 행자의 뺨을 갈기고는 최림의 얼굴을 때려댔다. 백미러는 이미 기능을 상실하여 뒷풍경을 아무것도 보여주지 못하고 눈이 멀어 있었다.

지프는 경주마처럼 내달렸다. 목적지를 향해 조금도 피곤해 하지 않고 최림이 채찍을 가하는 대로 히잉히잉 내달렸다. 긴 속눈썹 같은 브러시로 전방의 시야를 쓱싹쓱싹 틔워가며 조금도 게으름을 부리지 않고 내달렸다. 속도를 더 내지 못하고 있는 것은 공사를 하느라 좁아지고 휘어진 도로 사정 때문일 뿐이지 그것은 기수나 경주마의 의지와는 상관없는 일이었다.

사실 지프를 타고 있으면 다른 차종에 비해 승차감은 떨어지지만 꼭 말을 타고 있는 듯한 착각이 최림에게는 들었다. 그래서 그는 줄곧 지프만을 구입해 왔고, 고집해서 타온 터였다. 쇳덩어리로 만든 기계의 조립품을 소유하고 있다기보다는 애마(愛馬) 한 마리를 데리고 사는 기분이 들곤 하였던 것이다.

이차선 곡선의 국도로 접어들어 속도를 늦추게 되자, 그때부터는 승 행자가 먼저 말을 걸어오기도 하였다. 멀찍이 서 있던 산들도 비를 흠뻑 맞은 채 흐물거리는 물안개를 따라 더욱 가까이 다가서는 느낌이었다. 어느새 빗줄기는 제법 쏴아쏴아 소리를 내지르며 쏟아지고 있었다.

"최 선생님, 피곤하시죠. 벌써 두 시간 이상을 달리고 있어요."

"승 행자님 덕분에 괜찮습니다."

"그래도 고단해 보여요."

"고독해 보인다는 겁니까, 고단해 보인다는 겁니까."

"고단해 보여요."

최림은 고단하다는 말을 고독과 피곤의 돌연변이쯤으로 이해했다. 왜냐하면 자신은 지금 고독하지도 않고 피곤하지도 않기 때문이었다. 그러나 사람들은 그를 가리켜 우스갯소리로 고독과 피곤과 광기의 분자 구조로 된 위인이라고 말들을 했다.

"왜 그렇게 보인다는 겁니까."

"굉장히 자신감에 차 있는 것 같지만 어느 순간에 그런 분위기가 역력해요."

"글쎄요."

"말을 하지 않고 있을 때가 그래요."

"하하하."

"그러고 보니 웃을 때도 그런 느낌이에요."

"처음 듣는 저의 평인데 그럴 듯합니다."

"침묵하는 것이 말을 숨기고 있는 것과 다름없듯 웃는 것도 공허한 감정을 위장하고 있는 것인지도 모르죠."

갑자기 최림은 그녀에게 일격을 당한 기분이었다. 조금 전까지는 최림이 그녀의 마음을 내려다보고 있었는데, 이제는 그녀가 최림의 내면을 훔쳐보고 있다는 기분에 빠져들어 버렸다. 그녀는 이제 승 행자가 아니라 하나의 알 수 없는 미궁이 되어버렸다.

고독(孤獨). 최림은 이제 절대로 고독하지 않았다. 한때는 그것 때문에 자신을 학대해 본 적도 있지만, 이제는 자신의 충직한 컴퓨터가 있는 한 절대로 그런 일은 없을 것 같았다. 적어도 컴퓨터는 인간보다 더 뛰어난 몇 가지의 장점을 가지고 있었다.

첫번째의 장점을 들자면, 컴퓨터는 결코 인간을 배신하는 법이 없었다. 수명이 다할 때까지 진실한 친구로서 봉사와 희생을 다할 뿐, 이해타산에 의해 만나고 헤어지는 인간의 속성과는 전혀 차원을 달리했다.

두번째는 아무 때나 원하더라도 진정한 대화의 상대가 되어준다는 점이었다. 대화의 갈증에 목말라하는 사람에게 어느 때라도 상대가 되어주는 것이 컴퓨터였다. 물론 컴퓨터의 목소리는, 이렇게 하시겠습니까, 저렇게 하시겠습니까, 계속하시겠습니까, 종료하시겠습니까 등등 대단히 단순하고 명령조이긴 하지만 대화에 굶주리고 거짓 없는 만남을 원하는 사람에게는 그것도 큰 위안이 아닐 수 없었다.

세번째는 컴퓨터의 박식한 세계에 몰입함으로써 쉬임없이 이어지는 시간의 무료함으로부터 벗어나 삶의 또다른 가치와 행복한 느낌을 얻을 수 있다는 점이었다. 시간에 질질 끌려가는 노예가 아니라 시간의 주인이 되게 하는 마법의 상자 같은 것이 바로 컴퓨터라고 할 수 있었다.

네번째는 입력된 성경이나 불경 등으로부터 자신이 원하는 지혜를 언제든지 얻을 수 있다는 점이 또 장점이 되어 주었다. 말하자면 컴퓨터는 성인이나 수행자처럼 깨달음을 안겨주는 데 부족함이 없었다. 그러니까 굳이 바쁜 시간을 쪼개어 성당이나 교회를 갈 필요가 없었다. 컴퓨터의 제단은 자신 앞에 놓여 있는 키보드가 바로 그것인 셈이었다.

다섯번째는 계산을 하는 데 있어서 사람보다 더 완벽하고 실수가 없었다. 그리고 그 어떤 도구보다 빠르고 검산이 필요 없었다.

그밖에도 좋아하는 영화와 음악을 하루종일 몇 십번이고 반복

해서 보고 들을 수 있고, 매력 있는 타입의 여자와 소위 3차원의
영상을 만들어 사이버 데이트를 즐길 수 있는 게 컴퓨터였다.

더구나 최림 같은 건축 설계사에게는 이 세상의 어떤 건물보다
도 완벽한 조형미의 건물이 만들어지게 하는 설계 도면을 그려
주기까지 하였다. 그러니 이제 컴퓨터를 가리켜, 최림과 같은 컴
퓨터광(狂)들의 표현이긴 하지만, 전지전능한 또 하나의 신(神)
이라고 말하지 않을 수 없었다.

이번에 조성되고 있는 미소사의 천불탑도 예외는 아니었다. 국
내에 남아 있는 목탑의 설계 도면이 다 입력되어 최상의 것을 추
출해 낸 것이 바로 천불탑이었던 것이다. 다만 이미 사라지고 없
는 황룡사 9층탑까지는 컴퓨터가 재현해 내는 데 한계가 있어
참고 자료로 삼을 수 없었던 점이 아쉬웠다. 사라진 탑의 몫은
컴퓨터가 아니라 인간이었다.

사실 최림의 고민은 거기에 있었다. 사라져버렸기 때문에 가정
만 할 뿐이지 단정을 내릴 수는 없었다. 그러므로 지금 조성되고
있는 천불탑이 황룡사의 9층탑을 건축의 조형미 측면에서 얼마
나 완벽하게 재현하고 있는가 하는 점은 솔직히 자신할 수 없는
부분이었다. 그러나 어느 때인가는 컴퓨터가 완벽한 설계 도면
은 물론 사라진 황룡사 9층탑의 조형미까지도 찾아 줄 것으로
최림은 확신을 했다.

문제는 사라진 황룡사 9층탑의 조형미를 나타내는 옛 문헌의
기록이 전무하다는 데 있었다. 그냥 장엄하고 아름다웠다는 식
의 표현은 구체적인 정보가 아니었다. 남성의 신하들을 거느렸
던 여왕의 권위를 드러내기 위해 웅장하게 지었다는 것도 추상

적인 정보일 뿐이었다.

그렇다고 최림이 황룡사 9층탑의 '조형미 찾기'를 포기해버린 것은 아니었다. 당시, 그러니까 동시대에 만들어진 탑 모형의 사리장엄구 같은 유물들을 참고하여 추적해 갔던 것이다. 또한 그러한 작업은 전혀 무의미한 것이 아니라 한 시대의 유행이나 시류를 감안할 때 상당한 도움을 주었었다. 당시에는 분명 황룡사 9층탑이 신라 탑의 한 전형이 되어 유행을 퍼뜨렸을 터이기 때문이었다.

최림은 문득 지웅과의 첫 만남을 떠올리며 몸을 떨었다. 지금 찾아가고 있는 지웅을 만난 것은 벌써 2년 전의 일이었다. 그때는 지웅이, 먼저 최림이 다니고 있는 건축 설계사무소를 찾아왔었다. 아니 더 정확히 말하자면 아직 사표 수리가 안 되었지만 최림이 설계사무소를 출근하지 않은 지 꼭 일 주일 만이었던 것이다.

지웅이 설계사무소에 처음 들렀을 때, 직원들은 하나같이 눈길도 주지 않았다. 웬 탁발승인가 하고 어떤 여직원은 귀찮은 표정을 짓기까지 하였었다. 그러나 지웅은 일정한 거처가 없이 떠돌아다니는 탁발승이 아니었다. 현존하는 탑 중에서 최대의 탑을 조성하여 불국토를 이룩하고야 말겠다고 불퇴전의 의지를 내보였던 야심에 찬 승려였다.

"흠흠… 소장 있소."

지웅의 일갈이 떨어지고 나서야 직원들이 고개를 쳐들고 소장이 달려왔다. 그제야 지웅은 소장을 향해서 단도 직입적으로 천불탑에 대한 포부를 차근차근 웅변을 하듯 이야기를 했다. 한국 최대의 목탑을 설계해 줄 것과, 탑을 조성하는 데 드는 기금은 어떻게 모금할 것이며, 적어도 탑은 언제까지 준공되어야 할 것이라며 지웅은 자신의 원대한 포부를 설법을 하듯 밝히었다.

그러나 지웅의 얘기를 귀담아 듣는 직원은 아무도 없었다. 박소장은 벌써 흥미를 잃고 믿을 수 없다는 표정을 지었다. 기백억 원의 공사비는 뒤로 미루고서라도 당장에 드는 설계 도면 진행비를 어떻게 감당하겠다는 것인지 도무지 신뢰할 수 없다는 표정이었었다. 그렇지 않아도 이따금 승려들이 찾아와 기도만 간절히 하면 다 이루어질 것이라며 무모한 계획을 늘어놓다가는 설계 도면이 완성되어 갈쯤이면 종적을 감추어버리곤 하였기 때문에 다시는 그런 낭패를 당하고 싶지 않아서였다.

승려들은 바랑을 지고 기거하던 절을 떠나버리면 그만이었다. 설계 도면 진행비를 청구하러 물어물어 심산유곡을 찾아가보지만 '그 스님 오대산으로 떠났습니다', '지리산으로 갔습니다' 하면 별도리 없이 허공이나 한번 쳐다보고 번번이 돌아서야 했기 때문이었다.

"죄송합니다. 스님. 저희는 지금 작업들이 워낙 밀려 있는 상태라서… 다른 곳을 찾아가 보시지요."

오랫동안 수행을 한 지웅이 박 소장의 마음을 헛짚어 볼 리 없었다. 탑의 설계에서부터 조성에 관한 한 국내에서 으뜸가는 설계사무소의 소장이 아닌가. 박 소장이 지웅을 따돌리려고 하는 것은 밀린 일보다는 지웅의 능력을 못 믿겠다는 저의가 분명했다. 지웅이 좀처럼 포기하지 않자 박 소장은 궁여지책으로 최림을 떠올렸다. 최림이라 하면 일 자체에 빠져들기를 좋아하는 광

(狂)에다, 비현실적이고 몽환적이기는 하지만 최선만을 추구하는 설계사이기 때문에 지웅이 마음에 들고, 일이 마음에만 든다면 대가를 고려하지 않고 덤벼들지도 몰랐다.

"요즘에는 사무실에 나오지 않습니다만 최림이란 사람을 만나 보시지요. 아주 뛰어난 설계사지요. 적어도 탑 설계에는 국내 제일입니다. 그러나 본인은 탑 설계를 마치고 나면 몇 달씩 술독에 빠져버리지요. 마음에 들지 않기 때문에 그런다고 하는데 제가 보기에는 완벽주의자 기질에다 괴팍한 성격 탓이 아닌가 싶습니다."

"언제 사무실에 나옵니까."

"영영 나오지 않을지도 모릅니다."

"왜 그렇습니까."

"회사를 그만둘지도 모르니까요."

"허허, 그 사람 성정을 알 만하오. 소승이 한번 만나 보리다."

지웅은 최림에 대해서 갑자기 흥미를 느꼈다. 선방을 열어보면 여러 암자에서 별별 승려들이 다 모여들기 마련인데, 특별히 인상에 남는 승려란 고지식하게 좌불처럼 앉아서 궁뎅이 살이 썩어 문드러지도록 수행을 하는 사람이 아니라 자기만의 개성을 파격적으로 보여주는 사람이 두고두고 기억에 남았다. 어디 가서 고기 한 점을 먹고는 그 비린내를 못 견뎌 꾸역꾸역 구토를 한다거나, 성정을 견디지 못해 산을 한바퀴 뛰어 돌고 오는 등 그런 광기를 드러내는 승려들이 잊혀지지 않았다. 소장으로부터 소개받은 최림이 그런 부류의 인간 같아 만나보지 않았지만 왠지 친근해질 것만 같았다.

지웅은 지체없이 박 소장이 가르쳐 준 약도를 들고 최림을 찾아가 만났다. 그 시각에도 최림은 술을 홀짝홀짝 마셔가면서 컴퓨터 앞에 앉아 무엇인가에 홀딱 빠져 중얼중얼거리고 있었다. 집에는 그의 아내도 아이도 없었다. 그렇다고 최림이 독신은 아닌 것 같았다. 방에는 여자의 옷가지가 가지런히 걸려 있었고, 무엇보다도 화려한 화장대와 현란한 화장품 병들이 한가득 정렬되어 있는 게 보였다.

어쨌든 그는 혼자 있었다. 지웅은 그와 마주앉아서 박 소장에게 자신의 포부를 얘기했던 대로 다시 반복했다. 그러자 최림은 비록 꼬리를 달았지만 의외로 쉽게 반승낙을 했다.

"스님, 조건이 있습니다."

"무슨 조건이오."

"지금 당장 작업에 들어갈 수는 없습니다."

"처사님, 무슨 문젠가요."

"사생활이라 말씀드릴 수 없습니다."

"좋습니다. 묻지 않겠습니다. 허나 제 사정은 이렇소."

최림은 거두절미하고 달려드는 지웅의 말을 경청할 수밖에 없었다.

"우리 미소사의 불사(佛事)는 한시가 급합니다."

"그건 스님의 사정이지 제 사정은 아니잖습니까."

"다시 말씀드리지만 처사님과 좋은 인연을 맺고 싶소."

지웅은 궁지에 몰린 자신의 처지를 솔직히 말해버릴까 하다가는 참았다. 미소사 신도들이나 참배객들로부터 받고 있는 무언의 압력을 솔직히 털어놓을까 하다가는 다음 기회로 미루었다.

미소사 법당에는 물방울 같은 사리가 한 개 있고, 그 사리는 천불탑을 조성하기 위해서 7년여 동안 모금운동에 이용되고 있는 게 사실이었다. 모금액만 해도 몇 십 억에 이르렀다. 그런데도 지웅은 탑의 조성을 미루어왔고, 어느새 신도들이 지웅을 불신하기에 이른 것이었다. 모금된 돈을 빼돌려 축재를 하고 있다거나 숨겨둔 여자가 있다는 둥 악성 소문이 꼬리를 물고 이어지고 있었다. 그러나 지웅은 간부승려들에게만 자신이 가지고 있는 통장을 보여주었을 뿐 일일이 대꾸하지 않았다. 통장에 기재된 액수는 누가 보더라도 모금된 날짜와 한 치의 오차도 없었다.

그런데도 지웅이 천불탑의 조성을 미뤄왔던 것은 다른 말못할 사정이 있어서였다. 출가한 승려로서 결코 용납할 수 없는 계율 때문이었다. 그는 신도들에게 불망어계(不妄語戒)를 하나 어기고 있었다.

불망어계란 승려이기 이전에 재가 불자들도 지켜야 할 거짓말 하지 말라는 오계 중의 하나를 말함이었다. 아무리 큰 참회를 해도 씻겨지지 않을, 신도들에게 몰매를 맞아 죽음을 당할지도 모르는 불망어계의 파계였다.

지웅은 몸이 달아오름을 느꼈다. 최림이 혹시 돈을 더 받아내려고 그러는 것이 아닐까 하고 성급하게 액수를 제시했다.

"설계에서부터 공사까지 공사 현장의 부소장을 맡아주시오. 최고의 액수를 드리겠소. 못 미더우면 각서를 써 주겠소. 탑을 조성하는 데 드는 비용은 벌써 기십 억이 모금됐소. 앞으로의 모금은 전혀 걱정할 일이 아니오. 황룡사 9층탑을 재현하여 이 세상이 부처님 땅이 되는 게 몽매에도 잊어본 적이 없는 소승의 염원이오. 탑불사의 공덕으로 이 땅이 부처님법을 만나 정법의 세상이 된다면 맨몸으로 출가한 비구 수행자로서 무엇을 더 바라겠소."

"스님, 스님을 믿지 못해서 망설이는 게 아닙니다."

"그럼 무엇 때문이오."

"동거하던 여자와의 문젭니다, 스님. 그녀가 집을 나간 지 벌써 닷새째입니다."

"그래서 회사를 나가지 않는게구려."

"아닙니다. 회사는 언제든 정리하려고 하던 차였습니다. 늘 호주머니에 사표를 넣고 다녔으니까요."

"왜 그만두려는 것이오."

"흥미를 잃었습니다. 직장도 동료들도 마찬가집니다."

"허허, 부처님은 모든 생명을 한뿌리로 보았소. 사람은 물론 미물까지도 한뿌리라고 근본을 같게 본 것이오."

"스님이 잘못 본 것입니다. 근본이 같은데 왜 이기적이고 위선적이겠습니까. 믿을 건 자기 자신뿐입니다. 아니, 우스운 얘기지만 컴퓨터뿐입니다."

"사람을 불신하는 대신 컴퓨터밖에 믿을 수 없다는 말 같은데 소승은 무슨 말인지 잘 모르겠소이다. 남을 믿지 않게 되면 결국 자기 자신도 믿을 수 없게 되어버리는 게 부처님법이오. 나니 너니 하지만 뿌리가 같은 한 생명이기 때문이오."

"아무튼 스님, 열흘 정도만 여유를 주십시오. 그때는 어떤 식으로든 동거하던 여자를 만나 완전한 정리를 할테니까요."

"처음 만나 처사님의 고민스러운 여자 얘기를 듣는 것이 유쾌

한 일은 못 되오만 소승이 도울 길이 없어 유감이오."

"아닙니다. 제가 초면에도 불구하고 여자 문제를 꺼낸 것은 동정이나 도움을 받고자 해서가 아닙니다. 그것은 어디까지나 제 문제인데 어떻게 도움을 받을 수 있겠습니까."

"그럼 만나서 어찌하겠다는 것이오."

"지금 결정한 것은 아무것도 없습니다. 여자가 무슨 결정을 내릴지 모릅니다. 역시 저도 무슨 결정을 내릴지 모르겠습니다. 그러나 일단 만나서 서로 부담이 안 되는 쪽으로 정리는 해야 하지 않겠습니까. 남녀간의 문제로 시간을 낭비하고 싶지는 않으니까요. 아무튼 시간을 조금 달라는 겁니다. 솔직히 말씀드리지만 설계사로서 더구나 황룡사 9층탑을 재현하는 일에 어찌 흥미를 갖지 않겠습니까."

"마음을 진정으로 내서 하는 일이지 호(好), 오(惡)의 흥미로 하는 공사는 아닙니다. 어쨌든 여자분을 만나 좋은 인연을 쌓기 바라오."

그러나 최림은 그날 이후 지금까지 그녀를 단 한번도 보지를 못하고 말았다. 최림 곁을 사라져버린 그녀는 다시 나타나 주지 않았던 것이다. 다만 그녀와 최림보다 먼저 동거를 한 적이 있는 미남형의 탤런트를 한번 보았을 뿐이었다. 최림으로서는 예상치 못했던 사건이 아닐 수 없었다. 텔레비전 연속극에 가끔 등장하는 그 탤런트도 그녀를 찾고 있었다. 그 탤런트는 최림이 자신의 말을 반신반의하자, 종이를 꺼내보여 주었다. 소위 약속한 대로 동거를 하자는 각서였다. 말하자면 그녀는 각서의 내용을 위반하고 최림과 동거를 하고 있었던 것이나 다름없었다. 최림은 바로 그 점이 그 탤런트에게 미안하기도 하고 당혹스럽기도 하였던 것이었다.

방문희의 직업은 공영 T.V방송국의 분장사였다. 최림은 방문희를 되도록 빨리 잊어버리자고 다짐을 하지 않을 수 없었다. 그때 컴퓨터라도 없었더라면 그는 가끔 여자를 사서 무료한 시간을 보내곤 했을지도 모를 일이었다. 별 부담 없는 관계의 여자들과 그렇게 몇 달을 보냈을 게 뻔했다. 그런 의미에서 지웅이 그를 찾아온 것은 천만 다행이 아닐 수 없었다. 사라진 그녀를 뇌리 속에서 청산하고 또다시 컴퓨터에 광적으로 매달려 일을 할 수 있게끔 해주었기 때문이었다.

그런데 방문희는 지금 어디로 사라져버린 것일까. 그녀의 이미지는 종잡을 수 없는 게 특징이었다. 결코 단순한 여자는 아니었다. 육체와 영혼이 따로따로 노는 여자. 문틈으로 비쳐드는 아침 빛살 같은 영혼의 빛을 내쏘는 여자. 더불어 과육의 향기 같은 육체의 냄새를 풍기는 여자. 펄펄 끓어오르다가 수증기처럼 흔적도 없이 증발해버린 여자 등등의 느낌을 주는 다면체의 유리알 같은 여자였다.

전혀 엉뚱한 공상이자, 그러나 가장 최림다운 공상이지만 방문희는 아주 먼 전생에 황룡사 9층탑을 진두지휘하여 세운 신라의 그 선덕여왕인지도 모른다고 최림은 상상한 적이 있었다.

선덕여왕.

삼국을 통틀어 최초로 여왕이 된 여장부. 최고의 분장사를 곁에 두어 자신을 분장케 하고, 최고의 금세공을 불러들여 번쩍거리는 귀걸이와 왕관 등을 만들게 하여 치장하였던 여자. 그것으로도 성에 차지 않아 이 세상에서 가장 신비하고 화려하고 장엄하게 자신의 분신처럼 황룡사 9층탑을 휘황찬란하게 짓도록 하여 고구려와 백제와 일본의 왕들을 놀라게 하였던 여왕. 죽은 뒤에는 불법에 따라 벌건 장작불에 화장하여 동해의 수호신이 되고자 유골을 동해에 뿌리게 했던 우리 나라 최초의 여정치가.

지프는 아직도 이차선을 달리고 있었다. 도로 옆으로 연달아 숲이 우거져 마치 터널을 빠져나가고 있는 형국이었다. 내리는 비에 바람도 가세를 한듯 비를 맞고 있는 숲의 나뭇잎 무더기들이 심하게 이리저리 쏠리고 있었다. 어찌 보면 비를 기다려 왔던 나무들이 비바람의 애무를 받으면서 으으으 몸부림을 쳐대고 있었다. 서서히 뜨거워져가는 온몸을 출렁거리고 있었다.

바람까지 합세한 것을 보면 지나가는 소나기가 아니었다. 지프가 고속도로에 진입해서부터 한두 방울씩 내리더니 이제는 하늘 전체가 시커먼 먹구름으로 뒤덮여 있었다. 더구나 대기와 나무들이 발산하는 음기라 할까 그 무엇이 감지되는 것을 보면 늦더위를 내팽개치려는 때늦은 태풍이 달려오고 있음이 분명했다. 초가을이라고는 하지만 아직 늦더위의 무덥고 뜨거운 폭염은 계속되고 있었던 것이다.

최림은 조금 열어제친 차창을 다시 닫았다. 차 안에 눅눅해진 공기를 말리기 위해서였다. 컴퓨터는 신경통 환자처럼 습기를 아주 싫어했다. 습기에 오랫동안 방치하면 그만큼 수명이 단축된다는 학계의 연구 결과도 나돌고 있었다. 특히 지프에 장착된 컴퓨터는 일반 컴퓨터보다 많은 기능을 가지고 있어서 내부 기기들이 외부 환경에 그만큼 예민한 편이었다.

히터를 켜자 차 안의 공기가 금세 보송보송하게 바뀌었다. 최림은 속도를 더 줄이면서 브러시는 더 빠르게 작동시켰다. 남쪽으로 내려갈수록 비바람은 더 거세졌다. 비를 맞는 나무들이 꺾여져버릴 것처럼 격렬하게 몸을 비틀어대고 있었다.

최림은 지웅이 왜 자신을 만나자고 하는 것인지가 다시 궁금해졌다.

"승 행자님. 정말 주지스님께서 왜 만나자고 하는지 모르십니까. 뭐 짚히는 게 있긴 합니다만, 혹시 설계 도면을 좀 손보자고 부르신 것은 아닐까요."

"글쎄요. 아무 말씀 없이 무조건 오시랬어요."

"전화를 하셨을 수도 있을 텐데 굳이 승 행자님을 보낸 이유가 무엇일까요."

"그건 잘못 알고 계신 거예요. 전 최 선생님이 아니라도 서울에서 볼일이 있었어요."

"그래요, 어쨌든 긴히 하실 말씀이 있으니까 부르셨겠죠."

"저도 그렇게 생각하고 있어요. 중요한 문제이기 때문에 직접 오시라고 했을 거예요. 전화로 말씀드릴 수 없는 문제가 있는가봐요."

"하하하. 마치 무슨 밀명을 받으러 가는 기분이군요."

"밀명이라구요."

"그럼요. 아무도 모르게 비밀로 내리는 명령 같은 거 말이죠."

순간, 최림은 설계 도면의 수정건이 아닌지도 모르겠다는 생각이 들었다. 천불탑의 문제라면 지금까지 줄곧 전화로써 상의를 해왔던 것이다. 자질구레한 자재나 인부들의 문제는 늘 현장에 있는, 미소사의 총무스님이기도 한 천불탑 공사의 현장 소장이 책임을 지고 있기 때문이었다.

그렇다면.

최림은 승 행자가 듣거나 말거나 혼잣말을 나직이 중얼거렸다.

'주지스님이 나를 왜 보자고 하는 것일까.'

중요한 일이 있음은 분명했다. 어찌 보면 지웅의 간절한 서원인 황룡사 9층탑을 재현하는 천불탑 공사보다 더 중요한 일인지도 몰랐다. 천불탑의 일은 수시로 전화를 해오고 지시를 내렸지만 이번의 일은 전화로는 도저히 말할 수 없는 일인지도 몰랐다. 거리를 좁혀 직접 만나 얘기를 하는 일에는 언제나 비밀스런 그 무엇이 있는 법.

호방한 성격의 지웅에게도 비밀이 있단 말인가. 그러나 상황은 전화로는 도저히 말 못할 사정이 있는 것처럼 그렇게 몰아가고 있다. 최림은 갑자기 호기심의 머리가 치켜지는 것을 느꼈다. 부처의 사리를 모실 천불탑의 공사는 예정대로 착착 진행되고 있다. 부처의 사리를 도난이라도 당했단 말인가. 그렇다면 천불탑에 기백억 원의 돈을 쏟아부을 아무런 이유가 없게 된다. 부처의 사리가 봉안되어야만 천불탑은 비로소 지웅과 최림과 신도들에게 장엄과 경배의 의미를 갖게 될 것이기 때문이다. 만약 부처의 사리를 도난당했다면… 제기랄, 최림은 끔찍한 기분마저 들어 고개를 홰홰 휘저었다.

그러나 그게 아니고 공사비를 도난당한 것은 아닐까. 작은 금액이 아니라 거액이라면 미소사의 승려들과 신도들에게 책임을 면치 못할 것이다. 그러나 최림은 공사비를 결재하지 못해서 삐

걱거린다는 얘기를 지금까지 들어본 적이 없다. 더구나 기부금은 요즘 들어 지웅이 관리하지 않고 재무스님이 담당하고 있지 않은가.

그렇다면 지웅의 비밀은 무엇인가. 스님으로서 지켜야 할 계율을 파계라도 했다는 말인가. 그러나 결코 파계의 문제도 아닐 것이다. 자신의 치부를 왜 부처님도 아닌 최림에게 참회 고백을 하겠는가. 오히려 불교도가 아닌 최림에게는 더욱 감추려들지 않겠는가.

"주지스님 건강은 어떠십니까."

"한결같지요. 너무 바쁘셔서 아프실 틈도 없어요. 선방 뒤치닥거리 하시랴, 천불탑 공사 현장 둘러보시랴, 찾아오는 신도 만나시랴 정신 없으시죠. 뭐."

"최근 미소사에 무슨 불상사라도 있었습니까."

"아니요. 천불탑 때문에 모두가 한마음이 되어 있는걸요."

"그럴테지요."

일단 최림은 지웅에 대한 생각을 접어두기로 하였다. 직접 만나 이야기를 들어보기 전에는 망상일 뿐이고, 또 망상에 시달리고 싶지 않아서였다.

히터를 다시 끄고 이번에는 승 행자를 위해 컴퓨터를 작동시켜주었다. 그녀를 위한다기보다는 좀 자랑하고 싶은 마음도 들었기 때문이었다. 그러자 승 행자가 아주 흡족한 듯 미소를 지었다. 그녀 역시 컴퓨터를 다룰 줄 알고 있었다.

"아, 컴퓨터를 조작할 줄 알고 계셨군요. 그런 줄 알았으면 재미있는 프로그램을 차를 탔을 때부터 보여드리는 건데."

"잊어버렸을지도 몰라요. 입산하기 전에 학원에서 배웠거든요."

"그럼 뭘 보시겠어요."

"아무 거라도 보여주세요."

"우리 나라의 탑, 아니면 탑에 얽힌 설화는요."

"설화가 재미있겠네요."

"그럼 보시죠. 제가 다 모아 수록한 겁니다."

최림은 승 행자에게 디스켓을 한장 뽑아 건네주었다. 건네준 디스켓 역시 천불탑의 설계를 작성하기 전에 참고 자료로 만들어 둔 것이었다. 주로 〈대당서역기(大唐西域記)〉에서 발췌했던 것으로 기억이 날 뿐 실제 탑의 설계에는 별 도움을 주지 못한 자료였다. 그러나 승 행자는 첫 이야기부터 빠져들고 있었다. 마치 모래 속에서 사금을 채취하듯 화면에 눈길을 고정한 채 뗄 줄을 몰랐다.

이윽고 지프는 이차선 도로에서 지방도로로 진입해 달렸다. 최림은 끼고 있던 가죽 장갑을 벗었다. 손바닥에는 타액이 묻은 것처럼 땀이 배어 있었다.

옆에는 쏟아지는 폭우로 흙탕물이 된 강물이 흘러갔다. 마치 그것은 길쭉한 식빵처럼 황토색으로 길게 부풀어 있었다. 이제는 천둥 번개까지 우르르쾅 번쩍번쩍 검어진 하늘을 내찢어댔다. 그것은 늦여름을 보내고 가을을 맞이하는 통과의례처럼 하늘을 쪼개고 땅을 갈라버릴 기세로 으르렁거렸다.

폭우는 얼마나 퍼부을지 모르나 그 기세가 등등했다. 도로 옆의 도랑에는 허연 물줄기가 괴물처럼 흙을 파헤치며 콸콸콸 넘처나고, 길가에 서 있는 나무들의 생가지가 강풍에 휘말려 우지직우지직 찢겨지고 있었다.

최림은 지프의 라이트를 켜고 속도를 시속 20km로 줄였다. 벌써 어스름이 깔리기 시작한 데다 물벼락이 치듯 빗줄기가 거세어 시계가 불량하기 때문이었다.

"이거 대단한 기셉니다. 어디 도로라도 절단나는 거 아닙니까."

"하긴 바위가 굴러떨어져 산길이 막힌 적도 있었어요."

"그러게 말입니다."

"최 선생님 방금 충주를 지났어요. 한 시간만 달리면 될 것 같은데요."

"이런 속도라면 이제 겨우 중원지방에 접어들었으니 넉넉잡아 두어 시간 정도는 달려야 미소사에 도착할 겁니다. 올해 들어 이런 폭우는 처음입니다."

"제가 기도할까요."

"뭐, 기도라구요. 하하하."

최림은 큰소리로 웃고 말았다. 기도를 해서 퍼붓던 빗줄기가 갑자기 뚝 끊어진다면 자신도 거들어줄 용의가 있었다.

"최 선생님, 왜 웃으세요. 저는 마음속으로 이미 기도를 시작한걸요. 무사히 절에 도착하게 해달라고요."

"아, 그거야 고맙습니다만 그렇다고 이 비가 멈추겠습니까."

"두고 보세요. 부처님의 응답이 있을 테니까요."

승 행자가 고집을 부리듯 말했다. 그런 표정이 최림의 눈에는 귀엽게도 보였다. 그런가 하면 남자를 은근히 사로잡는 그녀 특유의 끼 같게도 느껴졌다. 지프가 산길로 접어들어서자 그녀의 얼굴이 차창에 어렸다. 밖은 이미 불이 꺼져버린 연극 무대같이 풍경들의 잔상이 어슴푸레 언뜻언뜻 보일 뿐이었다.

천둥과 번개가 또다시 쳐댔다. 바람의 기세도 수그러들 줄 모르고 있었다. 게다가 어둠까지 지프를 포위하고 있는 형국이었다. 지프는 이제 산길을 헐떡이며 도망치는 상처난 들짐승 같았다. 지프가 내지르는 소음은 이제 짐승의 비명 소리나 다름없었다. 자객처럼 번개의 섬광이 어둠을 뒤짚어놓을 때마다 덜덜 떨고 있는 지프는 초라하기 짝이 없었다.

산길은 가파르고 굽은 각도가 심해서 아찔아찔한 기분이 들었다. 천둥에 놀란 지프가 저 검은 계곡 아래로 곤두박질할 것만 같았다. 지옥이 있다면 바로 저 검은 계곡이 아닐까도 싶었다. 계곡에서는 차창을 열기가 겁나게 귀곡성 같은 바람소리가 우우우우 하고 비집고 들어왔다. 차라리 계곡을 등에 지고 내리막길을 달리는 게 더 안심이 되었다.

그러나 산굽이를 몇 개 돌아 내리막길을 다시 달릴 때쯤 최림은 저절로 불평이 튀어나왔다. 산 위에서 커다란 바윗덩어리들이 굴러떨어져 짐승처럼 웅크리고 있는 것이었다. 그것들은 갑자기 나타난 산적떼처럼 지프의 운행을 가로막고 있었다.

"하필이면 이런 날 오라고 하다니."

"어머나."

"기도를 해도 별 영험이 없군요."

승 행자의 말대로 돌이 굴러떨어져 산길을 막는다는 것이 사실로 나타나 있는 것이었다. 최림은 지프에서 내려 비를 맞은 채 굴러온 바위를 밀었다. 그러나 바위는 흔들거릴 뿐 더 움직이지

않았다. 옆에 떨어져 있는 작은 돌덩이를 치워보았지만 지프가
지나기에는 어림도 없는 일이었다.

　잠시 후, 최림은 몰아치는 비바람 때문에 지프 속으로 쫓겨 돌
아왔다. 다행히 계곡 안쪽이어서 바람은 달려들지 않았지만 퍼
붓는 빗살에 눈조차 제대로 뜰 수가 없었던 것이다. 최림은 물벼
락을 맞은 웃옷을 벗어 비틀어짰다. 물속에 뛰어들었다가 나온
사람의 옷처럼 빗물이 줄줄 흘렀다. 그때까지 놀란 눈으로 보고
만 있던 승 행자가 걱정스럽게 말했다.

　"저도 나가 바위를 함께 밀겠어요."

　"억수 같은 비니까 가만히 계십시오."

　"조심하세요."

　"젠장, 지렛대가 있으면 한쪽으로 굴려버릴 수도 있을 텐데."

　"저도 힘을 보태겠어요."

　"글쎄, 옷이 젖으면 어떡할려고 그래요. 그러니 그냥 차 안에
있는 게 좋아요."

　로프를 묶어 지프의 힘을 이용해봄직도 하지만 그것을 집에 두
고 온 이상 나무에서 고기 구하기였다. 불행 중 다행으로 바위는
둥근 편이어서 용을 써 밀면 흔들리기는 하였다. 한쪽으로 1미
터만 밀쳐내도 우회 운전을 하여 빠져나갈 수는 있을 것이었다.

　'무슨 수가 있겠지. 우선 작은 돌덩이부터 치워야겠어.'

　최림은 런닝셔츠 차림으로 지프에서 내렸다. 금세 셔츠가 몸에
착 달라 붙어버렸다. 그러자 빗줄기가 맨살을 쿡쿡 찌르는 듯한
느낌이 들었다. 그때부터 최림은 길바닥에 깔린 작은 바위부터
걷어냈다. 작은 바위도 생각보다는 무거워 끙끙대며 들어나르곤

했다.

'하필이면 이런 날에 불러 고생을 시키다니.'

산등성이에서는 여전히 기분 나쁜 소리가 들려오고 있었다. 우우우 으으으. 바람이 산등성이에서 나뒹굴며 내지르는 울음소리였다. 계속 들을수록 섬뜩하고 손에 힘이 빠지게 하는 기분 나쁜 곡성(哭聲)이었다. 차라리 우르르쾅 하고 분명하게 들려오는 천둥소리는 그것이 주는 공포가 찰나적이었다. 먼 데서 울려오는 포성처럼 안도감을 주는 구석도 있는 것이었다. 그러나 산등성이와 계곡의 곡성은 섬뜩섬뜩 간담을 서늘케 하고 있었다. 게다가 빗줄기는 집중사격처럼 퍼부어대고 있었다.

만류를 했는데도 승 행자가 최림의 등 뒤에서 거들었다. 그녀 역시 빗줄기에 흠뻑 젖어 형편없는 모습으로 변해 있었다. 최림이 소리쳤다.

"들어가요. 어서."

"보고 있을 수만 없잖아요."

"어서 들어가라니까요."

"여기 있겠어요."

최림이 손나팔을 만들어 고래고래 소리쳤지만 승 행자는 막무가내였다. 비에 젖어 엉망이 돼버린 머리카락을 뒤로 쓸어넘기며 그녀도 대들듯 소리쳤다.

"절 무시하지 마세요."

"이런 비를 맞고 무사할 성싶습니까."

두 사람은 싸움을 하듯 바위를 사이에 두고 큰소리를 주고받았다.

"최 선생님은 이상한 사람이에요."

"뭐라구요, 걱정해서 하는 말을 오해하는군요."

"정말 이상한 분이에요."

"방해만 되니 들어가 있으라는데 이상한 사람이란 말입니까."

"그래요. 그건 남자의 매너도 신사도는 더 더욱 아니예요."

"무슨 말인지 못 알아듣겠군요."

"최 선생님의 말에는 사람의 인격을 무시하는 구석이 있다구요. 더구나 전 스님이 되겠다고 입산한 사람이에요."

"입산을 하면 여자가 남자로 변하나요, 난 그런 억지를 믿을 수 없어요. 그러니 어서 들어가 젖은 옷을 말리고 있어요."

최림의 말은 사실이었다. 승 행자가 있으니 작업을 하는데 방해만 되었다. 런닝셔츠를 아예 벗어버리고 싶은데 그럴 수도 없었고, 지웅을 향해 상소리나 욕설을 뱉어내고 싶은데 그것도 자제를 해야 했기 때문이었다. 더구나 체온이 내려감에 따라 잦아진 요의(尿意)를 참고 있기란 오줌길이 근질근질하여 더욱 견딜 수 없는 노릇이었다.

할 수 없이 최림은 승 행자의 손을 나꿔채어 거칠게 지프쪽으로 밀어냈다. 그리고는 차문을 연 뒤 그녀를 불쑥 안아 올려 강제로 밀어넣고는 문을 쾅 소리나게 닫아버렸다.

'지독한 고집쟁이군.'

조금도 비껴나 주지 않는 바위를 보자 그런 생각이 더욱 들었다. 작은 바위들은 웬만큼 정리가 되었지만 문제는 승 행자 같이 고집불통인 바로 큰 바위였다. 최림은 바위에 기대어 컴컴한 하늘을 올려다보았다. 갑자기 자신의 존재가 초라하게 느껴졌다.

바위 하나를 놓고 강아지처럼 낑낑대고 있는 자신이 한없이 작게만 느껴졌다. 문명의 이기로 무장하고 있는 자신이 행복의 전사(戰士)처럼 여겨졌었는데 오늘은 그게 아니었다. 자신을 산속에 고립시켜버린 태풍의 위력 앞에는 할 말이 없었다. 내리는 빗줄기에 항거하고 있는 자신이 우습게도 느껴졌다. 어쩌면 어둠이 물러가고 비가 그칠 때까지 묵묵히 기다렸다가 바위를 치워내는 게 현명할지도 몰랐다.

허탈해진 최림은 휘적휘적 지프로 되돌아왔다. 차 안은 히터를 켜놓아 따뜻했다. 최림은 맥없이 라이트를 꺼버렸다. 그러자 어둠이 덥석 그들에게 천만 개의 손을 내뻗었다. 차내등을 켰지만 그것은 깜박거리는 바람 앞의 등불 같을 뿐이었다.

"날이 밝을 때까지 기다려야 할 것 같소."

"그럼 여기서 밤을 세워야 되나요."

"달리 방법이 없으니까요. 날이 밝아지면 민가를 찾아 연장을 빌려와 바위가 굴러갈 수 있도록 흙을 파주는 방법밖에 없는 것 같습니다."

"좀전에 미안했어요. 최 선생님."

"괜찮습니다. 다 잊어버렸으니까요."

"런닝을 벗으시고 웃옷을 입으세요."

아까 벗어놓았던 웃옷을 승 행자가 꼭꼭 짜서 말렸는지 웬만큼 물기가 빠져 있었다. 옷을 벗으라고 재촉하는 승 행자의 목소리가 꼭 이미 세상을 떠나고 없는 어머니 같게도, 남편을 따라 일본으로 건너가 버린 누나 같게도 느껴졌다.

"이거 원, 쑥스럽잖아요. 그냥 웃옷을 입겠습니다."

"어머나, 그런 법이 어디 있어요. 젖은 런닝 위에다 웃옷을 입으려고 그러세요."

"그럼, 밖으로 나가 갈아입고 오겠소."

"마찬가지죠. 비가 내리고 있으니까요."

최림은 이러지도 저러지도 못하고 난감했다. 입산을 할 정도의 여자라면 얼마나 고집이 센지 알아볼 만도 했다. 그녀의 가족들이 흔쾌히 허락했을 리는 없고 얼마나 얼르고 구슬리며 제지를 했겠는가. 그러나 출가를 결행한 그녀의 고집 앞에서는 속수무책이었으리라.

계곡의 바람소리와 숲을 때리는 빗소리는 다시 힘을 보태어 쏴아쏴아 하고 차창을 비집고 들어오고 있었다. 천둥과 번개도 간헐적으로 멀리서 쳐대고 있었다. 번개의 섬광은 신검을 찬 검객처럼 그 날랜 칼솜씨로 단 몇 합에 검은 하늘을 박박 찢어버리곤 하였다.

"최 선생님, 저에게 방법이 하나 있답니다."

눈을 익살스럽게 찡긋거리며 승 행자가 말했다.

"마치 중생의 소원을 다 들어준다는 관세음보살 같군요."

"제가 눈을 꼭 감고 있겠어요. 그럼 되겠죠."

"하하하. 그럴 듯하군요."

최림은 기가 막혀 웃긴 했지만 방법이란 딱 그 한가지밖에 없어 감탄을 했다.

"그럼 제가 눈을 뜨라고 신호를 보낼 때까지는 참으셔야 됩니다."

최림은 눈을 감고 있는 승 행자를 흘끗흘끗 보면서 웃옷은 물론 바지까지 벗어 비상출동이 걸린 병사처럼 재빠르게 물을 짜내고 다시 입었다. 눈 깜짝할 사이에 마쳤으므로 남은 시간에 그녀를 유심히 보았다. 그러자 출가한 처지이지만 그녀가 귀엽고 사랑스럽다는 느낌이 들었다. 희미한 차내등에 비친 그녀의 얼굴은 이목구비가 또렷하면서도 부드러운 관음보살을 연상케 하였다. 그런가 하면 주술의 그물에 걸린 한마리 작은 새 같기도 하였다.

부처가 그녀를 주술에 걸려들게 하였을까. 그녀의 입산에 얽힌 비밀은 무엇일까. 그녀는 왜 고행을 마다않는 승려의 길을 걸으려 하는 것일까. 도대체 진리란 그럴 만한 매력이 있는 것일까. 컴퓨터 학원에를 다녔다고 했는데 그녀는 왜 앞서가는 문명의 이기를 외면하고, 2천5백년 전에 태어난 부처의 길을 걸으려 하는 것일까. 세속의 행복을 버리고 부처의 딸이 되려고 하는 것일까.

최림은 그녀를 이해할 수 없었다.

"됐습니다."

"눈을 감고 제가 무얼 했는지 알아맞춰 보세요."

"기도요."

"맞아요. 비를 멈춰주십사 하고 기도를 했어요. 제가 좋아하는 〈법구경〉도 염송했구요."

〈법구경〉이란 대장경 중에서 가장 오래된 경전 중의 하나인데, 부처가 시인처럼 낭송을 하듯 운문으로 기록되어 있고, 동남아 소승 불교권에서는 아침 저녁으로 시집을 읽듯 가장 많이 독송하고 있다고 한다. 누구라도 알아듣기 쉽고, 진리의 표현이 수사학적으로 빼어나고 명료하기 때문이 아닐까. 부처의 육성에 가까운 경전의 첫 구절이 이렇게 시작되고 있었다.

모든 일은 마음이 근본이 된다
마음에서 나와 마음으로 이루어진다
나쁜 마음을 가지고
말하거나 행동하면
괴로움이 그를 따른다
수레바퀴가 마소의 발자국을 따르듯이.

모든 일은 마음이 근본이 된다
마음에서 나와 마음으로 이루어진다
청정한 마음을 가지고
말하거나 행동하면
즐거움이 그를 따른다
그림자가 형상을 따르듯이.

최림은 그녀의 기도를 믿지 않았다. 더구나 그녀가 염송한 〈법구경〉을 알려고도 하지 않았다. 승려들이 걸핏하면 마음, 마음 하고 마음타령을 하는데 그로서는 답답할 뿐이었다. 그에게는 애마와 같은 지프가 있고, 무엇이든지 답을 내려주는 컴퓨터가 있고, 그것들을 부릴 수 있는 자신이 있는 것이었다. 그런 것들이 있으므로 수레바퀴가 마소의 발자국을 따르듯이, 그림자가 형상을 따르듯이 즐거움이 따를 뿐이었다.

그러나 지금에는 아무 것도 도움이 안 되었다.

뜻밖의 결과이긴 하지만 태풍 속에 자신과 더불어 그것들은 무력했다. 컴퓨터를 켜보지만 바위를 저 계곡 아래로 굴려 보낼 수는 없었다. 여러 게임을 해보지만 음산한 밖의 위협에 흥미가 반감될 뿐이었다. 산사태가 나 지프를 덮칠지도 모른다는 두려움 때문에 눈에 들어오지 않았다. 오히려 승 행자가 옆에 있다는 게 차라리 위안이 되어 주었다.

"잠을 한숨 자 두시죠. 어차피 새벽이 되어야 움직일 것 같으니까요."

"자고 싶지 않아요."

"두렵습니까."

"네. 최 선생님은요."

"마찬가집니다."

"하지만 전 견딜 만해요. 왜 두려운지 알고 있거든요."

"무엇 때문이라고 생각하십니까."

"제가 수행이 부족해 두려움을 불러들였기 때문이에요. 본래 마음을 찾으면 두려움이 없어지겠죠."

그럴까. 언젠가 지웅이 설법을 하면서 바다는 원래 마음과 같이 잔잔하다고 했다. 그러나 바람을 만나거나 망상의 밀물과 썰물을 만나게 되면 바다에 비추는 그림자가 출렁거리게 된다. 승 행자의 말은 잡념의 밀물과 썰물이 없는 잔잔한 호수 같은 마음이 되찾아지면 두려움이 없어질 거라는 얘기이리라.

"최 선생님은 뭘로 두려움을 없앱니까."

"컴퓨터 게임에 빠지거나 지프로 고속도로를 질주하거나 하지요. 하지만 오늘 밤엔 위스키를 몇 잔 들이키는 게 좋겠군요."

"술이 차 안에 없다면 어떡하시겠어요."

"그럴 리야 있습니까. 한두 병쯤은 언제나 준비를 해가지고 다니죠."

최림은 사실을 입증이라도 하듯 얼른 의자 밑에서 위스키병을 꺼냈다. 운행 중에는 단 한방울도 마시지 않지만 지금은 차가 멈춰있으므로 예외였다. 잔은 병뚜껑을 이용했다.

"수면제라 생각하시고 한잔 하시겠습니까."

"네."

번개가 또다시 번쩍번쩍 쳐오자, 병 속에 든 위스키의 붉은 액이 투명한 원시동물의 내장처럼 선명하게 드러났다가는 금세 지워지고 있었다. 최림은 승 행자에게 한 잔을 따라주고는 자작으로 몇 잔을 거푸 들이켜버렸다.

허기진 창자에 위스키 액이 흘러내렸다. 따끔거리는 통증이 차츰 밑으로 내려가면서 뱃속을 슬슬 마비시켜 주고 있는 것 같아 편안한 기분이 들었다. 다시 또 몇 잔을 들이키자 뱃속뿐만 아니라 감각이 마비되었다.

이제는 자기 자신이 어둠과 바람소리와 천둥 번개가 되어버린 듯했다. 자신의 육체와 정신이 분해되어 어둠이 되고 바람소리가 되고 천둥 번개가 되어버린 것 같았다. 그것은 마치 알코올을 뿌려댄 뱃속이 용광로가 되어 자신의 육체와 정신을 활활 남김없이 불태우고 있는 셈이었다.

최림은 힘없이 한마디를 남기고는 쓰러져버렸다.

"아, 취하네요."

그때부터 승 행자는 잠에 빠져 자꾸 옆으로 거꾸러지려는 최림을 부축하면서 날을 새웠다. 침대처럼 의자가 뒤로 제껴진 상태였지만 최림은 악몽에 시달리는 듯 자꾸만 허우적거렸던 것이다.

'무서운 꿈에 시달리고 있음이 분명해. 가엾은 분.'

승 행자는 〈법구경〉에 이어 〈반야심경〉과 〈금강경〉 등의 경전을 그때 그때 떠오르는 구절만 가지고 독송했다. 최림이 자신의 기도를 믿어주지 않지만 자신은 그렇게 생각지는 않았다. 삼세 (三世) 불보살들의 응답이 있을 것이라고 믿었다.

새벽이 다가오면서 빗줄기도 차츰 멈춰지고 있었다. 이러한 자연의 현상을 두고 무엇이라고 하는지 승 행자는 의혹에 빠졌다. 세상을 들었다 놓았다 하면서 마치 조리질을 하듯 마구마구 흔들어대더니 지금은 어제의 것들을 한층 경이롭게 다시 태어나게 하고 있는 것이었다. 이것도 우주의 질서이고 섭리인가. 뭔가 쓸모없는 것들이 엄청나게 솎아진 것 같은 산속과 계곡에 새벽이 푸른 빛을 흩뿌리면서 성큼성큼 오고 있었다.

아직도 최림은 허우적거리며 헛소리를 하며 잠을 자고 있었다. 승 행자는 차에서 내려 주위를 두리번거렸다. 불가사리처럼 흙을 파먹으며 흐르던 물줄기는 간 곳이 없고, 온순해진 물줄기가 도로 옆에서 졸졸졸 흐르고 있었다. 생가지들이 찢어져내린 나무들도 한결 날씬해지고 숨통이 트여 보였다.

지프를 가로막아 산적 같았던 바위도 간밤의 그것과는 모습을 달리하고 있었다. 오히려 이제는 그것이 길을 잃고 헤매고 있었다. 기암 괴석이 군락을 이룬 계곡으로 보내주어야 할 바위 같았다.

민가는 승 행자가 서 있는 지점에서 30분은 걸어가야 했다. 거기서 연장을 빌려와 바위를 치우는 수밖에 없었다. 그러니까 간밤에 내린 최림의 결론이 맞아떨어진 셈이었다. 지프를 이용하면 왕복 20분에도 다녀올 수 있을 것이었다.

그러나 그럴 필요가 없었다. 맞은편에서 버스가 다가와 남자 몇 명이 내리고 있었다. 승 행자는 최림을 깨웠다.

"최 선생님, 맞은편에 버스가 왔어요."

"아니, 내가 잠을 자고 있었군요."

최림은 용수철처럼 튀듯 일어나 밖으로 나왔다. 남자 몇이서 합세를 한 탓인지 바위는 최림이 다가서기도 전에 도로 옆으로 뒤뚱뒤뚱 비켜나고 있었다. 그러더니 둔중한 소리를 내며 계곡 아래로 굴러가버렸다.

두 사람은 버스가 지나간 뒤에야 지프에 올라탔다. 산속에서 맞이하는 빛살은 거대한 부채살처럼 힘차게 느껴졌다. 간밤의 태풍에 시달렸던 숲에 영양제를 놓는 수만 개의 주삿바늘 같았다.

"믿어지지 않아요. 이렇게 세상이 변해 있다니. 저기 저 새들 좀 보세요. 태풍 속에서 살아남은 저 새들을."

일종의 경외감이 들기는 최림도 마찬가지였다. 간밤을 무사히 보냈다는 게 믿겨지지 않기도 하였다.

"앞으로 미소사에 올 때는 꼭 일기예보를 살펴보고 움직여야겠어요. 어제 같은 고생은 난생 처음입니다."

"저도 얘기만 들었지 실제로 겪어보기는 처음이었어요. 꼭 무인도에 갇혀버린 느낌이었어요."

"무인도라, 거 참 그럴 듯하군요. 고립무원의 무인도 말입니다."

사실 최림의 심정은 무인도에서 기적적으로 탈출해 나온 기분이었다. 철저하고 완벽하게 고립되어 있다가 구사일생으로 살아난 그런 느낌이었다. 산사태가 나면 별 수 없이 묻혀 죽게 되는 그런 상황이었던 것이다. 그것은 공연한 기우가 아니라 바위가 간헐적으로 떨어져내리는 지경이었으므로 도저히 안심할 수 없었음이었다. 술에 의지하여 잠에 곯아떨어져 버린 것은 아이가 무서워지면 눈을 가리듯 어리석은 도피나 다름없었다.

이윽고 고갯마루에 지프가 올라서자 미소사의 법당이 보이고 황룡사 9층탑을 재현하고 있는 천불탑이 눈부시게 보였다. 천불탑은 거대한 배의 돛대처럼 우뚝했다. 지프에서 내린 최림은 난파선을 붙들고 표류하는 선원처럼 옷을 벗어 그곳으로 향하여 흔들며 소리치고 싶은 충동이 일었다.

산바람이 휙 불어가자, 풍경소리가 밀물처럼 밀려오고 있었다. 환청이 아니었다. 올라간 6층까지의 추녀 끝에 달린 풍경들이 일제히 뎅그렁뎅그렁 소리를 터뜨리고 있었다.

형상에 그림자가 따르듯이 또 하나의 무형의 소리탑이 올라가고 있는 셈이었다. 그것은 아무도 생각해내지 못한 부분이었다. 눈에 보이는 천불탑은 형상이 있으므로 한계를 짓지만, 눈에 보이지 않고 소리로써 전해지는 소리탑은 천리향처럼 멀리서도 느껴져, 머리속에 또 하나의 천불탑을 연상시켜 줄 것이었다. 더 나아가 불심이 깊은 사람은 백리 밖에서도 뎅그렁뎅그렁 장엄하게 울려퍼지는 천불탑의 풍경소리를 들을 수도 있을 것이었다.

최림은 이미 설계를 하면서 그 점까지도 염두에 두고 있었다.

그러나 최림의 의중을 간파하지 못한 승려들은 공사하는데 시끄럽기만 하다고 천불탑이 다 조성된 뒤에 풍경을 달자고 우기기도 했다.

그러나 그것은 탑을 정물로 만들어버리자는 말이나 다름없었다. 최림은 탑을 올리면서 풍경들의 울림까지 계산에 넣고 있었다. 최림이 꿈꾸고 있는 것은 천상의 음악 같은 장엄한 소리까지 함께하는 살아있는 탑이었다. 말하자면 크고 작은 풍경들이 공기를 만나고, 바람을 만나 뎅그렁 뎅그렁뎅그렁 딩딩딩 오케스트라처럼 합주되면서 하늘로 치솟고 들판을 달리고 험한 산맥을 넘어가는 형상과 울림의 유무형(有無形)이 한데 어우러지는 탑을 만들자는 게 최림의 야망이었다.

일주문 아래 보이고 있는 승려는 지웅이 틀림없었다. 그 역시 밤새 근심을 하며 최림을 기다렸음이 분명했다. 그렇지 않다면 굳이 일주문 밖에서 왔다갔다 하고 있을 리가 없었다.

삭발한 머리가 유난히 번들거리고 있었다.

"아이고, 처사님 고생이 많았겠소이다."

"스님 말도 마십시오. 죽을 뻔했으니까요. 승 행자님이 생고생을 했습니다."

승 행자는 지웅을 쳐다보고는 죄를 짓고 들킨 사람처럼 얼굴을 붉히더니 요사채로 사라져버렸다. 속인과 밤을 세웠다는 것도 행자 입장에서는 참회의 대상일 것이고, 더구나 술까지 한잔 하지 않았던가. 그러나 간밤은 불가항력의 상황이 아닐 수 없었다. 내려간 체온 때문에 덜덜 떨면서 술 한잔 한 것이 죄가 된다면 최림으로서는 가만히 있고 싶지 않았다. 지웅에게 적극 변호를 하리라고 방어 의지를 다졌다.

"천불탑 때문에 오라고 하셨습니까. 스님."

"성미가 급한 건 여전하구만. 아침 공양이나 하고 이야기하지요."

"스님, 저 풍경 소리를 들어보십시오. 소리와 탑이 어울리지 않습니까. 바로 제가 의도하는 것입니다."

"허허허. 공사 현장의 부소장을 꼭 용건이 있어야만 부르겠소."

"대부분 전화로 지시해 왔지 않습니까."

"직접 해야 할 말이 따로 있고, 전화로 해도 될 말이 있지 않겠소."

"그럼 다른 용건이 있군요, 스님."

"그렇소."

"지금 말씀하시죠. 전 아침 생각이 없으니까요."

최림은 지웅을 따라 주지실로 들어갔다. 지웅의 방은 지난 달 들렀을 때와 달라진 게 하나도 없었다. 찻물을 끓이는 알루미늄 커피포트가 붉은 색의 새것으로 바뀐 것 말고는 그대로였다. 코드를 꽂자 값싼 제품인 듯 금세 찬물을 다그치는 소리가 딱딱딱 거칠게 흘러나오고 있었다. 공과 사가 분명한 지웅의 검소함은 결코 새삼스러운 것이 아니었다. 그것만으로도 신도들이 그러한 그를 믿고 따를 만한 이유가 충분했다.

"주지스님, 중대한 문제가 생긴 것 같은데 맞습니까."

"사실 그렇소."

"무슨 문젠지 제게 말씀해 주실 수 없습니까."

"최 처사님이 해결해 줄지도 모른다는 생각으로 불렀소."

지웅은 눈을 감고 말했다. 그리고는 다시 어금니를 꼭 물었다.

"그게 무엇입니까."

"최 처사님하고도 관련된 문제입니다."

"제가 관련되어 있다구요, 정말입니까."

최림은 깜짝 놀랐다. 자신이 연루되어 있다는 말이 믿기지 않았다. 지웅은 어금니를 꼭 문 채 입을 다물어버렸다. 그러나 최림은 잠시 동안의 침묵을 깨뜨리며 말했다.

"약속하겠습니다. 절대로 발설하지 않겠습니다. 그러니 말씀하십시오."

지웅은 녹차잔을 소리나게 놓고 있었다. 결심이 서지 않은 듯 고백을 자꾸 망설였다. 법당에 신도들을 모아놓고 대갈일성하던 기개는 웬지 사라지고 없었다. 사자후를 토하던 입술은 떨리고 있기조차 하였다. 호랑이의 눈을 닮았다는 그의 눈은 위엄을 잃고 있었다. 마침내 지웅이 무겁게 입을 열었다.

"법당에를 들어가 본 적 있습니까."

"아니오. 저는 불교도가 아니라서요. 예불을 드린 적은 없습니다."

"전국 방방곡곡에서 신도들이 우리 법당에를 찾아오고 있는데 왜 그런다고 생각하시오."

"그거야 사리함에 부처님의 진신사리가 있기 때문이 아닙니까."

"그럼, 사리함은 보았겠구려."

"네."

사리함은 내부를 눈으로 직접 확인할 수 있도록 유리로 된 뚜껑으로 만들어져 있었다. 붉은 비단 위에 놓인 투명한 물방울처럼 생긴 것이 부처의 사리라고 하였다. 말하자면 부처를 화장했을 때 나온 팔만 사천 개 중의 하나인 부처의 뼈였다. 진리를 상징하는 보석이었다.

"거기에 물방울 같이 생긴 부처의 사리가 있잖습니까."

"맞소. 그런데 그건 부처님의 진신사리가 아니오."

"아니, 그게 사실입니까."

최림은 너무 놀라 자리에서 벌떡 일어나 지웅을 노려보았다. 그렇다면 천불탑의 공사기금을 조성하기 위해서 신도들을 상대로 술수를 부려 사기를 쳤다는 것밖에는 아무 것도 아니었다. 결과적으로 최림 자신도 지웅의 농간에 놀아난 꼴이었다. 사기도 어줍잖은 사기가 아니라 불교계가 큰 혼란에 빠지고 말 엄청난 충격의 사기였다. 불교 신자가 아닌 최림이 충격을 받을 정도이니 온 매스컴이 들끓을 것은 불을 보듯 뻔했다.

지웅은 여전히 눈을 감은 채 말했다. 최림이 흥분을 하자 오히려 그는 평상심을 되찾고 있었다.

"처음부터 신도들을 속일 생각은 없었소."

"그러나 결과는 속이고 있잖습니까. 지금 이 순간도요."

토요일이어서인지 법당은 아침 일찍부터 관광버스로 순례길에 오른 신도들로 붐비고 있었다. 저 선남선녀 신도들을 감쪽같이 속이고 있잖은가.

"이야기를 다 듣고나면 나를 이해할 수 있을 것이오. 다시 말하지만 나도 피해자인 셈이오."

"그럼 어쩔 작정이십니까."

"부처님의 진신사리를 모셔 와야지요."

"어디에 있는데 말입니까."

"법상(法常)이라는 스님을 찾아야 하는데 아직은 오리무중이오."

"그가 정말 부처의 진신사리를 가지고 있습니까."

"그럴겁니다. 그를 인도로 보낸 게 내 불찰이었소."

"그는 왜 나타나지 않는 겁니까."

"그 이유를 모르겠소."

"법상 스님이 인도로 간 것은 언제입니까."

"8년 전쯤이오. 내가 보낸 것도 되지만 우리 절의 신도가 보낸 것이나 다름없소. 신도들이 돈을 모아 법상을 보냈으니까."

"부처의 사리를 지금도 구할 수 있는 것입니까."

"어려운 일이지요. 난 운이 좋았다고 할 수밖에요. 10년 전의 일이오. 인도 성지를 여행하던 중 우연히 힌두교 사원을 들르게 되었는데 그곳에서 거금을 기부하면 자기들이 봉안하고 있는 부처님의 진신사리를 양도하겠다고 제의를 했던 거요. 그래서 국내로 돌아온 뒤 모금을 하여 법상을 보내게 됐던 것이오."

지웅은 회한이 사무치는지 눈물을 주르르 흘리고 있었다. 그제야 최림은 왜 지웅이 자신을 불렀는지 이해할 수 있었다. 미소사 법당의 사리는 어쩔 수 없다 치더라도 황룡사 9층탑을 재현한 천불탑에는 꼭 어떻게 해서든지 법상을 찾아 부처님의 진신사리를 모시고 싶은 게 불국토를 갈망하는 지웅의 뜻임이 분명했다.

"쉽게 얘기해서 이제는 저를 이용하자는 거군요."

"이용하자는 것이 아니라 천불탑에는 부처님의 진신사리가 모셔져야 하지 않겠소."

그것은 조금도 부정할 수 없는 사실이었다. 지웅은 최림의 야망을 속속들이 읽고 있었다. 일생 일대의 걸작을 만들고 싶어하는 최림이므로 천불탑에 부처의 진신사리가 봉안되어야만 격에 맞지 않겠는가. 그래야만 전국의 수백만 신도들이 모여들어 민족의 성인 자장 대사가 축원하고 선덕여왕이 명하여 조성하였다는 황룡사 9층탑을 장엄하게 재현한 저 천불탑에 고개를 숙이고 경배를 하게 될 것이기 때문이었다.

두 수도자

최림이 미소사에 머문 지도 일주일.

달력에 붉은 글씨로 적힌 추석이 보름여 지나자 미소사 주변의 산속은 조금씩 가을의 빛깔을 띄어가고 있었다. 산감이 먼저 익어 생기를 잃어가는 산자락에 열꽃처럼 붉은 빛을 내쏘고, 환생을 앞둔 쓰르라미들이 유언을 내뱉듯 쓰르람쓰르람 하고 산속의 정적을 깨트리고 있었다. 그런가 하면 계곡을 빠져나가는 물줄기도 산의 찬 기운을 실어 저자거리로 달음질치고 있었다.

지웅은 참선을 하기 위해 좌선대로 오르려다가 걸음을 멈추었다. 산길가에 서 있는 오동잎이 바람도 없는데 한잎 뚝 떨어지는 것이었다. 잊혀졌던 한구절이 저절로 뇌까려졌다.

한 마리 수탉이 목청을 뽑으매
온 세상 수탉이 울음 울고

오동잎 한 이파리 떨어지매
천하의 가을을 알아차린다

一鷄鳴而萬鷄隨
一葉落知天下秋

　지웅은 초조했다. 최림이 어떤 언질도 주지 않고 있기 때문이
었다. 법상을 찾아 부처님의 진신사리를 찾아오라고 했지만 최
림은 선뜻 미소사를 떠나지를 못하고 있었다.

　황룡사 9층탑을 재현하는 천불탑 공사의 현장 부소장이라고는
하지만 최림에게는 특별한 용무가 주어져 있는 것은 아니었다.
서류상 필요했고 설계사로서의 권한을 보장해주기 위해 주어진
유명무실한 직책일 뿐이었다.

　그렇다고 그사이 마음이 변한 것도 아닌데 최림은 미소사에서
하루하루를 보내고 있는 것이었다. 물론 행방불명인 법상을 찾아
나선다는 것이 얼마나 막연한 추적인지 지웅은 잘 알고 있었다.

　사실, 최림은 무작정 법상을 찾아 떠난다는 것이 불안하기 짝
이 없었다. 최소한 법상이 어떤 사람인지, 그의 상좌가 누구인
지, 그가 수도를 한 암자가 국내에 어디어디에 있는지, 그의 속
가가 어디에 있는지를 알지 못하고는 무작정 떠날 수 없는 노릇
이었다.

　아무튼 지웅은 떨어지고 있는 오동잎을 보며 공연히 불길한 조
짐이 아닌가 하고 불안해 했다. 만약 최림이 마음이 변해 미소사
의 비밀을 발설한다면 미소사는 그 길로 쇠락의 가을이 덮칠 것

이고, 폐사의 겨울이 일시에 들이닥칠 것이었다.

지웅은 중얼거렸다.

'부처님의 진신사리가 불가에서 얼마나 소중한 성보인지를 아직도 모르고 있는 것일까.'

다시 또 중얼거렸다.

'아니면.'

잠시 후에는 고개를 흔들며 지웅은 나직이 혼잣말을 했다.

'내가 그를 너무 믿고 있는 것은 아닐까.'

자신에게 부담이 되는 일을 아주 싫어하는 최림이지만 그럴 리는 없을 것이다. 이익이 되는 일은 집게처럼 절대로 놓치지 않는 그이기 때문이다. 그는 맹세코 발설하지 않겠다고 지웅에게 약조를 했었다. 지금으로서는 그를 믿고 기다리는 수밖에 별도리가 없었다. 아니, 어쩌면 그는 지웅에게 고백을 듣고는 속으로 쾌재를 불렀는지도 몰랐다. 누구보다도 천불탑에 대한 야심이 컸으므로 탑을 더 빛내는 일이라면 물불을 가리지 않을 것이기에. 부처의 진신사리를 자신이 설계한 천불탑의 사리공에 봉안함으로써 비로소 천불탑은 화룡점정하듯 완성될 것이라고 생각하고 있을 것이므로.

화룡점정.

아무리 용의 몸뚱어리를 생생하게 잘 그려본들 무슨 소용이 있겠는가. 마지막으로 점을 찍어 눈까지 그려야만 비로소 살아있는 용처럼 느낌이 오지 않겠는가. 생명은 눈을 뜨게 됨으로써 비로소 살아 약동하는 것이 된다는 고사이기도 한 것이다.

천불탑도 마찬가지.

용의 눈처럼 생긴 부처의 진신사리를 천불탑에 봉안해야만 비로소 탑은 생명을 얻는다고나 할까. 부처의 진신사리를 화룡점정하듯 봉안하여야만 천불탑은 비로소 살아있는 용이 되는 이치였다.

부처의 가짜 사리를 봉안하고 있는 천불탑을 상상해 본다면 그 해답이 쉽게 나왔다. 아무리 웅장한 구조물로써 그 위용을 떨친다고 해도 그것은 한낱 공허한 껍데기에 지나지 않을 것이었다. 비록 물방울 한 개의 크기이지만 어찌 부처의 진신사리를 인간의 천불탑에 비교할 수 있겠는가. 영악한 최림이 그러한 가치를 모를 리 없는 것이다. 따라서 그는 절대로 발설하지 않을 것이었다.

문제는 법상을 찾아 왜 한시라도 빨리 떠나지 않는지 그게 걱정거리였다. 지웅이 불안하고 초조한 것도 바로 그 점이었다.

'혹시 승 행자와 눈이 맞아서 떠나지 못하는 것은 아닐까.'

사실, 지웅은 최림과 승 행자가 지프에서 내렸을 때 그녀의 얼굴이 갑자기 붉어지는 것을 그냥 보아 넘기지 않고 있었다. 오랜 절 생활에서 터득한 수행자의 직감이랄까, 육감은 거의 틀리는 일이 없었다. 지웅은 그러한 수행력으로 절 생활의 고비고비를 무사히 넘겨왔던 것이다.

지웅은 좌선대에 앉아 한동안 묵조선(默照禪)에 잠겼다. 묵조선이란 중국 조동종의 굉지(宏智)가 주창했던 것으로 화두를 들지 않고 묵묵히 말을 잊은 채 마음을 바라보게 되면 저절로 마음이 신령스러워진다고 주장하는 선법(禪法)을 말함이었다.

이를 보조 지눌 스님은 마음이 고요해져 번뇌 망상이 일어나지 않는 것을 적적(寂寂)이라 하고, 고요한 마음으로 만물을 지혜롭게 비추어보는 것을 성성(惺惺)이라 했다. 그것이 묵조선의 맥을 잇는 것이었다.

그런데 지웅은 적적하지도 성성하지도 못했다. 감고 있는 눈앞으로 10여 년 전의 일들이 영사기의 필름처럼 돌아가고 있었다. 적적과 성성으로 돌아가려 안간힘을 쓰지만 그날의 일들이 생생하게 펼쳐지고 있는 것이었다.

그때 지웅은 불교 4대 성지를 둘러보고 동부 인도의 최대 도시인 캘커타로 와 있었다. 힌두 사원을 들러보고 싶어서였다. 캘커타는 지웅에게 혼돈스러운 열기로 질식해 죽을 것 같은 고통을 주는 도시이기도 했다. 그런가 하면 망고 껍질을 깎다가 독이 올랐는지 온몸이 가려워 핏발이 서도록 온몸을 긁어대던 도시가 바로 캘커타였었다.

거리는 인종이 다른 눈빛이 번들거리고 매서운 사람들로 넘쳐나고 있었다. 거리는 일산을 쓴 부자와 산송장이나 다름없는 거지가 기이하게 공존하고 있었다. 거리는 고대의 인력거와 현대의 택시가 마구 뒤섞여 있었다. 게다가 소와 개, 까마귀떼까지 음메음메 멍멍멍 까악까악 어우러져 거리를 극도로 어지럽게 하고 있었다.

뿐만 아니라 고철덩어리 같은 차들이 일시에 빵빵거리며 뒤엉켜 있는 도시는 아수라장이나 다름없었다. 사람이 다니는 인도고 교통차선이고 교통순경이고 뭐고간에 아무짝에도 소용없었다. 그러나 캘커타는 뒤죽박죽 속에서도 불가사의한 흐름에 의해 나름대로 질서를 유지하고 있었다. 운전사끼리 살벌하게 욕설을 주고받는 광경을 지웅은 한 번도 보지 못했던 것이다. 도로가 막히면 운전사들은 차에서 내려 딴전을 피우든지, 거리에 아예 누워버리기조차 하였다. 지웅이 보기에는 이해할 수 없는 일이 아닐 수 없었다.

또한 캘커타 사람들에게는 시간 관념도 없었다. 기차의 연발착은 관심 밖이었다. 심한 경우는 하루를 연착할 때도 있었다. 터널 공사를 하는데 트럭을 이용하지 않고 여자들이 머리에 인 광주리에 흙을 담아 나르고 있었다. 일년도 좋고 폭우에 무너져내려 십년이 걸려도 좋다는 식이었다.

그러나 지웅은 적색 점토의 벽돌로 지어진 힌두 사원을 들어가 자신이 분별지(分別智)에 빠져있다고 자책을 했다. 사원 안에도 역시 거리에서처럼 온갖 것들이 어우러져 있는데, 한가지 더 추가하여 삶과 죽음이 뒤엉켜 있었다. 제단 앞에서는 제물로 산 양이 도살되어 머리가 잘려 제단에 올려지고, 가죽이 벗겨진 고깃덩어리는 신도들에게 팔려 나가고 있는 것이었다. 지웅은 섬뜩하여 얼른 사원을 나와버리고 싶었지만 순간 〈반야심경〉에 불생불멸, 죽음도 없고 삶도 없다는 구절이 떠올라 그 자리에 눌러서서 힌두 신들을 구경하였었다.

안내자는 힌두의 신들을 하나씩 설명할 때마다 헌금을 요구했다. 사원 안의 험악하고 음산한 분위기 때문에 지웅은 거절하지 못하고 옻 같은 망고 껍질독이 올라 가려운 가슴을 살살 쓸어내리며 그의 말을 끝까지 다 들을 수밖에 없었다.

신들은 하나같이 괴기스런 모습을 하고 있었다. 큰 뱀 위에 잠을 자고 있는 비슈누는 그래도 온화한 느낌을 주었다. 그러나 코브라를 목에 감고서 호랑이 모피에 앉아 삼지창을 들고 있는, 눈이 세 개인 시바는 파괴의 신답게 무섭기 짝이 없었다.

힌두 사원 안에 있는 절에 들어가서야 지웅은 뭔가 공포로부터 놓여났다. 거기에서는 석가모니 부처도 비슈누 신의 아홉번째 화신으로 모셔지고 있었다. 어쨌든 힌두 사원의 안내자 대신에 절을 관리하는 인도 승려가 안내를 하여 안도감이 들었다. 헌금도 요구하지 않았고 망고독도 잠시 사라져 가슴이 가렵지도 않았다.

비로소 서툰 영어로 담소를 나눌 수도 있었다. 인도 승려는 가족이 있는 취처승(娶妻僧)이었다. 그의 아내와 아들이 붉고 노란 꽃이파리들이 어지럽게 널린 법당의 마룻바닥을 번질번질 윤이 나게 아까부터 닦고 있었다.

"신도는 얼마나 됩니까."

"힌두교 신도들과 구분이 안 됩니다. 비슈누를 참배왔다가 부처님도 보고 가니까요. 그들에겐 부처님도 비슈누의 화신이랍니다."

"힌두교에 불교가 먹힌 셈이군요."

"그렇다기보다는 공존하는 거지요."

"부처님은 법에 의지하고 마음에 의지하라고 했습니다. 힌두교에 의지한다는 것은 정법이 아니라고 생각합니다만."

"옳은 지적입니다. 절이 힌두 사원에 더부살이하고 있다는 것은 비법이지요."

"그럼 왜 비법을 버리지 못하고 있습니까."

"나중에 말씀드리지요. 오늘밤은 여기서 쉬셔도 좋습니다."

인도의 취처승은 뜻밖에 선량한 느낌을 주었다. 그리고 불교의 역사와 사상을 정확하게 알고 있었다. 지웅은 그와 더 이야기를 나누고 싶어 노을이 물결에 어리고 있는 후글리 강으로 나섰다.

노을은 오렌지색으로 타오르고 있었다. 두 사람이 풀밭에 앉자 소가 한마리 다가와 지웅이 들고 있는 짜빠티 빵을 달라고 하였다. 그러자 개 한 마리가 어디서 나타났는지 지웅의 손에서 재빨리 낚아채어 달아나고 있었다.

"제가 힌두 사원을 떠나지 못하고 있는 이유는 이렇습니다."

인도의 취처승은 성자의 얼굴 같은 고요한 강물을 응시하며 말했다. 자신이 있는 절에는 부처의 진신사리가 전해져오고 있는데, 바로 그것의 관리 때문에 힌두 사원을 떠나지 못한다는 것이었다. 그리고 불교사원을 지어 부처의 4대 성지 부근으로 가고 싶지만 돈이 없으므로 그러지도 못한다고도 덧붙여 말했다. 델리나 봄베이로 나가 환속을 하고 싶은데도 부처의 진신사리 때문에 결행을 못하고 있는 인도의 취처승이었다.

"힌두교도들에게는 부처님의 진신사리가 소중할 리 없거든요."

"그럼, 그 사리를 제가 모실 수는 없습니까."

"모르긴 해도 힌두 사원 측에서 엄청난 거금을 요구할 겁니다."

"얼마일지는 모르지만 모금이 가능할 겁니다."

"그렇습니까."

"힌두 사원에서 요구하는 것보다 더 줄 수 있습니다. 지금까지 힌두 사원 안에 불단을 두고 부처님의 진신사리를 모셔온 것만도 고마운 일 아닙니까."

"모금하는 데 시간은 얼마나 걸리겠습니까."

"넉넉 잡아 2년입니다. 그동안 스님의 생활비도 보내드리겠습니다."

"그래요, 불심이 그렇게 깊은 나라입니까. 원하신다면 당장 내

일이라도 사원 관리자를 만나 증서를 만들어 드리겠습니다."

"고맙습니다. 스님."

노을이 스러지고 어둠이 강물을 덮어오자 두 사람은 자리에서 일어났다. 나뭇가지에서는 원숭이들이 배가 고픈지 꺅꺅꺅 날카롭게 울고 있었다. 땅거미가 진 거리는 여전히 아우성소리로 시끄럽고 북적거렸다.

지웅은 문득 이것이 바로 사바 세계의 진면(眞面)이 아닐까 하고 받아들였다. 출가를 하여 수만 번 반복하여 외우고 독경했던 〈반야심경〉의 대의가 한순간에 녹아져내리는 것이었다.

캘커타는 혼돈과 무지의 도시가 아니라 부처가 설파했던 진리를 펼쳐 보여주고 있는 바로 〈반야심경〉 그 자체였다. 선과 악이, 빛과 어둠이, 부자와 거지가, 백인종과 황인종이, 혼돈과 질서가, 삶과 죽음이, 깨끗함과 더러움이, 시간의 시작과 끝이 둘이 아니고 똑같은 값어치로 공존하고 있는 것이었다. 한쪽의 편견에 떨어져 편가르려 하지 않고 한 울타리 안에 받아들이고 키우는 어머니처럼 모성의 대지라는 느낌이 절로 드는 것이다.

어머니는 자식이 부자이건 가난뱅이이건 피부 색깔이 어떻든 똑같이 자비를 베풀지 않는가. 차별을 일으키는 것은 어머니의 품에 안긴 자식들. 차별을 일으켜 울고 웃고 떠들고 화내고 슬퍼하는 것은 어머니가 아니라 어리석은 자식들인 것이다. 그래서 어머니는 이것과 저것을 함께 어우르며 살자는 〈반야심경〉처럼 절대 평등의 진리의 모습이 되고 마는 것이다.

그때 지웅은 얼마나 환희심에 들떠 있었던가. 힌두 사원 안의 절로 되돌아와서는 한숨도 자지 못하고 가슴을 진정시켰던 것이다. 부처님의 진신사리를 모신다고 생각하니 부처의 제자로서 먹지 않아도 자지 않아도 그대로 목숨을 내놓는다 해도 법열에 취해 여한이 없을 것만 같았다.

그런데 지금의 지웅은 그렇지가 않은 것이다.

지금의 지웅은 적적하지도 성성하지도 못했다. 매일 좌선대에 올라 선정에 들려 하지만 번뇌 망상의 노예가 되곤 하였다. 지웅은 눈 앞에 펼쳐지며 이어지던 10년 전의 광경을 가위질하듯 싹둑 잘라버렸다. 고요한 마음을 적적이라고 하는데, 도무지 그러지를 못한 것이었다. 천불탑의 풍경소리가 골바람을 타고 뎅그렁뎅그렁 울려퍼져 오고 있었다. 크고 작은 풍경들이 여러 부처들을 위해 찬가를 부르듯 합창을 하고 있었다.

지웅에게는 풍경소리가 신도들의 목소리로 들렸다. 성지순례를 하고 돌아와서 신도들에게 부처님의 진신사리를 미소사에 모시자고 했을 때 신도들은 하나같이 신심을 내었던 것이다. 갑자기 미소사를 찾는 신도들이 엄청나게 불어났고, 법당에서는 독경소리가 밤낮으로 끊이지 않았었다. 그때부터 지정학적으로 우리 나라 중심이라 할 수 있는 중원 지방의 오지에 자리한 미소사는 교통이 불편한 절임에도 불구하고 재력을 갖게 되었고, 지웅을 돕겠다는 승려들이 몰려들기 시작했었다.

법상(法常)이 미소사에 들러 바랑을 푼 것은 바로 그때였었다. 한눈에 지웅은 운수승 법상을 알아보았었다. 그는 소위 결혼을 하고 난 뒤에 입산을 한 늦깎이 중이었다. 그러나 그의 법력은 이미 선가에 소문이 자자했으므로 원로급의 예우를 받는 승려였다. 문도들에 의해서 수행력이 과장된 선승이 아니라 스스로 독

각(獨覺)을 이루어 선맥의 봉우리 하나를 표표히 깔고 앉은 운수
승이었다.

그의 수행력은 방바닥에 등을 대지 않는 10여 년 간의 장좌불
와(長坐不臥)에서 다 설명이 되고, 말을 하지 않는 5년 간의 묵
언 수행으로 보충설명이 되며, 구름과 물처럼 떠돌아다닌 5년
간의 만행으로 살아있는 전설을 펼쳐보이고 있었다.

그는 지웅과 달리 간화선(看話禪)을 수행의 방편으로 삼았다.
간화선이란 화두를 들고 참선하는 선법인데, 중국의 혜능(慧能)
이 뿌린 남돈선(南頓禪)의 번창으로 싹이 텄으며 임제종에서 주
창되고 대혜(大慧)에 이르러 크게 일어났다고 한다.

화두란 말의 머리 즉 말보다 앞서 있는 것, 참된 도(道), 언어
이전의 소식 등으로 해석하기도 하는데, 법상이 잡은 화두는 선
가에서 가장 애용하는 조주의 무(無)였다. 조주의 무(無) 자는
이렇게 유래되었다고 한다.

한 승려가 조주에게 물었다.

"개에게도 불성(佛性)이 있습니까."

부처가 모든 중생에게는 다 불성이 있다고 했으므로 더럽고 천
한 개에게도 부처 될 씨앗이 있을 것이라는 생각으로 그 승려는
질문했을 것이었다.

그러나 조주의 대답은 상식을 뛰어넘었다.

"없다(無)."

그렇다면 공안(公案)이라고도 하는, 1700여 종류가 있다고 하
는 이러한 화두를 어떻게 품는가. 휴정은 그의 명저, 〈선가귀감〉
에서 참으로 알기 쉽게 설명하고 있다.

'닭이 알을 안을 때에는 더운 기운이 늘 지속되고 있으며, 고양이가 쥐를 잡을 때에는 마음과 눈이 움직이지 않게 되고, 주린 때 밥 생각하는 것이나 어린아이가 엄마를 생각하는 것은 모두가 진심에서 우러난 것이고 억지로 지어서 내는 마음이 아니므로 간절한 것이다. 참선을 하는데 있어서 이렇듯 간절한 마음 없이 깨친다는 것은 있을 수 없는 일이다.'

아무튼 수행력으로만 따진다면 중국에 선을 소개한 선의 초조 달마도, 부처도 죽이고 조사도 죽이라는 선의 무법자 임제도, 선의 목동 목우자(牧牛子) 지눌도, 선으로 호국한 사명도 그를 앞지를 수는 없을 것이었다. 그런데도 선가(禪家)마저 불치병처럼 인도나 중국을 우러러보는 사대주의가 있어 그를 바로보지 못하고 있는 것도 사실이었다.

사실 무얼 본다는 게 얼마나 어려운 일인가. 눈 속의 눈으로 본다는 게 말처럼 그리 쉽지가 않은 것이다. 있는 그대로 바로 보는 것이 깨침이 아닌가. 성현 소크라테스가 '너 자신을 알라'고 한 것도 너 자신을 보라고 한 말이나 다름없으리라.

그러나 지웅은 법상의 가려진 한 면은 정확히 알고 있었다. 어린 시절부터 함께 성장한 지기로서 그의 과거는 세세히 기억하고 있었다. 한마디로 그는 부족함이 없는 집안에서 태어나고 자라난 수재였다. 학교 성적은 늘 지웅을 따돌리고 전교 수석을 초등학교 때부터 고등학교 때까지 한 번도 놓친 적이 없었던 것이다. 그는 일류대학에 많이 진학시켜 명문이 되고 싶은 시골 고등학교의 희망이기도 했다.

어느 날 법상이, 지웅이 주장을 맡은 축구부에 들어오려 하자

체육교사가 만류를 한 적도 있었다.

"야, 임마. 넌 공부해. 넌 머리로 학교 명예를 올려야 할 놈이야."

"그럼, 농구부라도 넣어주십시오."

"손이나 발로 먹고 사는 놈 따로 있고, 머리로 먹고 사는 놈 따로 있는 게 세상이란 말이야. 너 그래도 성가시게 굴면 반성문 쓰게 할거야."

어찌 보면 법상은 출가 전의 석가모니 부처보다도 고독의 그늘이 없는 환경에서 자랐다고도 할 수 있었다. 석가모니는 일찍이 부모를 잃어 쓸쓸한 어린 시절을 보냈었지만 그는 내과 의사인 부모 밑에서 건실하게 자랐던 것이다. 그의 동생들도 하나같이 공부를 잘하여 동네사람들로부터 부러움의 대상이 되었었다.

교통사고로 아버지를 잃은 지웅과는 비교할 수 없는 가정환경이었다. 그래서인지 성장의 길도 고등학교를 졸업하면서부터 차츰 갈라지기 시작하였었다. 지웅이 뒤틀린 삶을 원망하면서 인생이 무언지나 알고 싶어 장학생으로 불교대학을 지원했을 때, 그는 예정된 수순에 따라 일류대학의 의대를 지망하여 학자의 길을 걸어갔던 것이다.

법상이 지망한 대학은 S대 의과대학. 환자를 돌보고 병을 치료하는 의사가 되겠다기보다는 눈에 보이지 않는 생명의 신비를 연구하고 싶어서였다. 보이는 현상보다는 보이지 않는 이면이 훨씬 더 그에게는 흥미로웠기 때문이었다. 아무튼 그의 학자로서의 길은 거침이 없었다. 그는 빼어난 성적으로 예과와 본과를 마친 후 교수들이 추천해주어 바로 미국으로 유학을 하여 최단

기간에 박사학위를 받고 돌아와 의학계의 촉망받는 학자로서 대학의 전임교수가 되었던 것이다.

그러나 결혼한 지 3년 만에 그는 출가를 하고 말았다. 아무도 예측하지 못한 그야말로 상식을 뛰어넘어 버리는 결행이었다. '왜 법상은 입산을 했는가.' 법상의 출가 동기는 지금도, 아직 중물이 덜 든 풋중들에게 '달마가 서쪽으로 온 뜻은 무엇인가(祖師西來意)'처럼 화두가 되어 얘기되어지곤 하였다.

그렇지만 불가에서 출가 이전의 일은 누구도 묻지 않는 게 불문율처럼 되어 있었다. 출가 이후가 승려들에게는 관심사이지 출가 이전의 일은 미망의 시간으로 치부하여 묻지 않는 게 예의였다.

어린 시절의 친구인 지웅조차 법상에게 물은 적이 한 번도 없었다. 고등학교를 졸업한 뒤 그가 미소사를 찾아와 처음 만났을 때도 대화는 이렇게 시작되었다.

"늦깎이가 됐다는 소식을 들었소만 이거 몇 년 만이오."

"허허허."

법상은 20년 동안의 시간을 웃음으로 보여 주었다. 눈빛이 형형하고 얼굴에는 청정한 기운이 서려 있어 한눈에도 그가 어떤 수행을 했는지 지웅은 짐작할 수 있었다.

"우리 선열당에서 바랑을 풀고 쉬시구려."

"운수승에게 주처가 어디 있겠소."

"법상, 철산은벽(鐵山銀壁)의 화두를 박차니 그 경계가 어떻습디까, 보았다면 이제는 우리 선열당 수좌들에게 그 한 소식을 풀어주어야 하지 않겠소."

"하하하."

법상은 허허허 하하하, 웃음을 터뜨리며 만만치 않은 지웅의 송곳 같은 질문을 피해갔다. 어찌 보면 미소사의 주지 대접을 하는지도 모를 일이었다.

"오늘 밤에라도 지웅 스님에게 인생사 대의(大意)를 듣고 싶구려."

법상은 몇 십년 전의 그때 입학원서를 쓰면서 나누었던 얘기를 아직도 잊지 않고 있었다. 지웅은 불교대학을 지망하면서 그에게 인생이 뭔지나 알겠다고 호기를 부렸던 것이다.

지웅은 모골이 송연함을 느꼈다.

인생사 대의란 지웅의 출가 동기이기도 한 화두인 셈이었다. 그러나 인생의 큰 뜻을 깨달았는가, 깨달았다면 그것은 무엇인가. 세간의 나이로 육십줄에 들어섰으면서도 아직 깨닫지 못한 것은 아닐까.

"육십줄에 들어서야 내 그릇의 모양과 크기를 알게 됐소."

"밥의 그릇이오, 법의 그릇이오."

"허허, 공양간에서는 식기가 되고 법당에서는 법기가 된다오."

"어쨌든 지웅 스님 때문에 미소사에서는 대중들이 배는 고프지 않겠구료."

두 사람은 수도자의 길을 서로 다르게 걷고 있는 셈이었다. 굳이 따지자면 법상은 지혜를 구하여 성불하겠다는 상구보리쪽이고, 지웅은 중생을 제도하여 성불하겠다는 하화중생쪽이었다. 부처가 되는 길을 걸어왔지만 서로가 달랐다. 법상의 길은 눈에 보이지 않는 길이고, 지웅의 길은 눈에 드러나 있는 길이었다. 말하자면 법상은 운수승이고 지웅은 사판승이었다.

그날밤 이후 미소사 대중들은 법상을 선방의 선원장으로 추대했다. 그리고 주지는 지웅밖에 맡을 승려가 없으므로 지웅이 연임을 했다.

처음에는 미소사 승려들 모두 두 사람을 따르고 흠모했다. 지웅이 아니면 거금이 쏟아부어지는 미소사 법당의 중창불사는 엄두도 못낼 것이고, 또한 법상이 아니면 동당, 서당에 비구와 비구니 수좌들이 모여들어 선풍을 드날리지 못할 것이기 때문이었다.

그러나 가는 길이 다르기에 두 사람은 차츰 물과 기름처럼 겉돌게 되었다. 법상과 지웅은 대중회의 때, 가끔 드러나게 부딪쳤다. 비구 선방인 동당에 비가 새어 대중들이 모인 적이 있는데, 그때도 의견이 엇갈렸다.

지웅은 여법하게 대대적으로 불사를 하자고 주장했었다.

"지금의 선방은 비좁습니다. 미소사의 산세와도 어울리지 않게 왜소하지요. 더 많은 수좌들이 모여 수행 정진할 수 있게끔 중창불사를 크게 일으킵시다. 더구나 이곳은 부처님 땅이 아닙니까. 부처님을 공경하는 마음으로 기도하고 일으키면 안 될 일이 없습니다."

신심이 절로 나게끔 정성스레 크게 짓자는 지웅의 말에 법상은 늘 조용히 반박을 하였다.

"달마는 양무제의 수많은 불사에 무공덕(無功德)이라고 잘라 말했소. 부처님이 기거한 영축산은 원래 공동묘지였소. 중국으로 건너가 성인이 된 무상 스님이나 지장 스님이 확철대오한 곳도 짐승이나 사는 초라한 움막이었소. 난 가람에 비가 새서 깨침에 장애가 된다는 말을 들어본 적이 없소."

결과는 대중들이 대부분 법상에게 손을 들어주는 것으로 끝이 나곤 했다. 그래서 지웅은 그를 미소사에 머물게 한 것을 후회하기도 하였다. 신도들이 거금을 가져와 시주를 해도 그가 반대를 하는 바람에 좌절되곤 하여 견딜 수 없었던 것이다. 그때마다 지웅은 독경을 하면서 심사를 달래며 자신이 세운 부처님 일을 굽히지 않으리라 다짐하곤 했다.

"깨침을 핑계 삼아 신도들의 시주금을 잡아먹는 너희 수좌들. 염라대왕이 밥값을 청구할 날이 있으렷다."

지웅이 법상의 눈치를 보지 않고 단독으로 처리를 한 것은 바로 법당 중창불사였다. 미소사에 신도들이 불어나면서 비좁은 법당 때문에 신도들이 말할 수 없는 고초를 겪고 있어서였다. 눈이나 비가 와도 법당으로 다 들어서지 못하고 법당 마당에서 오들오들 떨면서 지웅의 설법을 듣고 가는 형편이었던 것이다.

"절을 중창하는 건 부처님을 잘 모시는 일이오. 부처님을 어디서 찾습니까. 불단에 계신 석가모니 부처님만 부처입니까. 그렇지 않습니다. 바로 여러분이 부처님입니다. 저는 여러분을 부처님이라 생각하고 중창불사를 하는 것입니다."

절을 위해 사심없이 시주를 해도 불사가 잘 이루어지지 않자, 신도들 사이에서도 내부 균열이 생겼다. 신도들은 승려들보다 더 날카롭게 대립했다. 지웅을 따르는 무리와 법상을 따르는 무리로 갈라졌다. 지웅을 따르는 무리는 기득권을 들고 나왔다. 미소사를 지웅이 천신만고 끝에 일으켜 놓았는데 법상이 가로채려 한다는 것이었다.

"스님, 가만히 당하고만 계실 겁니까. 굴러온 돌이 박힌 돌 뺀다더니 그런 경우가 아닙니까."

신도회장이 지웅에게 대들기도 하였다.

"승보(僧寶)를 비방하는 것도 큰 구업(口業)을 짓는 것입니다."

"신도들의 불만이 얼마나 큰지 아십니까. 다른 절로 옮기겠다는 신도도 있습니다."

"처사님, 부처님 법 배우러 오는 게지 절을 보러 옵니까. 그런 신도라면 나와 인연을 끊겠소."

"이러니까 당하는 게 아닙니까. 불철주야 미소사를 일으키려고 얼마나 고생을 하셨습니까. 선원장 스님의 도력이 어떤지 모르지만 주지스님 법문에 감화를 받는 신도도 많습니다."

"나에게도 생각이 있소. 기다려봅시다."

"기다려도 해결이 나지 않으면 선원장 스님 물러가라고 플래카드라도 산문에 걸겠습니다."

"그건 안 돼오. 화합해야 할 승단 아니오. 그건 안 됩니다."

"신도들이 더 이상 참지 못하겠다는 것도 명분이 있습니다. 신도들이 미소사에서 무얼 챙기겠다는 것은 아니잖습니까. 우리 신도들은 그저 사심없이 인연 맺은 미소사를 중흥시키자는 불심뿐입니다. 이게 잘못된 마음입니까."

"법상 스님인들 왜 신도님들의 마음을 모르겠소."

"그렇다면 왜 사사건건 방해를 놓는 겁니까."

"아무튼 기다려주오. 계책을 찾아보리다."

지웅은 겨우 신도회장을 달랜 뒤 보냈다. 지웅은 절을 부처님이 계시는 청정한 불국토, 즉 부처님 땅이라고 신도들에게 말해

왔었다. 서방정토만이 불국토가 아니라 지금 그대들이 서 있는 도량이 불국토라고 법문했었다. 신도들이 지극 정성으로 미소사의 구석구석에 신심을 쏟아부은 것도 사실은 지웅의 그 법문에 공감을 해서였다. 그런데 법상은 지웅의 말을 뒤집어버리곤 하였다.

"법당은 여러분 마음에도 있소. 청정한 마음이 법당이오. 미소사의 법당만을 보고 마음의 법당을 보지 못한 불자가 있다면, 그 사람이야말로 어리석은 부처님 제자요."

마음에도 법당이 하나 있는데 왜 굳이 교통이 불편한 미소사까지 찾아오냐는 질타성 법문이기도 했다. 그러니 신도 조직을 관리하는 신도회장으로서는 오해를 살 만도 한 법상의 법문인 것이었다.

그래도 지웅은 법상과 눈살 찌푸리면서 대립하고 싶지는 않았다. 불사와 도력은 동전의 앞뒤 같아서 한쪽을 두부 자르듯 칼질할 수는 없는 노릇이었다. 미소사에 불사 기금이 몰리는 것은 자신의 수완도 한몫하고 있지만 그에 못지않게 법상의 도력도 무시할 수는 없었다. 다만 지웅은 신도들이 갈라져 싸우는 추태를 사전에 방지해야 할 의무가 주지인 자신에게 있다고 믿었다. 미소사를 위해서는 어느 때가 되어 법상을 명예 퇴진시키는 계책밖에는 없을 것 같았다. 그러나 지금은 그 어떤 책략도 지웅에게는 없었다.

한편, 인도에서 부처의 진신사리를 가져오기 위한 모금운동은 편이 갈라지지 않고 한마음으로 진행되었다. 지웅은 약속대로 인도의 취처승에게도 매달 꼬박꼬박 생활비를 보내주곤 하였다.

부처의 진신사리라고 하니 아무도 이의를 제기한 승려나 신도가 없었다. 오히려 지웅 이상으로 신심을 내어 헌금을 했다. 힌두 사원에 헌납할 모금기간을 2년 정도 예상했지만 아주 순조롭게 모아져 1년 6개월 만에 초과 달성하였다. 따라서 누군가가 인도로 부처의 진신사리를 모시러 갈 일만 남게 된 셈이었다.

주지인 지웅으로서는 또 하나의 난제가 아닐 수 없었다. 신도들끼리 대립하고 있는 시점에서 절을 비울 수도 없는 노릇이었다. 그렇다고 거금을 쥐어주고 젊은 승려를 보내기도 미덥지 못했다. 그리고 누군가가 다녀온 뒤라도 문제는 또 하나가 남았다.

지웅의 내심은 부처의 진신사리를 법당에 두지 않고, 몇 년 동안 시주금을 모아서 웅장하고 장엄한 거탑을 세워 모시고 싶지만 법상과 또다시 갈등을 일으킬 것이 뻔했다.

그렇다면.

지웅은 신도회장과 법상 사이에서 진퇴양난에 빠지고 말았다. 그래서 지웅은 철야기도에 들어갔다. 그런데 기도에 영험이 있어서인지 삼일 만에 지웅은 법당문을 박차고 나왔다. 누구도 다치지 않고 자신의 신념도 밀고나갈 수 있는 책략이 하나 전광석화처럼 번쩍 뇌리를 스치고 지나간 것이었다. 그것은 마침 인도로 순례길을 떠나는 법상에게 진신사리를 가져오게 하는 계책이었다. 그가 성지를 돌고 있는 사이에 거탑의 계획을 전격적으로 미소사는 물론 불교계에 공표하여 기정 사실화해버리는 책략이었다.

지웅은 춤이라도 덩실덩실 추고 싶을 지경이었다. 이미 천불탑이라고 마음속으로 점지해 둔 거탑이 완공되면 미소사의 모든 것을 법상에게 다 물려주고 훨훨 그곳을 떠나도 한점 미련이 없을 것 같아서였다.

법상이 인도로 출발하기 사흘 전이었다. 지웅은 아무도 모르게 밤늦은 시각에 상선원의 문을 똑똑똑 두드렸다. 법상은 딱다구리가 나무를 쪼는 소리로 들었는지 잠에서 깨어날 줄 모르고 있었다.

"흠흠흠."

지웅의 큰 헛기침 소리를 듣고서야 장삼을 대충 걸치고 나왔다.

"아니, 지웅 스님 아니오."

"긴히 드릴 말씀이 있어 왔습니다."

"어서 들어오시오. 그렇잖아도 인도로 떠나기 전에 지웅 스님을 만나뵙고 싶었소. 잘 오셨소이다."

"일부러 밤시간을 이용했소. 양찰 바랍니다."

"말씀해보시지요."

"법상 스님을 뵈려면 젊은 스님네들이나 신도들 눈치를 봐야 되니 이거 다 주지 노릇을 잘못하고 있는 제 불찰입니다."

"아, 아닙니다. 절 살림처럼 머리 무겁게 하는 살림이 세상에 또 어디 있겠습니까."

"헤아려주니 고맙소. 밤이 늦었으니 긴 말 생략하고 용건만 꺼내겠소."

법상은 어느새 지웅의 말을 진지하게 듣겠다는 자세를 취했다. 반가부좌에서 가부좌를 틀고 있었다.

"부처님 진신사리를 가져오는 일입니다. 젊은 중을 보낼까도 궁리했습니다만 마음이 놓이지가 않아서요. 스님이 순례길에 모시고 오면 안 되겠습니까. 부탁드리오."

"하하하. 무에 어려운 일이겠소. 이제야 미소사에서 신세지던 밥값 좀 갚겠구려."

"여기 적힌 힌두 사원으로 가면 인도의 취처승이 안내를 할 겁니다. 힌두 사원 측과 약정한 증서는 여기 있습니다."

"그런데 제가 부처님 사리를 모시고 온다면 반발이 없을까요."

"물론 있겠지요. 그래서 스님이 떠나시고 난 다음에 발표를 하겠습니다."

"하하하. 놀라운 계획이오. 지웅 스님 놀랍습니다."

"그럼, 힌두 사원에 기부할 헌금도 오늘 밤에 놓고 가겠습니다."

두 사람은 밖으로 나와 한동안 침묵에 잠겨 달을 올려다보았다. 검은 구름장이 빠르게 달을 덮쳤다가는 흘러가고 있었다. 법상이 전장에서 아군의 군인끼리 암구호를 대듯 월인천강(月印千江)이란 말을 또박또박 혼잣말로 중얼거리자 지웅은 달빛에 길을 살피며 상선원을 내려왔다.

월인천강.

월인천강지곡(月印千江之曲)에서 유래한 말일 것이었다. 일찍이 민족의 성군 세종이 지은 찬불가로서 '달이 천 개의 강에 비추는 노래'라는 뜻인 것이다. 달은 두말할 것도 없이 석가모니 부처인데, 그 내용은 석가의 전생으로부터 도솔천에서 하강하여 왕자로 성장하고 화려한 결혼생활을 하는 가운데서 인생에 대한 번민으로 출가 수도하여 불도를 깨치고, 장엄한 권능으로 중생을 교화 제도하다가 열반하여, 그 진신사리를 신도들이 봉안하고 신앙하기까지의 전 생애를 그린 대서사시의 노래가 월인천강

지곡인 것이다.

주지실로 돌아온 지웅은 차를 한 잔 따라 놓고 자신의 얼굴을 비추어 보았다. 거기에는 달이 강에 어린 것처럼 자신의 의미심장한 눈 하나가 박혀 있었다. 눈에는 어느새 법상을 이겼다는 웃음이 어리고 있었다. 웃음을 머금은 눈의 흰자위는 여전히 번들거리고 있었다. 마침내 지웅은 폭포처럼 터져내리는 웃음을 참지 못했다.

하하하 하하하.

미친 사람처럼 웃고 있는 지웅에게 시자가 달려와 붙들었다.

"스님, 왜 이러십니까."

"넌 모른다."

"......"

"하하하."

지웅은 법상이 떠나는 날까지도 밤이 되면 속이 시원하다는 듯 너털웃음을 터뜨렸다. 영웅 호걸이라도 된 양 웃음을 참지 못했다. 걱정이 되어 묻는 시자에게 어금니를 꽉 물 뿐 그는 결코 그 이유를 말하지 않았다. 어찌 풋중이 거친 풍파를 헤쳐가는 미소사 주지인 자신의 깊은 마음을 알려 하느냐는 투였다.

그러나 지웅의 웃음은 곧 공허한 메아리에 그치고 말았다. 법상은 지웅의 계책을 여지없이 깨뜨려버렸다.

물론 법상이 지웅을 곤경에 빠뜨리고자 그랬을 리는 없겠지만 결과적으로는 커다란 낭패를 안겨주고 있었다. 인도로 떠난 법상으로부터 한달이 지났는데도 인편이나 전화로 아무런 소식이 없었다. 그를 인도 영축산이나 갠지스 강가에서 봤다는 다른 절

승려의 전갈이 있을 뿐 그로부터 직접 전해지는 소식은 전무했던 것이다.

법상이 순례길을 떠난 지 두 달이 넘어서자 매일 승려들이 모였다.

"이제 법상 스님이 오기로 약조한 날이 한달밖에 남지 않았습니다. 누구를 인도로 보내야 하지 않겠습니까."

"가도 만난다는 기약이 없습니다. 여기서 아직 약조한 날이 남아 있으니 그때까지 기다려야 합니다."

"법상 스님에게 탈이 난 게 분명합니다. 오는 날이야 그렇다치더라도 우리에게 이보다 더 중요한 일이 어디있습니까. 아무 일이 없었다면 진즉 연락이 왔을 것이오."

"법상 스님이야 원래 구름 같이 떠도는 수행자가 아닙니까. 번다해서 연락 같은 건 생략하고 바람같이 나타날지도 모르니 예단은 삼갑시다."

"미소사의 예산으로 여행하고 있다면 전화라도 한번쯤 소식을 알려주는 게 최소한의 의무가 아니겠소."

"법상 스님이 직접 가져오지 않고 우편으로 부쳐올 수도 있으니 기다려봅시다. 잘 포장한다면 그 속에 부처님의 진신사리가 들어 있는지 어쩐지 누가 알겠습니까."

"부처님의 진신사리를 소포로 부친다고요. 그런 불경스런 일이 어디 있습니까. 선승은 그래도 됩니까."

"무례고 불경이고 그렇게라도 도착하기만 한다면 다행한 일이지요. 너무 격식에 얽매어 일을 그르치지는 맙시다. 도착한 뒤에 우리가 정성을 다해 모시기만 하면 그만이니까요."

승려들끼리 고성이 오고가는 날도 많았다. 지웅은 다시 곤혹스런 입장에 놓이게 되었다.

"신도들에게는 이 일을 함구해 주시오. 절대로 밖으로 새어나서는 안 될 것입니다. 자중지란이 일어나서는 일이 걷잡을 수 없이 파급될 것이오."

지웅은 일단 대중 단속부터 단도리를 했다. 아직 속단을 내리기에는 시간이 한달이나 남아 있었다. 그러나 법상은 파격을 일삼는 선승이 아닌가. 버스회사 사장이라는 재주(齋主)가 보시한 돈이 맡겨지자, 소녀 가장들을 미소사로 오게 하여 절구경을 시켜주고는 전액 그들에게 나누어 준 적도 있었다. 재를 준비하던 승려가 그에게 가서 원망을 하자 오히려 그는 더 천연덕스럽게 말했다.

"오늘 재 한번 잘 지냈다."

"재를 지내지 않았는데 어찌 잘 지냈다고 하십니까."

"그 사장이라는 작자의 악업을 오늘 우리 절을 구경 온 천진불들이 씻어줄 게야. 그러니 재 한번 잘 지낸 거지."

지웅이 걱정스러운 것은 바로 이러한 그의 상식을 뛰어넘는 행동에 있었다. 가지고 간 거금을 엉뚱한 데다 써버릴 수도 있기 때문이었다. 지웅은 한달이 남았다고 위안을 하면서도, 한편으로는 입안의 침이 마를 정도로 긴장이 되었다.

하루가 지나갈 때마다 지웅의 입술은 바싹바싹 탔다. 지웅은 신도들에게 해주는 법문도 삼직(三職)스님들에게 맡기고 경내를 수없이 왔다갔다 하였다. 시도때도없이 목탁을 치고 독경을 해도 마음이 평상심으로 되돌아오지 않았다.

법상이 오기로 한 날이 가까워오자 지웅은 탈진해 쓰러져버릴 지경이었다. 이제 그가 오리라는 희망을 버려야 할 것 같았다. 소포가 오리라는 희망도 기대할 것이 못 되었다. 사실, 부처의 진신사리는 진즉 도착되었어야 했다. 사정이 생겨 불가피할 경우 삼개월이라고 했지 꼭 못박은 날짜는 아니었었다. 아무리 천천히 순례한다고 해도 2개월이면 넉넉한 기간이기 때문이었다.

어느새 지웅은 병자가 다 되어 있었다. 며칠을 먹지 못했으므로 눈이 쑥 들어가고 볼우물이 생겨 얼굴은 더 좁아들어 있었다. 속이 얼마나 타는지 변의 색깔은 숯처럼 검은 빛깔로 변색되어 나왔다. 그러자 법상에게 꺾이지 않겠다는 분심(忿心)의 말이 저절로 입에서 튀어나오기도 했다.

"법상, 이게 인과일지라도 나는 거기에 떨어지지 않겠다. 아니, 거기에 얽매이지 않겠다. 반드시 부처님의 사리를 가져와 보란 듯이 천불탑의 꼭대기가 하늘을 찌르게 하고 말겠다. 그대와 나의 운명이 방해를 해도 나는 천불탑을 장엄하게 세우고 말겠다."

지웅은 시자가 말렸지만 법당으로 나가 까진 무릎에서 핏방울이 뚝뚝 떨어질 때까지 미소짓고 있는 부처에게 수천배 절을 올렸다. 그에게는 절을 하는 것도 번뇌와 망상을 제압하고 지혜를 얻는 방편이었다.

'부처님, 이 소승에게 사리를 모실 수 있는 정복(淨福)을 주십시오. 천불탑을 지어 받들겠습니다. 그리 된다면 설사 지옥에 떨어져도 원이 없겠나이다.'

그런데 그때 시자가 다급하게 달려왔다. 지웅의 은사인 용제 스님의 열반을 알리는 전보였다. 말 그대로 설상가상이었다. 맏

상좌는 아니지만 당연히 가봐야 할 곳이었다. 삼일장이란 번다함을 싫어하는 은사의 가풍을 그대로 반영하고 있었다. 용제 스님의 가풍은 철저한 은거 수행이었다. 씨 뿌리고 호미로 밭 갈며 철저하게 청규를 지키는 수행이었다. 참선에만 매달리는 일이 없이 행선(行禪)이라고 하여 주로 노동을 소중히 여기는 정진 방법이었다. 그래서 마을 사람들은 그들을 '농부중'이라고 부르기도 하였다.

지웅은 다시 법당으로 돌아와 향을 꽂고 부처님께 삼배를 올렸다. 그리고는 은사스님이 계신 곳을 향하여 오체투지로 삼배를 올렸다. 그러자 은사 곁을 떠나 미소사로 향할 때 은사스님이 하던 말이 귀 속에서 쟁쟁하게 울렸다.

"너, 지웅은 눈에 보이는 것을 참구해라. 색즉시공, 색도 공이 아니더냐. 색이 네 근기에 맞느니라. 그렇다고 색견에는 빠지지 말아라. 네 운명이니 '눈에 보이는 것'이 무언지 화두 삼아 처절하게 궁구하라. 그게 바로 너의 몫이다."

법당을 나온 지웅은 바로 용제 스님이 열반한 은계사로 떠나기 위해 준비를 했다. 삼일장이라고 했으니 더 지체할 시간이 없었다. 내일이 발인이고 법체는 다비장으로 옮겨져 불이 당겨질 것이었다.

당강당강당강

뎅그렁뎅그렁.

이번에는 감았던 눈을 뜨자 풍경소리가 들려왔다. 서너 시간이 훌쩍 지나가버린 듯했다. 지웅은 묵조의 시간을 보낸 동안 굳어진 다리의 근육을 서서 풀었다. 어깨도 뻑뻑했다. 가을볕이 내려와 벌침처럼 수없이 쏘아댔는지 얼굴과 목살이 따끔거리기도 했다. 어느새 해는 중천에 떠올라 자신의 체온을 아낌없이 산속에다 퍼붓고 있었다.

풍경소리를 귀 기울여 자세히 들어보면 과연 최림의 천재성을 발견할 수 있었다. 그는 음향효과까지 설계에 계산해 넣고 있었다. 소리만이 탑을 공간으로 확산시킬 수 있는 유일한 소재이기 때문이었다. 풍경소리가 없다면 천불탑은 미소사 경내를 벗어날 수 없을 것이었다. 풍경소리가 없다면 천불탑은 살아 움직이는 느낌을 주지 못할 것이었다. 풍경소리가 없다면 천불탑은 신도들의 마음에 울림의 도장을 찍어주지 못할 것이었다.

크고 작은 풍경들은 미묘한 소리의 낙엽처럼 흩날려주었다. 폭죽의 떨어져내리는 불티처럼 아름답게 허공을 장식했다. 그런가 하면 부처를 찬양하는 소리공양처럼 불국토의 노래가 되어 울려 퍼져 주었다.

풍경은 미풍의 대변인도 있고, 강풍의 대변인도 있고, 폭풍의 대변인도 있었다. 주물로 된 싸구려가 아니라 음악가한테 자문을 받아 수공의 망치질로 만들어진 공예품이었다. 바람의 악기였다.

땡강땡강땡강
땡그렁땡그렁.

지웅은 풍경소리를 들으며 산길을 내려왔다. 내려오다 청바지 차림의 최림을 만난 것은 법당 앞에서였다. 그는 지웅을 찾고 있었던 듯 반갑게 쫓아왔다.

"주지스님, 한 절에 있어도 뵙기가 힘듭니다."

"좌선을 하고 왔소."

"선방에서 하지 않구요."

"난 수좌가 아니오. 굳이 소임을 따진다면 수좌들이 참선에만 전념할 수 있도록 뒤를 돌봐주는 것이오."

"탑불사가 조금 늦어지는 것 같아서 뵙고 싶었습니다."

"천상 내년으로 넘어가지 않겠소. 겨울에는 작업이 더디니까요. 인부들도 줄어들고 하니까."

"목재는 아직도 수입해서 쓰고 있습니까."

"아니오. 그럴려다가 구하기는 힘들어도 조선 목재를 쓰기로 했소."

"어디 소나무입니까."

"대부분 강원도 산이오. 산판이 날 때를 기다렸다가 목재가 들어오고 하니 불사가 예상보다 늦어지고 있소."

"내년 봄에도 어렵겠군요."

"아니오. 내년 초파일에는 무슨 어려움이 있더라도 회향식을 해야 하오. 결코 불가능한 일은 아니오."

지웅은 석가모니 부처가 이 땅에 나툰 초파일에 회향식을 계획하고 있기 때문에 은근히 서두르고 있었다. 초파일에 대대적인 경축행사를 계획하고 있으므로 그는 부처의 진신사리를 어떻게 해서든지 빨리 찾아오겠다는 생각만 하고 있었다.

지웅과 최림은 천불탑 공사 현장으로 느릿느릿 걸어갔다. 천불탑은 이제 3층만 더 올라가면 끝이었다. 지웅의 말 대로라면 3층을 올리는 데 앞으로 4,5개월이 더 걸린다는 얘기였다. 그러니까 그 사이에 최림이 부처의 진신사리를 법상을 만나 찾아와야 하는 것이었다. 지웅은 법상이 아무리 상식을 뛰어넘는 승려라 할지라도 부처의 진신사리를 잘 간직하고 있을 것이라고 믿었다. 아니면 그만이 알 수 있는 곳에 묻어두고 운수 행각을 하고 있을 것이라고 믿었다. 천상천하의 독존이요, 자신의 스승인 법체이기에 그랬다.

천불탑은 1층의 넓이가 무려 200여 평이나 되었다. 그리고 3층까지는 아름드리 기둥이 한 면에 7개씩 서서 천정을 받치고 4층부터는 5개가 받치며 위로 올라갈수록 뾰족해지게 설계한 허공의 법당이나 다름없었다. 한반도에 불교가 전래된 이래 최대의 목탑이었다. 쇠못을 단 하나 사용하지 않는 것도 특징이고 각 층은 나무계단을 이용하게끔 지어지고 있었다. 부처의 진신사리는 1층 한가운데 심주(心柱) 아래 사리공 속에 봉안하기로 하였다. 또한 각층마다 부처의 자리는 이러했다. 북쪽은 석가모니불의 보처(寶處)로 지장보살과 미륵보살을, 남쪽은 비로자나불의 보처로 문수보살과 보현보살을, 동쪽은 약사여래의 보처로 일광보살과 월광보살을, 서쪽은 아미타불의 보처로 관음보살과 대세지보살을 모시기로 하였다. 단청 공사는 벌써 3층까지 밑그림이 되는 선을 그어놓고 단청의 도사인 금어(金魚)의 제자들이 초벌 옻칠을 하고 있는 중이었다.

"주지스님, 전번에 저에게 말씀을 안해 주신 게 하나 있습니다."

"허허허. 내가 처사님에게 속일 게 무에 있겠소."

그때 허공에서 풍경소리가 땡강땡강 파편처럼 떨어져내리고 있었다. 지웅이 웃음 끝에 멈칫거리며 최림을 쏘아보았다.

"아닙니다. 저 법당의 가짜 사리에 대해서는 말씀해 주시지 않았습니다."

"그랬던가요."

지웅은 말꼬리를 흐렸다. 최림이 궁사처럼 활을 겨누고 있기에 더 물러설 데가 없어져서였다.

"처사님, 꼭 들어야겠소."

"가짜 사리를 앞에 놓고 전국에서 모여든 불자들이 합장을 하고 있다니 재미있지 않습니까."

"뭐요."

지웅이 갑자기 얼굴이 벌개지며 소리쳤다. 자신의 가장 아픈 부분을 두고 농담하려는 최림이 괘씸해서였다.

"주지스님 죄송합니다. 하지만 가짜 사리를 궁금해 하는 것도 당연하지 않습니까."

"말해 주겠소만, 가짜 가짜 하고 나를 모욕하지 마시오. 알고 보면 저 법당의 것도 부처님의 진신사리가 아닐 뿐이지 사리임에는 분명하니까."

"그렇다면 사리란 부처님 말고도 스님들한테서도 나온다는 말이군요."

"그렇소."

최림은 가짜가 아니라는 말에 더 궁금해졌다. 저 사리의 주인은 누구일까. 전국의 수많은 신도들에게 미소사를 참배케 하는 저 사리의 주인은 어떤 스님일까. 천불탑을 짓자고 신도들을 부추겨 기백억 원의 시주금을 내게 한 저 사리의 주인공은 누구일까.

그러나 물방울 같은 사리는 침묵하고 있다. 저 투명체는 법당의 일렁거리는 촛불의 불빛을 받아 되쏘고 있을 뿐이다. 신도들에게 그 무엇도 강요하지 않았다. 침묵하고 있는 그것 앞에 신도들이 찾아와 합장하고 엎드려 절을 하고 갈 뿐이다.

그런데도 이상한 일이다. 거기에 불력이 깃들어 있음인가. 아무도 의혹을 품고 있지 않은 것이다. 수십 명은 속일 수 있을지 모른다. 아니, 수백 명도 속일 수 있을 것이다. 그러나 어떻게 수백만 명을 속일 수 있다는 말인가. 도력을 품고 있지 않으면 불가능한 일이다. 지금도 사리는 한 점 침묵으로 있다. 한 점 침묵이라지만 만 개의 우렛소리 같은 사자후를 토하고 감화를 주고 있는 것 같다.

'저 사리의 정체는 무엇일까.'

최림이 중얼거리고 있을 때 지웅이 산책을 제의했다. 산길을 걸으면서 이야기를 해주겠다는 표시였다.

지웅은 오동나무가 있는 길을 택하지 않았다. 개울을 건너 억새밭이 있는 길을 걸었다. 산모퉁이를 돌자 눈이 시릴 정도의 장관이 펼쳐졌다. 눈 덮인 들녘 같은 억새밭이 끝도 없이 이어지고 있었다. 더구나 햇살이 내리쬐고 있어 억새의 흰색이 더욱 눈부시게 빛나고 있었다. 최림은 눈 속에 파묻히는 느낌이었다. 이런 비경이 미소사 부근에 숨어 있었다니 사리의 정체고 무어고 간에 절로 입이 다물어졌다.

흰색은 드러난 나체의 빛깔처럼 요염하게도 비치고, 억새들의 넋들이 한데 뒤엉켜 있는 것 같아 한없이 그윽하게도 보였다. 두 사람은 손짓하는 억새들에게 유혹을 당하여 빠져들듯 거대한 흰색의 늪 속으로 점점 잠겨들었다. 억새들이 자신들의 키를 넘어서자 최림은 호흡이 가빠지는 것을 느꼈다. 숨이 막혔다. 물 속에 가라앉은 사람처럼 공포감마저 들었다. 흰색의 수렁을 헤쳐 가고 있는 것만 같았다.

지웅이 무겁게 입을 열었다.

"그즈음 은사스님께서 열반에 드셨소. 난 미소사의 일 때문에 심신이 극도로 허약해져 있었지만 아무 생각없이 스님이 계시는 은계사로 달려갔소."

마침 신도 한 사람이 지웅에게 운전수와 함께 승용차를 내어주었다. 은계사는 강원도에서도 차편이 수월치 않은, 화전민도 살기가 힘들어 집을 버리고 떠나는 오지에 있었다. 지웅이 탄 승용차는 국도와 지방도, 고속도로를 번갈아가며 쉬지 않고 달렸다. 운전사도 지웅을 존경하여 휴게소에서 국수 한그릇 먹는 시간을 제외하고는 조금도 요령을 피우지 않았다.

어찌나 빨리 달렸던지 순찰차가 쫓아와 승려인 지웅을 보고는 되돌아가기도 하였다. 그래도 강원도 도계를 넘어서자 날이 어두워지고 있었다. 운전사가 초행길에 접어들어서는 물어물어 가느라고 시간이 지체되어 걱정이 됐지만 달리 방법이 없었다. 강원도 지방도로에서는 몇 번이나 길을 잘못들어 방향을 잡느라고 시간을 낭비했던 것이다. 어두운 산길에다 사람마저 드물어 사실은 물을 곳도 마땅치 않았었다.

은계사에 승용차가 도착했을 때는 달도 없는 아주 컴컴한 밤이 되어 있었다. 산속이어서 은계사의 불빛만 몇 점 보일 뿐, 끝없는 어둠의 바다 같았다. 나무들이 흔들릴 때마다 어둠이 출렁거렸다.

지웅은 일주문에서 합장을 했다. 그리고는 천천히 금강문을 지났다. 천왕문을 넘어섰다. 석등의 불을 꺼버린 경내는 왠지 쓸쓸

했다. 명부전에서 울려오는 독경소리마저 쓸쓸함을 보태고 있을 뿐이었다. 미소사와 비교를 한다면 너무나 초라하고 궁기가 흘렀다. 명부전에서 흘러나온 불빛이 겨우 법당 마당을 희미하게 비추고 있는 것이었다.

그렇지만 아무도 휘황찬란하게 불을 켜지 않으려고 한다. 대웅전의 불마저 꺼버리고 있다. 장례일을 보느라 종종걸음을 치는 승려들은 부엉이처럼 어둠에 눈을 익혀 다니고 있다. 지웅은 그동안 잊고 지냈던 은사스님의 가풍을 떠올리며 나직하게 자신을 향해 탄식을 했다.

'아, 은사스님의 가풍은 쓸데없이 불을 켜지 말라는 이것이었다. 번쩍거리는 것이 아니라 쓸쓸할 정도의 검박함이었다.'

주지실도 은사인 용제 스님의 냄새가 물씬 풍겼다. 맏상좌인 주지의 장삼은 덕지덕지 기운 누더기나 다름없었다. 그러니 시자들의 옷도 남루할 수밖에 없었다. 모인 승려들의 얘기는 주로 용제 스님의 유훈을 따르는 문제를 논하고 있었다.

지웅은 주지와 맞절을 하고, 젊은 승려들에게 삼배를 받았다.

"오시느라 고생이 많았겠습니다."

"고생은요, 큰스님 일 치르시느라 힘드시겠습니다."

"장례 문제는 큰스님께서 남기신 말씀대로 치르고 있지요."

"어떻게 말입니까."

지웅은 미소사에서 부음을 접했을 때와 다른 느낌이 들었다. 전보를 받는 순간 큰 별이 떨어지는 것 같은 충격이 들었는데, 은계사에 와보니 큰 별이 떨어진 일도 없으려니와 큰 별이 떠 있었던 적도 없었다는 분위기 때문이었다. 용제 스님의 열반도 밥

먹고 똥싸고 잠자는 것처럼 하나의 일상사일 뿐이었다.

"상좌들에게도 부음을 알리지 말라고 하셨습니다. 장례는 가능한 신도에게 맡기라고 하셨습니다. 관에 절대로 꽃을 덮지 말라고 하셨습니다. 다비장으로 가면서 울긋불긋한 깃발이나 만장도 일절 만들지 말라고 하셨습니다."

"큰스님의 유언대로 하긴 합니다만 참 어렵습니다. 벌써 한가지를 어겼지 않습니까. 상좌를 부르지 말라 하셨는데 지웅 스님을 불렀으니까요."

"또다른 당부의 말씀은 없으셨습니까."

"절대로 사리를 줍지 말라고 하셨습니다. 태운 재를 헛되이 허공에 뿌리지 말고 밭에 거름으로 쓰라고 하셨지요."

"제가 큰스님을 시봉할 때보다는 그래도 많이 너그러워진 겁니다."

지웅은 불현듯 은계사에서 밭을 일구며 불어오는 바람에 땀을 식히다가 용제 스님에게 들은 얘기 한토막이 생각났다.

"뭐라고 말씀하셨습니까."

"후학들에게 피해가 되니 육신이 갈 때가 되면 산속으로 들어가 나뭇단 위에 누워 스스로 불을 당기겠다고 말씀하셨습니다."

"지웅 스님, 부탁이 하나 있습니다. 들어주시겠소."

"말씀하시지요."

"다비가 끝나갈 때쯤이면 틀림없이 이런 일이 벌어질 것입니다. 신도들이나 스님들이 큰스님의 사리를 주우려 승냥이가 산양의 뼈를 발라내듯 재를 어지러이 헤칠 것입니다. 그러니 지웅 스님께서 다비장을 끝까지 지켜주시지요."

"그렇게 하지요."

새벽이 되어 지웅은 명부전으로 갔다. 그리고는 밤새 독경을 한 승려와 교대를 해주었다. 지웅은 〈금강경〉과 〈아미타경〉을 번갈아가며 독경을 했다. 졸음은 조금도 오지 않았다. 은사스님을 위해 극락왕생을 비는 일밖에 자신이 할 수 있는 일은 없었다. 지웅은 있는 힘을 다하여 독경을 하였다. 어찌나 애절하게 큰소리로 독경을 하였던지 훤하게 밝은 법당 마당에 모인 신도들이 눈물을 흘리고 있었다.

용제 스님에게 굳이 이름을 붙인다면 산승(山僧)이었다. 그는 운수납자들에게 사자후를 터뜨리는 선승도 아니었고, 수완 좋게 불사를 일으키고 회향하는 사판승도 아니었다. 인자한 할아버지 같은 스님이었다. 나무꾼이 길을 잃고 밤중에 절을 찾아오면 밥을 먹여 재워보내고, 화전민이 돈을 빌리러 오면 서랍 속에 저축해 두었던 것을 몽땅 주어버리는 생불(生佛) 같은 수행승이었다.

그런가 하면 산짐승과도 친구가 된 스님이었다. 봄이 되면 나비들이 향기가 묻은 스님의 장삼자락을 쫓아다녔고, 다람쥐나 꿩들이 스님을 무서워하지 않고 스님이 머무는 방의 마룻바닥에 발자국을 찍어 어지럽혔던 것이다.

스님은 무엇이나 보살이라고 불렀다. 나무에게는 나무보살, 해에게는 해님보살, 달에게는 월광보살, 오소리에게는 오소리보살, 달맞이꽃에게는 달맞이꽃보살, 옹달샘에게는 옹달샘보살 등 무엇이나 스승의 뜻을 담고 있는 선지식처럼 대했다.

스님은 또한 자신의 이름을 밝히지 않고 사라져버린 산승들의 선시도 좋아했다. 흥이 나면 노래를 부르듯 줄줄 외워 젊은 승려들의 입이 벌어지게 하였다.

　옳거니 그르거니 내 몰라라
　산이건 물이건 그대로 두라
　하필이면 서쪽에만 극락세계랴
　흰구름 걷히면 청산인 것을.

　마르지 않는 산 밑의 우물
　산중 친구들께 공양하오니
　표주박 하나씩 가지고 와서
　저마다 둥근 달 건져 가시오.

　본래 산에 사는 사람이라
　산중 이야기 즐겨 나눈다
　5월에 솔바람 팔고 싶으나
　그대들 값 모를까 그게 두렵네.

　그러나 용제 스님의 진면목은 농기구를 깎고 다듬고 만드는 데 있었다. 화전민들에게 나무지게를 만들어 주거나 멍석이나 망태 등을 짜서 보내주곤 하는데, 어찌나 손재주가 좋은지 보는 사람마다 혀를 내두를 정도였다. 그런데 스님은 자신의 눈썰미나 손재주를 자랑하기 위해 그런 것은 아니었다. 승려란 중생에게 자비도 베풀고, 환생하여서는 말이나 소가 먹는 풀이 될 줄도 알아야 한다고 주장하는 그의 보살행을 실천하기 위함이었다.

강원도 심산유곡의 이월은 아직 한겨울이었다. 명부전에서 나와 둘레의 고산 준령을 올려다보니 계곡과 산정에는 흰눈이 오는 봄에 맞서서 완강하게 진을 치고 있었다. 뿐만 아니라 갑자기 흐려진 하늘에서는 금방이라도 눈가루를 뿌려댈 기세였다.

"요즘 날씨는 종잡을 수가 없지요."

주지가 발인을 준비하며 바쁘게 오가다가 지웅에게 한마디 떨어뜨리고 갔다. 아닌게 아니라 참지 못하고 아침부터 눈이 내리기 시작했다. 마치 용제 스님의 열반을 보러 문상 온 하늘의 조문객처럼 바삐바삐 내리고 있었다. 눈은 눈 깜짝할 사이에 천지간에 난분분 난분분 흩날리며 쌓이고 있었다. 달포 간격으로 찾아 퍼붓는 폭설이었다. 일시에 은계사 주위의 나무들은 흰눈을 뒤짚어 쓰고 정든 용제 스님을 떠나보낼 채비를 하고 있는 듯했다. 지웅의 눈에는 나무들이 상복을 입고 있는 것처럼 보였다. 그리고 바람이 나뭇가지를 칠 때마다 우우우우 하고 들리는 파열음은 호곡 소리로 들렸다.

막상 발인을 시작할 때는 퍼붓는 눈으로 행사가 순조롭지 못할 지경이었다. 관에 꽃을 덮지 말라고 유언을 내렸는데, 꽃을 덮지 아니하자 대신 눈이 꽃처럼 덮이고 있었다. 상좌들이 관 위에 덮인 눈을 손으로 쓸어내리곤 하지만 소용없는 일이었다.

법당 마당도 눈이 내려쌓이기는 마찬가지였다. 힘 있는 승려들이 눈가래를 가져와 가는 길을 터놓으려 하지만 금세 눈이 길을 지워버리곤 하였다. 다비장을 정리하고 있던 승려들은 더 땀을 뻘뻘 흘리며 폭설과 힘겨루기를 하고 있었다. 다비에 쓸 장작개비 위로 흰눈이 장막처럼 덮이곤 하였던 것이다.

지웅은 운구를 자청하였다. 마지막으로 용제 스님의 법체를 들어보고 싶어서였다. 운구할 스님들이 이미 정해져 있어 만류를 했지만 지웅은 끝내 고집을 꺾지 않았다. 그것도 가장 힘이 든다는 맨 앞을 자청하여 들었다.

일주문을 나서자 눈발이 더 극성을 부렸다. 온 산에 다 상복을 입히고 있었다. 지웅은 묵묵히 은사스님의 당부를 곱씹으며 운구조를 향도했다.

'너 지웅은 눈에 보이는 것을 참구해라. 색도 공이 아니더냐.'

최림은 억새밭을 빠져나와 호흡을 가다듬었다. 억새꽃의 장관에 주눅이 들었던 자신을 추스렸다. 마치 폭설에 갇혀 있다 구조대를 만나 살아난 것만 같았다. 그러나 억새밭이 완전히 끝난 것은 아니었다. 키가 작은 난쟁이 억새들의 군락은 여전히 산개해 있었다. 미소사는 이제 완전히 시야에서 사라지고 없었다. 지웅과 단 둘이서 결투라도 벌일 것처럼 덩그러니 서 있을 뿐이었다.

"다비는 얼마나 걸립니까."

"보통 하루를 잡지요. 그러나 비가 오면 더 빨리 끝나기도 하오."

"일종의 화장이군요."

"그렇소."

최림이 힘들어 하는 것 같자 지웅이 걸음을 멈추고 하던 이야기를 마저 들려주었다. 그것은 자신의 은사인 용제 스님의 다비 장면이었다.

맨 밑에는 철판이 깔리고 그 위에 장작개비가, 그리고 그 위에 관이 놓이고 다시 장작개비가 얹혀졌다. 그리고는 생솔가지로 두툼하게 이불처럼 덮었다. 불은 맞상좌인 은계사 주지가 기름을 뿌린 자리에 붙였다. 그러자 폭설이 내리고 있음에도 불구하고 불길이 점점 하늘 높이 치솟아올랐다.

지웅은 승려들이 목탁을 치며 하는 독경소리를 귀담아 들었다. 독경소리에 용제 스님의 극락왕생을 빌었다. 우렁찬 독경소리는 퍼붓는 눈발과 허공에서 어우러져 귀를 멍멍하게 하였다.

"세존이시여, 관세음보살은 어떠한 인연으로 그 이름을 관세음이라 하옵니까."

부처님께서 무진의보살에게 말씀하셨다.

"선남자여, 만약 무량백천만억의 중생이 있어서 갖가지 괴로움을 받을 때 관세음보살의 명호를 두고 일심으로 부르면 관세음보살은 곧 그 음성을 두루 관하고 모두 해탈을 얻게 하느니라.

만약 관세음보살의 명호를 받드는 이가 설사 큰 불길 속에 들어간다고 하더라도 그 불은 능히 태우지 못하리라. 이는 곧 관세음보살의 위신력을 말미암은 까닭이니라. 만약 큰 물결에 떠내려 간다고 하더라도 관세음보살의 명호를 부르면 곧 안전한 곳에 이르게 되느니라."

용제 스님의 육신을 태우는 불길은 탑처럼 허공을 향해 치솟고 있었다. 용제 스님의 가는 길을 애도하며 불 속에서도 온전하라고 승려들이 〈관음경〉을 독경하지만 용제 스님의 육신은 불길에 갇혀 지수화풍(地水火風)으로 되돌아가려 하고 있었다. 치솟는 불길과 그 불길을 에워싸고 있는 눈발은 보기 드문 광경을 연출하고 있었다.

지웅은 탑처럼 치솟는 불길을 보며 천불탑을 머리속으로 그렸다. 용제 스님이 그에게 던져준 말이 비로소 가슴에 와 닿았다. 단순한 이해가 아니라 온몸으로 느꼈다. '눈에 보이는 것'을 참구하라는 말은 뛰어난 사판승이 되라는 말이나 다름없었다. 색이 곧 공이라는 이치가 비로소 터득이 되었다. 둑이 터져 갇혔던 물이 일시에 밀치고 나가듯 그 법문의 의미가 단숨에 환해졌다.

그렇다면 천불탑은 무슨 일이 있어도 완성하고 부처님의 진신사리는 봉안해야만 했다. 이제 천불탑 공사는 스승의 당부를 지키는 일이기도 했다. 용제 스님이 색견에 빠지지 말라는 법문도 자물쇠가 열리듯 쉬이 풀렸다. 현상을 쫓되 집착하여 노예가 되지 말고 거기에서 저 불길이 사라져버리듯 공(空)을 보라는 말씀이 분명했다.

지웅은 치솟는 불길에 합장을 했다. 불길을 보며 중얼거렸다.

"은사스님이시여, 가시는 길에도 이 소승의 눈을 떠주고 떠나시는 은사스님이시여, 그 은혜에 감읍할 뿐이옵니다."

불기운이 훅훅 끼치기 때문에 신도와 승려들은 일정한 거리를 두고 둥그렇게 서서 독경과 기도를 했다. 마치 탑돌이를 하듯 불길 주위를 둘러싸고 있는 모양이었다. 허공은 허공대로 눈발이 불길을 에워싸고 있었다. 눈발과 불길이 한치도 양보하지 않으려고 서로 팽팽히 맞서 있는 형국이었다.

다비장 주위의 나무들은 가지마다 장엄을 흰빛으로 장식하고 있었다. 설화(雪花)가 만발하고 있었다. 그리고 바람이 몰아칠 때마다 눈가루를 흩날려 꽃비를 뿌리듯 하고 있었다. 더운 기운을 찾아 참새들이 날아와 쨱쨱쨱 울고 설화를 건드리며 날아주기도 했다. 용제 스님이 보고 있다면 참새보살이 왔다고 어린아이처럼 좋아할 것이었다.

나무들뿐만 아니라 사람들도 눈을 뒤짚어 쓰고 눈사람인 듯 서서 용제 스님이 타는 불길을 쳐다보았다. 오후가 지나 어둠이 슬슬 몰려오자, 구경 온 화전민들은 자리를 뜨고 불제자들만 남게 되었다. 불길도 낮보다는 반으로 줄어들어 있었다. 따라서 둥그렇게 둘러싸고 있던 불자들은 불길에 더 가까이 접근할 수 있었다.

그러나 불길의 키가 작아진 대신 불빛은 어둠에 대비되어 더욱 선명하게 밝혀지고 있었다. 눈발도 어둠에 삼켜져 허공에서 희끗희끗 모습을 내비칠 뿐이었다.

이윽고 은계사 주지가 불자들에게 요사채로 돌아갈 것을 종용했다.

"오늘 고생 많으셨습니다. 이제 다비장은 저희들이 지키고 있겠으니 요사채로 돌아가 주십시오. 눈이 내려 절로 가는 길이 대단히 위험합니다."

자정이 넘어서는 승려들도 독경을 멈추게 하고 승방으로 보냈다. 내일 마무리할 일이 있으므로 한숨이라도 눈을 붙이라는 것이었다. 승려들은 주지의 말을 선선히 들었다. 하나 둘 자리를 뜨더니 어느새 하나도 남지 않게 되었다. 마지막에는 상좌 중에서도 맏상좌인 은계사 주지와 지웅만 남게 되었다.

그들만 다비장에 남게 되었을 때 불길은 거짓말처럼 사그라들어 있었다. 불탄 장작개비들이 폭삭폭삭 내려앉고 다 타지 못한 장작개비들이 잉걸불과 더불어 모닥불처럼 철판 위에서 가물가물거렸다. 다행히 눈발이 그친 듯 가물거리는 불꽃은 꺼지지 않고 있었다.

새벽이 되어 지웅은 피로가 일시에 밀려옴을 느꼈다. 목도 쉬어 독경할 엄두도 나지 않았다. 온몸이 오들오들 떨려오기도 하여 지웅은 철판 가까이로 가 폭삭 주저앉았다. 돌아서보니 그제야 은계사 주지는 쪼그려 앉은 채 꾸벅꾸벅 졸고 있었다.

그런데 바로 그때였다. 바람이 잿더미 한켠을 거둬내는 사이 철판 위에 물방울 같은 보석이 잉걸불 불빛을 받아 반짝 보이는 것이었다. 지웅은 놀라지 않을 수 없었다. 그것은 용제 스님이 남긴 사리가 분명했다. 재 속을 뒤져보면 더 나올 것이지만 지웅의 눈에는 그 한 개가 보이고 있었다.

순간, 지웅은 미소사의 일을 떠올렸다. 법상이 돌아오지 않음으로 해서 미소사는 지금 폭발 일보 직전에 있지 않은가. 주지로서 어떤 수단을 써서라도 파국은 막아야 하지 않겠는가. 이 사리만 가져갈 수 있다면 당장에 파국은 막을 수 있을 것이다. 그 다음에는 법상을 찾아 부처님의 진신사리를 모시면 될 것이다.

지웅은 흠칫 뒤를 돌아보았다. 은계사 주지는 여전히 꾸벅꾸벅 졸고 있었다. 지웅에게는 천재일우의 기회였다. 지웅은 망설이지 않고 재빨리 철판 위로 사리를 잡기 위해 손을 뻗었다. 그러자 달구어진 철판이 지웅의 손끝을 지지직지지직 태웠다. 그러나 지웅은 사리를 놓치지 않았다. 두 개의 손가락 끝을 태운 대신 사리를 품에 넣었다.

그러고 나서야 지웅은 제정신이 들었다. 용제 스님의 유언이 허공에서 울리고 있었다.

'절대로 사리를 줍지 말라. 태운 재는 밭에 거름으로 써라.'

그러나 지웅은 항변을 했다.

'은사스님이시여, 저는 도둑질을 했나이다. 이 악업으로 지옥에 떨어져도 할말이 없겠나이다. 축생으로 환생해도 할말이 없겠나이다. 하지만 천불탑을 반드시 지어 수많은 중생을 제도하겠나이다. 은사스님이시여, 왜 하필이면 지금 이 시간에 제 눈에 사리를 보여주시었습니까.'

지웅은 허탈했다. 자신의 몰골이 한없이 초라했다. 은계사 주지가 한 말이 떠올라 가슴을 쓸어내리기도 했다.

'신도들이나 스님들이 큰스님의 사리를 주우려 승냥이가 산양의 뼈를 발라내듯 재를 어지러이 헤칠 것이오. 그러니 지웅 스님이 다비장을 끝까지 지켜주십시오.'

결과적으로 지웅은 산속의 먹이를 찾아 떠도는 승냥이가 돼버린 꼴이었다. 그러나 지웅은 허공에다 대고 또다시 항변했다.

'지웅은 꼭 큰스님의 사리를 봉안한 부도탑을 세울 것이오. 큰스님의 가풍을 돌에 깊이 새겨 후학들이 엎드려 고개 숙이고 따르게 할 것이오.'

최림은 지웅이 내미는 두 손가락을 보고는 전율했다. 철판에 탄 두 손가락 끝은 손톱이 빠져버리고 없었다. 마치 작두로 잘려나간 끝처럼 뭉툭했다. 최림은 인간이 이처럼 집요할 수 있는가 하고 섬뜩했다. 사리를 훔쳐왔다는 사실보다는 그렇게 해서라도 자신의 꿈을 이룩하고야 말겠다는 지웅의 결의에 놀랐다.

지웅이 다시 억새밭에서 일어나 앞서 걸었다. 인기척에 놀란

꿩들이 푸드득 날개를 치며 날아오르고 있었다. 억새밭이 이제는 잔설처럼 군데군데 널려 있었다. 예전에는 집터였는지 주인 잃은 감나무들이 붉은 감을 달고 처연하게 서 있는 것도 보였다.

"그러니까 용제 스님의 사리를 부처님의 진신사리라고 미소사 대중들에게 알렸군요."

"그렇소."

"인도에서 소포가 온 것처럼 위장을 했겠군요."

"그렇소."

"용제 스님처럼 훌륭한 분이라면 부처님의 진신사리와 다를 게 뭐가 있겠습니까."

"그렇게 생각할 수도 있소. 나도 처음에는 그렇게 합리화시켰 었소. 하지만 나의 입장에서는 불제자로서 두 분 스승을 속일 수는 없었소."

"그렇다기보다는 천불탑 때문에 부처님 진신사리를 찾고 있는 거 아닙니까. 주지스님의 꿈을 성취하기 위해서 말입니다."

"그것도 맞는 말이오."

지웅은 자신의 비밀을 고백한 탓인지 최림에게만은 굳이 숨기려들지 않았다.

"또 하나, 법상이 보란 듯이 천불탑의 불사로 나 역시 성불하고 싶소."

"천불탑을 짓는 것하고 성불하는 것하고 잘 이해가 안 갑니다."

"성불에는 두 가지 길이 있소. 반야의 지혜를 얻어 부처가 되는 길이 있고, 중생에게 자비를 베풀어 부처가 되는 길이 있소.

천불탑은 나를 위해 짓는 것도 되지만 중생을 위해 짓고 있는 것이오."

"중생에게 자비를 베푸는 것이란 말이군요."

최림은 지웅의 말이 어렵기도 하고 쉬운 것 같기도 했다. 알듯 말 듯한 말도 있었지만 이야기를 계속하면서 대의는 대충 머리에 들어왔다. 지웅은 천불탑 짓는 것을 수행의 한 방편으로 여기고 있음이 분명했다. 그는 용제 스님이 당부한 말을 화두 삼아 철두철미하게 실천하고 있었다. 그러나 무엇이 그를 집요하게 충동질하고 있는지, 그 실체는 감이 잘 잡히지 않았다.

"법상 스님이 떠난 지 8년쯤 됐다면 인도에서 돌아와 있지 않을까요."

"그럴지도 모르지요. 환속을 하여 유마거사처럼 비승비속이 되었는지도."

"그럼 어떻게 그를 찾는단 말입니까."

"그의 속가부터 찾아가 봐야지요. 난 법상과 고등학교 졸업 때까지 한 동네서 학교를 다녔었다오."

"그러면서도 몇 년 동안이나 그를 한 번도 찾지 않았다니 믿어지지 않습니다."

"나를 곤경에 빠뜨렸으니 먼저 찾아와 무릎을 꿇어야 하지 않겠소. 아무튼 어느 누구에게도 이해를 구할 수가 없는 문제였었소. 철저하게 입을 다물고 살아온 시간이었소."

"지금은 저를 믿겠다는 말씀입니까."

"처사님 역시 천불탑에 목숨을 걸고 있는 설계사이자 현장 부감독이오. 천불탑에 부처님의 진신사리가 없다면 알맹이 없는 허깨비에 지나지 않는다는 것을 이미 알았을 것이오. 그러니 처사님 자신의 야심을 위해서 입을 다물 수밖에 없는 것 아니겠소."

최림은 지웅처럼 고독한 사람을 다시 보지 못할 것이라고 생각했다. 그를 추종하는 수많은 불자들 중에서 아무에게도 자신의 괴로움을 털어놓을 수 없었다니 승려도 역시 별 수 없구나 싶었다. 최림도 다른 사람에게 자신의 문제를 의지하지 않으려고 하는 것은 지웅과 흡사했다. 최림이 의지하고 믿는 것은 컴퓨터뿐이었다. 최림은 법상의 속가를 물었다.

그러자 지웅이 설계사가 도면에 그림을 그리듯 지나칠 정도로 자세히 설명을 해주었다. 더불어 그의 학교 시절에 얽힌 이야기며, 그가 결혼한 뒤 입산한 늦깎이 중이라는 것까지도 말했다.

"부처님의 진신사리를 8년 가까이 지났는데도 주지스님께 왜 돌려주지 않는지 그 이유가 궁금합니다."

"여러 가지 생각을 해봤지만 의혹으로 남아 있을 뿐이오."

"법상 스님이 욕심을 냈을 리는 없을 것 같은데 말입니다. 왜 미소사에 나타나지 않느냐는 것이죠."

"안타까울 뿐이오."

"혹시 어디에다 버린 것은 아닐까요."

"그럴 리는 절대로 없을 것이오. 명색이 수십년 부처님 밥을 먹으면서 어떻게 그런 불경죄를 저지를 수 있겠소."

"잃어버린 것은 아닐까요."

"그렇다면 법상은 미소사에 나타났을 거요. 고의가 아닌데 왜 나와 신도들을 피하겠소. 용기가 나지 않았다면 편지라도 내게 보냈을 것이오."

최림은 미궁에 빠져드는 느낌이었다. 그가 왜 미소사에 나타나지 않는지 지금으로서는 그 이유를 단 한 가지도 단언할 수 없는 것이었다. 또한 법상이 인도에 있는지, 아니면 국내에 돌아와 있는지 어떤 단서도 현재로서는 없었다. 그를 찾으려면 아예 그의 속가부터 시작해서 그가 출가하여 수행을 했던 곳은 물론 인도에까지 가봐야 할 것 같았다.

물론 그 기간은 천불탑이 내년 초파일 전에 완공되므로 몇 달 이내여야 했다. 초파일에는 반드시 종단의 종정스님이 증명하고 단상에서 합장한 원로 고승들과 미소사를 가득 메운 수십만 불교도들이 찬불가를 부르고 간절하게 축원을 올리는 가운데 황룡사 9층탑을 재현한 천불탑의 회향식이 화려하고 장엄하게 치러질 것이므로.

깊은 가을

승 행자는 지웅의 지시가 부담스럽기만 하였다. 신도 관리를 전산화하겠으니 최림에게 컴퓨터 프로그램을 배우라는 것이었다. 그리고 배운 뒤에는 가능한 한 가장 빠른 시간에 전산화 작업을 마무리시켜 놓으라는 지시였다.

그러나 승 행자는 주지스님의 엄명을 거역할 수는 없었다. 종무소 사무실로 가서 매일 최림에게 강의를 받아야 했다. 그러니까 이제는 컴퓨터 강의를 받는 것도 행자수업이 되고 만 것이었다.

반면에 최림은 행방불명된 법상 스님도 찾아야 하고 승 행자를 가르쳐야 하는 과제를 하나 더 받은 셈이었다. 최림은 미소사를 생각할 때 참으로 이상한 느낌이 들었다. 일이 하나씩 끝이 나는 것이 아니라 계속 일의 수렁 속으로 빠져드는 것이었다. 여러 가지 일들이 포승줄처럼 자신을 꼭꼭 묶어가고 있었다.

최림은 왜 지웅이 자신더러 신도 관리에까지 신경 쓰게 하는지를 곰곰히 생각해 보았다. 신도 관리 프로그램이야 아주 쉬운 일이었지만 그래도 귀찮은 일임에는 분명했다. 자신을 자꾸 귀찮게 해서 미소사를 어서 빨리 떠나게 하려는 수작인지도 모를 일이었다. 분명 요즘에는 왜 법상을 찾아 떠나지 않느냐는 지웅의 눈치가 보이고 있었다. 그러나 무작정 찾아나선다는 게 얼마나 무모한 일인가. 티끌 만한 단서라도 있어야 힘을 얻어 추적해 보겠는데, 그게 아닌 것이었다. 그래서 최림은 차일피일 미루어 왔던 것이었다.

그렇다고 하루하루가 지겨운 것은 아니었다. 천불탑의 공사 현장을 둘러본다거나 승 행자하고 컴퓨터를 만지고 있으면 하루가 금세 지나가버리는 것이었다. 승 행자는 인내심이 아주 많았고, 생각보다는 총명했다.

지웅이 아주 모욕적인 말을 해도 꾹꾹 참아냈다.

"젖통이 그렇게 작아서야 어디 중생들을 다 먹여 살리겠느냐."

어떤 날은 승 행자가 가버린 뒤에 최림이 항의를 한 적도 있었다.

"주지스님, 아무리 행자라지만 그래도 되는 겁니까. 행자도 인격이 있잖습니까."

"허허허. 애인 감싸듯이 하는구만. 하심(下心)을 길러주느라 방편으로 하는 소리요."

"하심이 뭡니까."

"쉬운 말로 겸손이오. 마음을 밑에 놓을 줄만 알아도 중노릇 잘 할 수 있는 거요."

걸핏하면 승 행자에게 하산하라고 윽박을 지르곤 하여 옆에서

듣기가 민망했다.

"그래 가지고 어디 부처님 모시고 살겠느냐. 늦지 않았으니 어서 산을 내려가거라."

"산으로 오는 버스를 아무나 타는 줄 아느냐."

어느새 최림은 승 행자에게 오빠 같은 태도로 대해주었다. 미소사에 있는 동안 자신이 가지고 있던 만년필을 주기도 하고, 절 생활을 힘들어 할 때는 위로의 말을 해준 적도 있었다.

그러나 승 행자는 이방인인 최림에게 경계의 감정을 풀지 않았다. 최림을 만날 때는 늘 종무소 같은 여러 사람이 있는 곳을 택하여 볼일을 보고는 하였다. 고집스러운 점은 꼭 최림과 동거하다 헤어진 방문희 같았다. 어떤 면에서 승 행자는 좋은 의미에서 오기가 발동하여 버티고 있는지도 몰랐다. 그렇지 않다면 행자생활을 견딘다는 것이 모르긴 해도 불가능하지 않을까 싶었다. 새벽 3시에 일어나 예불시간을 빼고는 세 끼 공양준비에서부터 하루 종일 스님들의 잔일을 거들어주기 위해 경내를 바삐 걸어다니는, 마치 신병훈련소 같은 빽빽한 일과의 고행도 없을 것이었다.

그날도 최림은 승 행자에게 컴퓨터를 가르치고 있었다. 말하자면 신도들의 전산화 작업이 예정대로 진행되고 있는 셈이었다. 밖에는 가을비가 추적추적 내리고 있었다. 가람 추녀끝에서는 빗물이 승방 문에 걸쳐진 발처럼 가늘게 흘러내리고 있었다. 그녀는 어서 삭발을 하고 싶은 모양이었다. 그래서 계급장 없는 훈병이 이등병소리를 듣고 싶은 것처럼 스님이란 소리를 듣고 싶어하는 눈치였다.

내리는 가을비에 정신이 팔려 있는 승 행자에게 최림이 넌지시
물었다.

"행자생활을 한 지가 얼마나 됐습니까."

"일 년 다 되었어요. 다른 절에서는 몇 개월만에도 삭발을 시
켜준대요."

"빨리 삭발하고 싶습니까."

"스님이 부럽죠, 뭐."

"하심이 뭔지 지독하게 시키더군요."

"다른 절도 마찬가지예요."

"제가 주지스님께 부탁드리겠습니다."

"아니오. 큰일나려구요. 아직도 머리를 잘라주지 않는 것은 뭔
가 수행이 부족하다는 뜻일거예요."

최림은 불쑥 궁금해 못 견뎌 하던 것을 물었다.

"결혼하지 않고 왜 입산하셨습니까."

승 행자가 미소를 지으며 대답을 대신했다. 그러나 최림은 반
농담 반진담조로 다시 물었다.

"제일 궁금한 게 바로 그것이거든요."

"꼭 알고 싶다면 말하죠."

"승 행자님 같은 미인이 이런 데서 고생을 하고 있는데 궁금해
지는 게 당연하죠."

"최 선생님도 어린 시절엔 악동이었을 것 같아요."

"문제아였죠, 뭐. 여자애들 울리다 담임선생님한테 매도 많이
맞고 그랬으니까요."

"저도 최 선생님한테 혼이 날 수 있겠네요. 호호."

"그럼요."

"말씀드릴게요."

"진즉 그렇게 나왔어야지요."

승 행자가 머뭇거리다가 부끄러운 듯 짧게 말하고는 꾹 입을 다물어버렸다.

"전 부처님하고 결혼했잖아요."

그러나 최림은 승 행자의 매력없는 대답에 지극히 실망을 하고 말았다. 그녀의 과거를 듣고 싶었는데 부처를 핑계대고 마는 것이었다.

빗발은 여전히 가늘었다. 승 행자의 긴 머리카락 같은 가는 세우(細雨)였다. 최림은 컴퓨터의 웅웅 하는 기계음이 갑자기 듣기 싫어 전원을 꺼버렸다. 절에 내리는 가을비는 경내를 민방위훈련하듯 텅 비게 한 뒤 정적으로 몰아갔다. 천불탑의 공사도 잠시 중단시키고, 법당을 오가는 신도들의 발걸음도 붙잡았다. 비를 피해서 신도들은 제비새끼처럼 처마 밑에 모여 조잘조잘대고 있었다.

이번에는 승 행자가 최림에게 물었다.

"최 선생님에게 하나 묻겠어요."

"얼마든지 물어보시죠."

"저어."

"어서 물어봐요."

"최 선생님은 지금 행복하신가요."

"지금 뭐, 뭐라구 말했습니까."

최림은 승 행자에게 일격을 당한 것처럼 더듬거렸다.

"행복하시냐구요."

"글쎄, 어려운 질문을 하시네요."

"답을 왜 내리지 못하세요, 어려운 문제도 아닌데."

"생각해보지 않았으니까 그런거죠."

"행복이란 생각을 하면 오고 그렇지 않으면 달아나고 마는 그런 것은 아니겠죠."

"물론 그렇겠죠."

"지난번에 서울에서 오면서 저에게 이렇게 말했죠. 컴퓨터한테 출가했다고요. 전 속으로 웃음이 나와 참느라고 얼마나 힘들었는데요."

"아니, 그건 사실입니다. 컴퓨터 말고도 또 있죠. 제 사랑스런 말 같은 지프죠."

"그러고 보니 전부 기계군요."

"기계가 어쨌다는 겁니까."

"최 선생님은 좀 극단적인 것 같아요. 쾌락만을 추구하는 사람 같기도 하구요."

"컴퓨터가 인간보다 더 믿을 만하잖아요. 실수도 없고, 주인에게 배반도 하지 않고."

"그래서 좋아하시는군요."

"사실이죠. 나에게는 전지전능이죠. 뭐든 다 해결해 주니까요."

"그래서 행복하시냐구요."

최림은 승 행자가 묻는 '행복'이라는 말에 난감해지기 시작하였다. 한번도 생각해 본 적이 없으며, 컴퓨터도 행복이라는 프로그램을 담고 있지 않기 때문이었다. 이럴 때의 승 행자는 여동생이 아니라 인생을 몇 발짝 앞서가는 사려깊은 누나 같았다.

"최 선생님, 미소사에 오신 이유를 알고 싶어요."

"천불탑 때문이지요."

최림은 그 이상은 지웅과 약속했으므로 밝히지 않았다. 절을 이상향으로만 알고 있는 순진한 승 행자가 만약 내막을 안다면 당장 미소사를 떠나버릴 것이었다. 승 행자 역시 법당의 용제 스님 사리를 부처님의 진신사리로 알고 아침저녁으로 정성을 다해 예불에 참여하고 있었다.

가을비는 강우량에 비해 지루하기 일쑤였다. 절에 내리는 비도 쉬엄쉬엄 지구전을 펼치고 있었다. 그래서 가을의 모든 것을 지치게 하고 나중에는 나가떨어지게 하는 것이었다. 멀리 보이는 빗속의 산은 벌써 병을 앓는 모습으로 쿨럭쿨럭 기침이라도 할 것처럼 수척해 보였다. 뿐만 아니라 나무도 풀도 혼이 나가버린 허깨비 같은 모습을 하고 있었다.

"승 행자님, 부탁이 하나 있습니다. 들어주시죠."

"무슨 부탁인데요, 혹시 컴퓨터 강사료 받으시려는 것은 아니겠죠."

"전 빨래를 할 줄 모르는 놈이거든요. 이 옷 좀 빨아주십사 하구요."

"어머나, 빨래를."

"대사님, 자비를 베푸시기를 부탁드립니다."

"저보고 대사라니."

"제 옷만 세탁해 주신다면 대사가 뭡니까, 대선사님이라고 부르죠. 하하하."

승 행자가 갑자기 자리에서 일어나 정색을 하였다. 예기치 못한 최림의 부탁과 당돌한 말에 몹시 머쓱해 하고 있었다. 최림도 무안하기는 마찬가지였다. 승 행자가 자리를 박차고 일어나리라고는 미처 생각지 못했기 때문이었다.

최림은 얼른 분위기를 바꾸었다.

"농담이에요. 심각하게 생각지는 마세요."

"얼마나 말이 많은 곳인지 몰라서 하시는 말씀인 것 같애요."

"알았습니다. 대사님."

그러나 다음 날부터 컴퓨터 앞의 공기가 냉랭해지고 말았다. 승 행자가 의식적으로 몸과 말을 조심하는 기색이 역력해지고야 만 것이었다. 그제야 최림은 자신이 사문의 길을 걸으려 하는 행자에게 무리한 요구를 하였다고 생각했다. 사실은 종무소의 한 방이라고는 하지만 매일 만나는 것도 승 행자에게는 부담이 됐을 것 같았다. 부처의 길을 가겠다고 한 걸음 한 걸음 내딛는 행자가 아닌가. 최림은 사과를 했다.

"미안합니다. 별 생각없이 한 말이니 사과하겠소."

"최 선생님은 하고 싶은 말이 있으면 참지 못하는 것 같아요."

"조심하겠으니 작업이나 마저 마칩시다."

일주일이 지나서야 분위기가 복원되었다. 뿐 아니라 승 행자가 뜻밖에 메모지를 건네주고 갔다. 메모지에는 승려들의 눈이 있으니 빨래감을 들고 계곡으로 나오라고 쓰여 있었다. 최림은 더욱 미안했다. 그러나 자신이라면 도저히 받아줄 수 없는 청을 들어준 승 행자의 도량을 이해할 수 있는 계기도 되었다. 역시 출가를 한 사람은 자기보다 남을 먼저 생각하는 아량이 있구나 싶었다.

밤이 되어 최림은 빨래감과 비누를 들고 약속한 계곡으로 나갔다. 절에서 상당히 떨어진 거리였으므로 그나마 걱정이 덜 되었다. 만약 누군가가 두 사람이 만나는 광경을 본다면 이유 불문하고 출송(出送)의 엄한 징계를 내릴 것이 뻔하기 때문이었다.

달이 공처럼 산 위에서 굴러 내려올 듯 가까이 떠서 비추고 있었다. 계곡물은 달빛을 받아 반짝거리고 있었다. 승 행자가 이윽고 나타나 최림이 있는 바위쪽으로 왔다.

"이거, 죄송합니다. 고맙기도 하고요."

"이리 주세요. 다음부터는 혼자 하셔야 돼요."

"세탁기를 하나 사지요, 뭐."

"최 선생님은 늘 기계타령이시군요."

"편리하니까요."

"그러다 감정이 없는 기계를 닮으시면 어떡하실려구요. 그러다가 로봇이 되시겠어요."

"아, 거 말 됩니다. 조심해야겠군요."

최림은 승 행자의 비위를 맞추어주었다. 달빛에 비추인 승 행자의 얼굴은 낮에 볼 때와 또 달랐다. 눈과 코의 윤곽이 또렷한 빼어난 미인이었다. 달빛이 마사지 크림을 바른 것처럼 콧등과 이마에서 유독 반짝이고 있었다. 빨래를 하고 있는 승 행자의 모습을 보면서 최림은 물가에 피어난 연꽃을 떠올렸다. 한송이 연꽃을 보는 듯한 황홀감이 느껴졌다. 더구나 자신이 빨래하기를 주저했던 것은 더러움 때문이 아니었던가. 그런데 승 행자는 남의 더러움을 흐르는 계곡물에 헹구어 주고 있는 것이다.

"물이 차갑지 않습니까."

"괜찮아요. 얼음장물에서도 빨래를 한걸요. 처음 입산해서는 그랬어요."

"정말 절 생활이 편한 게 아니군요."

"그럼요. 불편하기 짝이 없지만 제가 여기 나온 이유도 하나 있어요."

"뭔데요."

"며칠 전에 〈선가귀감〉을 읽었어요. 그런데 읽는 중에 이런 구절이 나오더군요. 눈이 번쩍 뜨였죠. '편안함을 구함이 아니며 부처님의 혜명(慧命)을 이어서 중생을 제도하기 위함이니라' 라는 구절을 보는 순간 최 선생님의 빨래부터 하자라고 마음먹은 거예요."

"스님들이 알면 난리가 나겠죠."

"좋아할 스님이 어디 있겠어요. 말은 늘 걸림없는 바람이 되라 하시면서요. '그물에 걸리지 않는 바람처럼' 이란 부처님 말씀이 있거든요. 사실 전 이 구절이 좋아 입산을 했어요."

"무슨 뜻입니까."

"자유인이 되라는 뜻이죠."

계곡물 소리가 돌돌돌 음악이 되어주고 있었다. 천불탑의 풍경 소리도 뎅그렁뎅그렁 들려오고 있었다. 달도 계곡물에 어려 한밤의 합주회에 끼어 들고 있었다. 최림은 이런 분위기는 난생 처음이었다. 더구나 승 행자의 목소리도 달콤하게 소곤소곤거리고 있는 것이었다.

"한쪽을 잡아주세요. 그래야 물이 잘 짜진답니다."

최림은 승 행자가 시키는 대로 바지 한 쪽을 잡고 비틀었다. 저고리도 비틀고 속옷도 비틀었다. 그러나 최림의 하얀 팬티는 승 행자가 혼자 짰다.

"내일 절 밖의 산에다 그냥 널으세요. 그래도 잘 마르니까요."

"그러겠습니다. 대선사님."

"그럼 제가 먼저 들어가겠어요."

"그러세요."

승 행자는 곧 산길을 따라 달빛 속으로 사라져버렸다. 멀리서 짐승 우는 소리가 워웅워웅 들리고 있었다. 최림은 계곡의 바위에 앉아서 흐르는 계곡물을 한동안 바라보았다. 무엇에 홀린 듯 넋을 잃고 앉아 일어설 줄을 몰랐다.

그러고 보니 위스키 빛깔의 달빛에 취한 것도 같았다. 물에 어린 또 하나의 달이 그에게 말하고 있었다. 어찌 보면 눈매가 깊은 여선생이 잘못한 학생 다루듯 추궁하고 있었다.

'행복하신가요.'

'글쎄요.'

최림은 대답할 말이 없어 끝내 묵비권을 행사했다. 그러나 달은 더 묻지 않고 있었다. 그냥 좀전처럼 물 위에 떠 어른거리며 딴청을 부리고 있을 뿐이었다. 잠시 후 최림은 힘없이 또르륵뜨르륵 우는 풀벌레 소리를 들으며 산길을 걸어 내려왔다. 그런데 한밤중이라 사람이 없을 줄 알았는데 사내 하나가 우두커니 달을 쳐다보면서 담배를 빨고 있었다. 가까이 다가서 보니 천불탑 공사장의 인부 김씨였다.

"잠 안 자고 거기서 뭐합니까."

"네네, 부소장님. 잠은 오지 않고 그래서 그냥 나와 있습니다."

"고향이 어디입니까."

"부여인뎁쇼."

"여기 온 지 얼마나 됐습니까."

"벌써 일곱 달이나 지났지유."

"날이 차니 어서 들어가세요."

"네네. 근데 부소장님은 어디 다녀 오시는 길입니까."

"빨래 좀 하고 오는 길이오."

김씨는 고개를 갸웃거렸다. 한밤중에 빨래를 하다니 이해를 못하겠다는 도리질이었다. 최림은 한밤중이어서 아무도 보는 사람이 없는 줄 알았는데, 비록 인부이기는 하지만 김씨한테 들킨 것이 내심 찜찜했다.

다음 날 최림은 승 행자가 종무소를 들리자마자 간밤 얘기부터 꺼냈다.

"어제밤에 혹시 누구 본 적이 없소."

"아무도 보지 못했어요. 최 선생님."

"걱정을 했는데 다행이오."

"최 선생님은요."

"절을 다 와서 공사장 인부 김씨를 봤소. 고향 생각이 나는지 밖에 나와 있었지요."

"인부들은 늘 그런대요. 밤중에는 경내를 못 돌아다니게 해도 말을 안 듣는다고 스님들이 말씀하시곤 해요."

승 행자의 말은 사실이었다. 밤이 되면 야음을 틈 탄 공비처럼 마을로 술을 마시러 가거나 도박을 하러 나가곤 하여 밤중에는 금족령을 내려놓았지만 막을 도리가 없는 형편이었다. 최근에는 또 공사 기간이 늘어지자 여자를 사러 멀리까지 내려가 새벽에 돌아온다는 풍문까지 나돌았다.

"충청도가 고향인 김씨였소."

"그분이라면 저도 잘 알아요. 겉으로 보기에는 말수가 적고 일밖에 모르는 사람 같았어요."

"인부들이 외로워서 그럴 텐데 막아도 소용없을 것이오."

더구나 계절은 가을이 아닌가. 가을도 산속에서 맞이하는 철은 감정을 더 예민하게 하는 구석이 있었다. 눈을 둘러보면 군대의 담처럼 산으로 둘러싸여 있어 마치 병영생활을 하고 있는 느낌이었다. 갇혀 있는 사람에게는 보이는 게 더 절실한 법이었다. 단풍만 해도 더 처절하게 보였다. 산에 불이 난 듯 당장 달려가 불길을 끄고 싶어지는 것이었다. 높아진 하늘을 봐도 날으는 새가 되지 못한 자신이 한스러울 때가 있었다.

승 행자는 나뭇잎을 다 좋아하지만 특히 단풍 든 잎을 사랑했다. 병아리의 부리 같은 어린 싹은 사랑스럽고, 나무의 혼을 조금 내비친 신록의 잎은 신비하고, 녹음의 이파리는 건강미가 철철 넘치고, 자신의 시를 쓰듯 몸을 태우고 있는 단풍 든 잎은 비장함이 깃들어 있었다. 그리고 떨어진 낙엽은 사색하는 성자의 얼굴을 하고 있는 것이었다.

미소사의 단풍은 한폭의 채색화 같았다. 행락객들에게 아직 알려지지 않아 자연의 장관을 그대로 간직하고 있었다. 단풍나무와 활엽수, 침엽수가 조화를 이루어 색채의 균형과 파격을 천연스럽게 보여주고 있는 것이었다. 특히 바람이 몰아칠 때는 단풍

든 낙엽이 불티처럼 허공에 회오리바람같이 휘몰아쳐 오르는데 무서움이 들 정도였다.

승속을 떠나서 풍광이 너무 아름다워도 평상심을 잃게 하는 법이었다. 경내에 소나기처럼 떨어지는 단풍의 빗발은 심혼을 뒤흔들었다. 일시에 경내를 덮쳐오는 단풍잎의 인해전술 앞에서는 아무리 도인이라도 그 아름다움에 항복을 하지 않을 수 없었다. 잠시 평상심을 잃고 사춘기 시절의 감상으로 되돌아가는 것이었다. 그러니 승 행자인들 어찌하겠는가. 빗자루를 들고 자주 바보처럼 멍해져버리곤 하였다.

다시는 빨래를 해주지 않겠다던 승 행자가 뜻밖에 또 해주겠다고 제의를 했다. 최림은 전번의 김씨와의 만남도 있고 해서 이번에는 좀더 완벽을 기하고 싶었다.

"제가 빨래감을 거기에 초저녁에 먼저 갖다놓지요."

"그게 좋겠어요. 최 선생님. 계곡에 같이 있으면 오해를 받을 수도 있으니까요."

"빠 빨래는 그 자리에 그냥 놓고 오세요. 다음날 아침에 제가 찾으러 가지요."

승 행자는 전번보다 안심이 되었다. 역시 최림은 용의주도한 사람이라고 생각했다. 컴퓨터를 가르치는 솜씨만 봐도 그의 수학적인 두뇌가 얼마나 뛰어난지 짐작이 갔다. 자신도 입산 전에 학원을 다녀봤지만 그때의 강사와는 비교가 안 되었다. 최림의 실력은 컴퓨터에 관한 한 발군이었다. 어쩌면 컴퓨터가 최림에게는 인생의 전부나 다름없었다.

계곡에는 약속대로 최림이 나와 있지 않고 그의 빨래감만 잔뜩

쌓여 있었다. 승 행자는 빨래를 하기 전에 달을 쳐다보았다. 그러자 달이 석가모니 부처처럼 미소짓고 있었다. 한 생각이 사무치게 불현듯 달려왔다.

이제부터 나의 화두는 미소짓는 달님이다. 부처님처럼 언제나 미소를 짓고 사는 것이다. 언제나 미소를 지을 수 있다면 그게 바로 부처가 아니겠는가. 아무리 견디기 힘들고 울고 싶어져도 미소를 짓자. 그렇게 되도록 수행을 하자. 달님이 주신 나의 화두는 이제 부처님의 미소이다.

빨래감이 전번보다 많았지만 승 행자는 유쾌한 기분이 되어 계곡물에 빨래를 담갔다. 물결이 일자 물에 어린 달이 흔들흔들 춤을 추었다. 잠이 부족해 잠 한번 원없이 자 봤으면 하는 생각이 간절할 때가 있지만 승 행자의 머리속은 아주 맑았다.

"아유, 양말이 몇 켤레나 되는 거야."

"최 선생님은 게으름뱅이야."

이번에는 더러운 팬티의 숫자도 더 많았다. 저번에는 자신의 체면을 지키느라고 한 개만 가져왔는지도 몰랐다. 그때 가져오지 않은 것까지 합쳐서 온 것임이 틀림없었다.

그러나 승 행자는 콧노래를 풀벌레소리만큼이나 작게 불렀다. 입산하기 전에 즐겨 부르던 노래였다.

탈 대로 다 타시오 타다 말진 부대 마소
타다가 남은 동강은 쓰을 곳이 없느니다.
반 타고 꺼질진대 애껴 타지 말으시오
탈진대 재 그것조차 마저 탐이 옳으니다.

승 행자는 자신을 촛불로 생각하며 불렀던 기억이 났다. 주위 어둠을 물리치며 자신을 녹여가는 촛불. 나를 죽이며 남을 위해 사는 초가 마음에 들었고, 촛불이 좋아 가끔 전깃불을 끄고서 그것을 켜놓아 부모한테 혼이 난 적도 많았었다. 사실, 그때부터 출가 준비를 하느라고 그랬는지도 몰랐다. 그러나 지금도 누가 왜 출가를 했느냐고 물으면 막연해진다. 특별한 이유가 없기 때문이다. 거창하게 인생을 알고 싶어한 것도 아니었고, 무엇에 충격을 받거나 감명을 받은 일도 없어서이다. 지금 생각해보니 그 이유를 따져보자면 전생부터 이야기가 되어야 할 것 같다. 중생의 삶은 인과이기 때문에 과거세 어느쯤에선가 씨앗을 뿌렸으리라. 그러나 전생의 일은 알 길이 없다. 부처가 되어 혜안을 갖기 전에는 그 누구도 전생의 일을 알지 못할 것이다. 승 행자는 그렇게 생각했다. 때문에 그에게 입산을 왜 했느냐, 고향은 어디이냐, 이름은 무엇이냐 등은 묻지 않는 게 마음 편했다. 그냥 절에서 행자로 있는 현재의 모습을 보고 얘기해 주었으면 하고 늘 바랄 뿐이었다. 절에 올 수밖에 없어서 온 것밖에는 달리 할 말이 없기 때문이었다. 그러나 신도들은 그녀의 과거와 미래를 늘 궁금해 했다.

또르륵또르륵.

그런데 들리던 풀벌레 울음소리가 갑자기 뚝 끊어졌다. 빨래를 개고 있던 승 행자는 뒤를 돌아보았다. 누군가가 그녀에게 다가오고 있음이 분명했다. 거무튀튀한 물체가 달빛 아래 사람으로 바뀌고 있었다. 승 행자는 가슴이 철렁 내려앉았다. 그러나 눈을 부릅뜨고 정신을 똑바로 차렸다.

"아니, 김 처사님 아니세요."

"승 행자님, 초저녁부터 기다렸구만유."

천불탑 공사장의 인부 김씨였다. 승 행자는 굳이 빨래를 감추려들지 않았다. 김씨가 뭐라고 협박하던지 둘러대지는 않으려고 했다.

"누구 빨랜지 다 알고 있어유."

"그게 알고 싶으신 모양이군요. 그래서 거기서 기다렸군요."

"부소장님 거라는 거 다 알고 있지유."

"그래서요."

"좋은 일 하시는디 떠들 생각은 없그만유. 허지만 사람 차별 말고 제것도 해주시지유."

"억지로 그럴 수는 없어요. 오해하지는 마세요."

"부소장님은 곧 떠나실 분 아닌가유, 그러니 이제부턴 저하고 밤에 만나지유."

김씨는 결혼까지 하여 아이를 둔 떠돌이로서 집을 떠난 지가 너무 오래되어 외로움을 견디지 못하고 있었다. 아니면 승 행자의 미모에 반하여 진즉부터 기회를 엿보고 있었는지도 몰랐다.

"얼른 돌아가세요."

"답을 듣기 전에는 돌아가지 않을거구만유. 밤에 저도 기다리겠구만유."

"정 귀찮게 구시면 주지스님께 말씀드리겠어요."

"정말로유… 그러시지유. 다 쫓겨날 것이니께유."

"처사님, 협박하시는 거군요."

"협박이 아니라 걱정을 해주고 있구만유."

"전 출가를 한 사람이에요."

"가만히 지켜보니 완전히 종살이 하더구만유. 이런 데서 왜 종살이를 해유."

"그건 처사님이 걱정할 일이 아니예요."

승 행자는 점점 소리를 높여 말했다. 설득조로 따뜻하게 말해서 김씨가 물러설 것 같지 않기 때문이었다.

"승 행자님, 지옥 같은 이곳을 도망치자고유. 뼈빠지게 일해서 편히 해줄게유. 고향에 있는 아내하고도 이혼하고유."

"이러시면 소리치겠어요."

"어디 소리쳐 보세유. 어서 어서요."

오히려 김씨가 먼저 소리치고 있었다. 승 행자는 재빨리 김씨를 피해 도망쳤다. 다행히 김씨가 승 행자를 붙들지는 않았다. 승 행자는 단숨에 자기 방으로 돌아와 문고리를 걸어 잠그고는 이부자리에 얼굴을 파묻어버렸다. 그리고는 눈이 퉁퉁 붓도록 울었다. 절에서는 바람처럼 자유인이 되어 살 줄 알았는데 그게 아니었다. 세속이나 진배없었다. 문득 자신도 안됐고 김씨도 안됐다는 생각이 들어 더욱 하염없이 눈물이 흘러내렸다.

뎅그렁뎅그렁. 밤새 풍경소리를 들으며 승 행자는 새벽예불 때까지 한숨도 자지 못했다. 그러나 촛불을 받아 미소를 보내고 있는 부처를 보자 속상했던 마음이 조금은 위로가 되었다. 승 행자는 간밤의 일을 지우기라도 하듯 수없이 오체투지로 절을 올렸다. 밖이 훤해질 때까지 공양 준비에도 참석하지 않고 절을 계속했다.

그러나 아침공양이 막 끝난 뒤 주지인 지웅이 주지실에서 부른다고 시자스님이 전해왔다. 승 행자는 부어서 벌개진 눈으로 지웅 앞에 무릎을 꿇고 앉았다. 지웅이 꼭 명부전의 염라대왕처럼 보였다. 그가 눈을 부라리며 물었다.

"이 옷, 승 행자가 빨았는가."

내미는 옷은 최림의 것이었다. 인부 김씨가 두려운 나머지 고자질을 한 것이 틀림없었다. 승 행자는 변명하지 않았다.

"네."

"행자가 밤중에 그래도 되는가."

"안 됩니다."

"전번 서울에서 올 때는 아무 일 없었는가."

"술을 한모금 했습니다."

지웅은 금세 얼굴이 하얘졌다. 자신도 출가 후에는 단 한 번도 입에 댄 적이 없는 술을 마셨다는 말에 유구무언이 돼버렸다. 물론 매실주를 빚어 약용으로 마신 적은 있지만 그것은 엄밀한 의미에서 음주라고는 할 수 없었다.

잠시 후 지웅이 다시 물었다. 검사가 취조를 하듯 그의 말투는 엄했다.

"왜 마셨는가. 마시고서 최림과 희희낙락했는가."

"술을 마시면 몸이 따뜻해질 거라고 해서 마셨습니다."

술이라는 말에 지웅은 자신의 잔에 따라놓은 녹차를 마실 생각도 잊어버린 듯했다. 그만큼 놀라고 있었다.

"최림의 옷을 처음 빨아주었는가."

"두번째였습니다."

"첫번째도 밤중이었는가."

"네."

"쯧쯧쯧. 총명한 행자인 줄 알았더니 멍청한 년이군."

지웅은 차츰 가라앉은 음성으로 물었다. 그리고 승 행자를 미소사에서 내쫓기로 작심한 듯한 표정이 되었다. 처음과 달리 화를 내면서도 사무적이 되어 묻는 것이었다.

"김씨 얘기로는 계곡에서 살을 맞댔다고도 하는데 사실인가."

"네."

물론 그런 일이 없었지만 승 행자는 지웅의 심기를 더 건드리지 않으려고 거짓말을 했다.

"김씨가 미소사를 떠나자고 그랬을 때 기다리라고 했다는데 맞는 말인가."

"네."

"김씨는 처자식이 있는 처사인데 알고 있었는가."

"네."

"음, 더 물을 것이 없구나. 쯧쯧. 내 너의 끼를 진즉 눈치는 챘었지. 그것만 죽이면 쓸만하겠다 하여 데리고 있었는데 이제 나도 어쩔 수가 없구나. 너의 체면도 있고 하니 일주일 간의 말미를 주겠다. 미소사를 떠나거라. 무슨 면목으로 날마다 부처님을 대하겠느냐."

승 행자는 어금니를 꼭 물고 주지실을 나왔다. 침묵을 하는 사이 의외로 자신이 정리가 되는 것 같았다. 그것은 진실을 부처님은 알고 계실 것이므로 미소사를 제 발로는 떠나지 않는 것이었다.

종무소에서 메모지를 가져온 승 행자는 강당으로 올라가 엎드려 편지를 썼다. 최림에게는 한마디하고 싶었기 때문이었다. 승 행자는 오히려 맑아진 정신으로 또박또박 써나갔다.

그것도 모르고 빨래를 가지러 간 최림은 콧노래를 부르며 절로 되돌아와 옷가지를 쫙쫙 펴서 널었다. 옷가지 중에 바지 하나가 사라진 줄도 모르고 있었다. 김씨가 어젯밤에 계곡에 나타난 줄을 꿈에도 생각 못하고 있었다.

최림은 점심공양 시간이 다 돼서야 지웅에게 불려가 알았다. 그는 지웅의 닦달에 변명을 할 수도 없었다. 김씨가 지웅에게 증거품으로 최림의 바지 하나를 맡기고 가서였다.

"이거 처사님 것 맞습니까. 김씨가 가져왔소."

"네. 그렇습니다."

"스님들이 알면 이거 큰일납니다. 여긴 속세가 아니오."

"면목 없습니다."

"방금 승 행자를 불러 자초지종을 다 들었소."

"그러셨군요."

"순순히 다 털어놓았소. 아직도 자신이 행자인지 속인인지 분간을 못하는 년이오. 쯧쯧."

지웅은 혀를 차며 최림에게도 원망하는 기색을 보였다.

"승 행자님이야 뭘 잘못했겠습니까. 다 제가 억지를 부린 겁니다."

"낮말은 새가 듣고 밤말은 쥐가 듣는다는 말 못들어 봤소. 소문은 금세 나돌게 되어 있소. 계율에 관한 일이니 행자에게는 엄격할 수밖에 없소."

"스님, 부탁드립니다."

"일은 이미 터진 것이오. 승 행자를 출송시켜야겠소."

"주지스님, 맹세코 말씀드립니다만 승 행자는 추호도 잘못이 없습니다."

"행자 규율도 지키지 못하는데 어떻게 사미니가 되겠소. 행자 생활을 오래 시킨 것도 다 승 행자의 끼를 소멸시켜 업장을 녹여 주려고 한 건데 이제 난 자신이 없소."

"당장 산문을 떠나라고 했습니까."

"어찌 그럴 수 있겠소. 다른 사람들 이목도 있는 법인데 말이 오. 일주일 간의 여유를 주었소. 마음의 정리를 한 다음에 떠나라고 했소."

지웅의 태도는 완강했다. 지웅은 처음부터 곱지 않은 시선으로 보아온 듯했다. 어쩌면 그것은 승 행자의 미모가 주는 오해일 수도 있었다. 그러나 그러한 판단은 잘못된 것이라고 최림은 생각했다. 미모 때문에 애욕의 유혹을 견디지 못하고 파계를 쉽게 할 수 있을지 모르지만 오히려 그런 점을 극복하고 더 단단한 수행자가 될 수도 있을 것이기 때문이었다.

"그럼 저도 한마디하겠습니다. 천불탑의 성스러운 공사에 고 자질을 한 김씨 같은 사람을 인부로 쓰기에는 부적합하다고 생각합니다."

"그건 내가 처리했소. 김씨도 떠나라고 했소."

"또 한가지가 있습니다."

"그게 뭐요."

"제 개인적인 문젭니다."

"어서 말해 보시오."

"전 법상 스님을 찾아나서지 않겠습니다."

"뭐, 뭐라고요."

"죄송합니다. 스님."

"승 행자의 일과 그게 무슨 연관이 있다는 것이오."

"있습니다."

"억지를 부리는구만. 쯧쯧."

지웅은 최림이 막무가내로 나오자 혀를 차며 소리쳤다. 그러나 최림은 부처님의 진신사리를 봉안하는 일도, 미소사의 천불탑 일에 아무 것도 간여하고 싶지 않았다.

"사실 저의 야망은 스님이 품고 있는 것보다 더 큰지도 모르겠습니다. 그래서 천불탑을 혼신의 힘을 다해 설계했고, 그 천불탑에 부처님의 진신사리를 봉안하고자 법상 스님을 찾아나서겠다는 욕심까지 냈습니다. 하지만 이제 미소사의 일들이 넌더리가 납니다. 저는 미소사에다 저의 모든 시간과 정열을 다 바쳐왔습니다. 이런 저를 위해 저의 더러운 옷을 빨아준 것도 죄라고 우기는 미소사의 계율이 싫습니다. 마음에 안 듭니다."

"마음대로 하시오."

"주지스님, 죄송합니다."

최림은 주지실에서 휑하니 나와 분을 이기지 못해 씩씩거렸다. 남녀가 밤에 만나 시간을 보냈다고 해서 무조건 파계라고 주장하는 행자의 규율을 이해할 수 없었다. 뭔가 오해를 하고 있는 것도 같았다. 김씨가 악의적으로 고자질을 했을 수도 있었다. 아무런 관계도 아닌데 질투를 하여 그런 것까지 덧씌워버렸는지도 모를 일이었다.

방으로 돌아온 최림은 흥분한 채 당장에 짐을 꾸렸다. 설계 도면은 예전에 넘겨주었으므로 최소한 의무는 다 지킨 셈이니 명예직 같은 현장 부소장직은 사표를 써버리면 그만이었다. 지금 곧 서울로 올라가 미소사와 완전히 단절해버리고 싶었다. 최림은 닥치는 대로 물건을 큰 가방 속에 쳐넣었다. 여기 저기 널린 컴퓨터 서적들도 챙겨 넣었다. 그런데 그때 조그만 메모지가 보였다. 늘 승 행자가 사용하던 낯익은 메모지였다. 승 행자가 주지실로 가느라 방을 비운 사이에 밀어넣고 간 것 같았다. 메모지에는 이렇게 쓰여 있었다.

 최 선생님 보십시오. 오늘 아침 주지스님께 불려 갔습니다. 주지스님이 너무 노하셔서 저는 한마디도 변명을 하지 않았습니다. 김 처사님이 험담을 하신 것 같았습니다. 너무도 기가 막혀 한마디 말도 못했습니다. 오히려 주지스님 분이나 풀어드리자고 묻는 대로 대답을 했습니다.

 그러나 저는 산문을 떠나지 않겠습니다. 진실은 부처님만이 알고 계시기 때문입니다. 주지스님께서 일주일의 여유를 주셨습니다만 저는 절대로 제 발로는 걸어나가지 않겠습니다. 그러니 저의 문제에는 간여하지 말아주십시오. 저는 제 잘못을 부처님께 참회하겠어요.

 옷을 빨아주는 게 무슨 잘못이냐고 이해를 못하실지 모릅니다. 하지만 저도 처음에는 그렇게 가볍게 생각했습니다만 다시 한생각 돌이켜보니 분명 잘못된 행동이었습니다. 여기는 개인이 머무는 곳이 아닙니다. 대중들이 사는 곳입니다. 대중들끼리의 질서를 위해서 절 나름의 규칙이 있습니다. 다들 동기가 온당하다고 하여 제멋대로 생활을 한다고 가정해 보십시오. 여법한 대중생활이 되겠습니까. 저는 분명 잘못을 저질렀습니다. 그러니 이제부터는 저를 만나려고도 옹호하려고도 마십시오.

그리고 한가지 더 부탁이 있습니다. 최 선생님은 성미가 급하신 것 같습니다. 주지스님께서 한말씀 하시면 분명 감정적으로 대하실 것 같습니다. 그러나 최 선생님은 미소사의 천불탑이란 장엄불사를 하고 계십니다. 우리 나라 최대의 목탑을 짓고 계신 분입니다. 누구도 할 수 없는 일을 자신의 사생활을 희생해 가면서까지 수희동참하고 계신 분입니다. 제가 빨래를 해드린 것은 그런 분에게 조금이나마 보답을 해드리고자 했던 것입니다. 더불어 편안함에 안주하려는 자신을 경책하기 위함도 있었구요.

부디 자신의 사사로운 감정 때문에 대의명분을 그르치지 마시기를 간절히 부탁드립니다. 그동안 최 선생님께 따뜻하게 대해드리지 못한 점 사과드립니다. 대신 용맹정진하여 실다운 사문이 된 뒤 중생의 넓은 바다로 나아가 제 몸 아끼지 않겠다고 발원하겠습니다. 안녕히 계십시오.

편지를 다 읽고 난 최림은 왠지 흥분이 가라앉는 느낌이었다. 승 행자는 적어도 몇 가지를 정확히 짚어 최림을 제정신으로 되돌려놓고 있었다. 그녀의 행동이 왜 정당화될 수 없는가를 적어 최림을 설득시키고 있었다. 승 행자는 개인이 아니었다. 대중생활을 하고 있는 한 행자였다. 그러므로 단체의 질서를 위해 엄격한 규율을 지켜야 하는 것이었다.

그러고 보니 최림은 지웅에게 쓸데없이 화를 내고 고집을 피운 셈이 돼버렸다. 승 행자의 편지를 보니 그렇게 흥분할 일이 못 되는 것이었다. 그렇다면 미소사를 떠나겠다고 한 말은 결코 승 행자에게 도움을 줄 수 없는 말이 되고 마는 것이었다. 승 행자는 무슨 일이 있어도 산문을 떠나지 않겠다고 하지 않는가. 최림은 슬그머니 자신의 성급함이 쑥스러워졌다. 승 행자 말마따나 사사로운 감정으로 대의를 그르치려고 하는 자신이 우스워지기 시작하였다.

승 행자의 하산을 막는 길은 없는가.

승 행자가 제 발로는 걸어나가지 않겠다고 하지만 힘센 승려들이 들었다 놓아버리면 꼼짝 못할 것이었다. 산문 출송의 징계가 내려지면 누구도 거역할 수 없는 것이 이곳의 법도였다. 그런 점에 있어서는 승려들처럼 냉혹한 사람들도 없었다. 말을 듣지 않으면 작대기로 몰매를 가해서라도 쫓아내고 말았다.

그렇더라도 오해는 풀어주어야 한다.

적어도 지웅이 잘못 알고 있는 오해는 풀어줘야 할 것 같았다. 천지신명께 맹세코 승 행자와 속된 일은 한 점 없었던 것이다. 더구나 승 행자는 천불탑을 짓는 사람에 대한 보답으로 빨래를 했다고 하지 않는가.

뿐만 아니라 지웅의 분을 더 풀어주고자 김씨의 모략에도 변명을 하지 않았다고 하는데, 얼마나 아름다운 심성을 가진 여자인가. 부처님만이 진실을 알 것이므로 절대로 산문을 떠나지 않겠다고 하는데, 얼마나 금강석처럼 굳센 구도심(求道心)을 가진 여자인가.

짐을 문 옆에 밀어놓고 최림은 밤을 기다렸다. 답답해서 문을 활짝 열어놓고 어둠이 내리기를 기다렸다. 지웅을 찾아가 승 행자가 놓고 간 메모지를 건네주고 그의 처분을 기다리기 위해서였다.

방 안에 앉아서 최림은 공사 중인 천불탑을 바라보았다. 아직 6층밖에 올라가지 못한 미완성의 작품이었다. 자신의 컴퓨터가 한치의 오차 없이 설계 도면을 그려내어 황룡사 9층탑을 재현해 가고 있는 웅장한 목탑건물이었다. 어떻게 저런 탑을 설계해 냈는지 자신이 두렵기도 하고 신통하기도 했다. 황룡사 9층탑을 재현하겠다고 설계한 것이지만 실은 국내의 어느 탑도 모방하지 않은 창조품인 것이었다. 모방품에는 만든 사람의 혼이 없는 법이었다. 그러므로 천불탑에는 자신의 심혼이 담겨 있는 것이었다. 뭐라고 꼭 짚어 얘기할 수는 없지만 최림은 자신의 마음과 혼이 어려 있음을 늘 느끼곤 하였다.

그것은 막새와에서 떨어지기도 하고, 기둥의 곡선에서 나타나기도 하고, 탑법당의 편안한 공간 속에서 불쑥 튀어나오기도 하였다. 그럴 때마다 최림은 설계에 동반자가 되어준 자신의 컴퓨터에 고마움을 느꼈다.

천불탑에서 풍경의 배치도 빼놓을 수 없는 작품이었다. 크기가 다른 풍경들을 안배하여 달아놓아 신비한 화음이 울려퍼지는데 감탄치 않는 이가 없었다. 천불탑의 위의를 지켜주는 소리가 돼주고 있었다.

앉아 있던 최림은 일어서서 먼 데에 눈을 주었다. 산문에서 뻗어나간 길을 따라 누군가가 등을 보이고 미소사를 떠나고 있었다. 신도 같지는 않았다. 가방을 어깨에 메고 있는 것으로 보아 인부의 행색이었다. 최림은 김씨일거라고 생각했다. 작업이 한창인데 지금 시간에 떠날 사람은 그밖에 없었다. 그가 모략만 하지 않아도 같은 남자로서 그를 용서할 수도 있었다. 얼마나 승행자를 좋아하고 욕정이 솟구쳤으면 그랬을까 싶은 것이었다.

그러나 그는 처자식이 있는 몸이다. 애욕에 눈이 멀게 되면 처자식도 남이 되어버리는가. 애욕은 멀쩡한 사람을 짐승으로 만들어버리기에.

최림은 막상 그가 떠나고 있는 모습을 보자 약간은 감상에 빠졌다. 그가 메고 있는 가방이 그의 업장처럼 무겁게 보였다. 또 어느 길 모퉁이에서 만날지 모르지만 일단 그와의 만남은 악연이 되고 만 셈이었다.

경내에는 낙엽이 수북이 쌓여 바람에 이리저리 날리고 있었다. 법당 뒤켠의 고목들이 뿌려대는 낙엽이었다. 낙엽을 쓰는 건 승행자 몫인데 지금은 보이지 않았다. 법당에서 참회의 절을 하고 있는지도 몰랐다. 다시 풍경소리가 밀려왔다. 여러 개의 것들이 각기 다른 소리를 내므로 잔 물결이 합쳐진 파도처럼 밀려오는 느낌이었다. 최림은 경내에 뒹구는 낙엽을 보면서 바람이 시를 쓰고 있다고 생각했다. 그 의미를 알 수는 없지만 가을처럼 깊고 노을처럼 엄숙한 뜻이 담겨 있을 것이라고 생각했다.

밤이 되어 최림은 주지실을 다시 갔다. 지웅은 뜻밖에 찾아온 최림을 어정쩡하게 맞았다. 그러나 최림은 자신의 입장을 정리하고 난 뒤여서 차분하게 말을 꺼낼 수 있었다.

"주지스님의 오해를 풀어드리고자 다시 찾아왔습니다."

"앉으시오."

"천불탑의 일을 계속하겠습니다. 법상 스님을 찾는 일도 그렇고요."

"음, 최 처사님의 성격도 나 못지않게 급하지만 뒤가 깨끗해 좋소."

"하지만 스님께서 오해는 꼭 푸셔야 합니다."

"승 행자 말이오."

"그렇습니다. 김씨의 모략을 믿어서는 안 됩니다."

"좋소. 김씨 얘기는 믿지 않겠소. 허나 밤중에 처사님의 빨래를 해줬다는 것은 증거가 있지 않소."

"그 점은 승 행자도 참회하고 있습니다."

"미소사를 떠난 마당에 김씨가 가만히 있을 것 같소. 소문이 퍼지면 내가 하산을 시키지 않아도 대중들이 가만 놔두지 않을 것이오."

"이 종이를 보십시오. 제가 스님방에 들렀을 때 놓고 간 것입니다."

최림은 지웅의 얼굴을 얼른 속독을 하듯 읽었다. 그리고는 독심술사처럼 그의 마음을 헤아렸다. 그는 분명 메모지를 읽어가는 동안 온화한 표정으로 바뀌어가고 있었다. 최림은 그런 그의 심리를 놓치지 않고 물고 늘어졌다.

"자신의 처신을 명확하게 인식하고 있잖습니까."

"글을 보니 전말이 일목요연하게 들어오는구먼."

"주지스님이나 저나 천불탑 때문에 인연이 맺어진 거 아닙니까. 승 행자 역시도 그것에 대한 보답으로 빨래를 했다고 고백하고 있습니다. 저도 메모지를 보고서야 제가 강권을 해서 그런 줄 알았지 미처 몰랐던 사실이었습니다."

"무슨 말인지 알겠소."

최림은 계속 물고 늘어졌다.

"스님께서는 혹시 무슨 삿된 일이 있었지 않나 그러시는 것 같은데 글을 보시면 알겠지만 아무 일도 없었습니다. 오히려 승 행자가 저에게 사과하고 있지 않습니까. 따뜻하게 대해주지 못해 미안하다고요."

"이 메모지만 보면 승 행자가 수행 잘하는 비구니가 될 것도 같소만."

지웅은 잠시 난감해 망설였다. 다시 김씨를 불러 그의 고자질을 확인할 방법이 없어서였다. 그는 이미 미소사를 떠나버린 상태였다. 그렇다면 최림과 승 행자를 믿는 수밖에 없었다.

"저를 믿어주십시오."

"좋소."

담판은 의외로 싱겁게 끝났다. 메모지가 호소력있게 승 행자의 결백을 입증하고 최림이 밀어붙였기 때문이었다.

"그러나 처사님은 곧 떠나주시오."

"그건 또 왜 그렇습니까."

"승 행자는 여자이고, 처사님은 남자요."

"알겠습니다."

"이번 일은 처사님이 나를 이긴 게 아니라 승 행자가 나를 이겼소."

"미소사를 절대 떠나지 않겠다는데 전 솔직히 놀랐습니다."

"암, 그래야지요. 하하하."

행자생활이 옆에서 얼핏 보기에도 혹독한 것 같은데, 물러서지 않겠다니 최림은 안타까움을 넘어 정말 그럴 만한 곳인가 싶어 놀랐던 것이다. 최림은 자신이 같은 처지에 있다면 당장 떠났을 거라고 생각했다. 지웅의 파안대소에 최림은 안도했다.

　"웃으시니까 저도 마음이 이제야 놓입니다. 스님."

　"신도관리 전산화시키는 작업은 어느 정도 진척됐습니까."

　"이삼일이면 끝납니다."

　"마저 승 행자를 불러 마무리지어 주시오."

　"모든 게 원위치 돼버렸습니다. 스님."

　"제행무상. 세상 일은 늘 변하고 있소."

　"주지스님, 이제는 녹차도 주지 않습니까."

　"이제야 처사님 본래 면목이 나오는구먼."

　지웅이 예의 그 값싼 커피포트를 꺼내 물을 따르고 다구를 꺼냈다. 최림은 승리가라도 불러야 할 시점에 문득 허탈했다. 제행무상이라는 말이 가슴에 닿아 박힌 것 같았다. 변하지 않은 것은 하나도 없다는 말이 마음에 도장을 찍고 있었다. 그렇다면 지웅도 자신도 승 행자도 시시각각으로 변하고 있으며, 미소사도 천불탑도 오늘의 그것은 어제의 그것이 아니라는 말이었다. 최림은 커피포트가 탁탁탁 소리를 내고 있는 동안 몇 가지 의혹에 휩싸였다. 의혹의 구름덩이가 그의 머리속을 지나가고 있었다.

　'변하지 않은 나는 어디에 있는가.'

　'변하지 않은 천불탑은 어디에 있는가.'

　'변하지 않은 승 행자와 지웅은 어디에 있는가.'

　그렇다면 지금까지 허깨비만 상대하여 왔단 말인가. 그렇다면 지금까지 실상이 아닌 꿈속에서 헤맸단 말인가. 갑자기 머리가 복잡해지는 느낌이었다. 자신을 여지없이 바보로 만들어버리는 그 말의 마력에 최림은 어이가 없기도 했다.

"차 들지 않고 무엇하고 있소."

"아, 네."

"방금 녹차를 달라고 하지 않았소."

"네."

지웅이 좀전의 지웅인지 착시를 일으킨 것처럼 잠시 혼란이 왔다. 최림은 녹차를 마시고는 허둥지둥 주지실을 빠져나왔다. 별이 총총히 떠 있는 게 그나마 정신이 들게 했다. 거대한 검은 암반에 보석이 박힌 것처럼 별들이 반짝반짝 빛나고 있었다.

최림은 방으로 돌아와 제행무상이라는 말을 더 자세히 알고 싶어 사전을 들춰보았다. 거기에는 이렇게 나와 있었다.

'우주 만물은 항상 돌고 변하여 잠시도 한 모양으로 머무르지 않음을 일컫는 말. 즉 영원한 실체는 없다는 말. 무상을 체득하는 것이 해탈에의 첫걸음이라고 함. 허무나 비관의 뜻과 다름. 오히려 무상하기 때문에 항상 변화할 수 있는 것이며, 또 변화하기 때문에 인간은 탐욕과 집착을 버려야 하고, 생명의 소중함을 깨달아 더 정진하고 노력해야 한다는 것이 무상의 참뜻임.'

최림은 허무나 비관의 뜻과 다르다는 말에 눈길을 멈추었다. 무상과 허무는 동의어가 아니라 인간은 태어나 꼭 죽기 때문에 영차영차 하고 힘을 낼 수도 있고, 에라 하고 포기할 수도 있다는 반대말이 아닌가 싶었다.

밖은 누군가가 에라 하고 탄식을 하듯 깜깜했다. 그리고 누군가가 영차영차 하고 인생 응원가를 부르듯 별들이 빛나고 있었다. 어느 쪽으로 받아들일 것인가는 바라보는 사람의 선택과 몫이었다. 최림은 승 행자에게 편지를 썼다.

아무 일도 없게 되었소. 방금 주지스님을 뵙고 나온 길이오. 주지스님께서 오해를 푸셨으니 안심하시오.

승 행자님의 글을 받고 여러 가지를 느꼈소. 아니 절 생활이 어떤 것인지를 비로소 확실하게 알았소. 나는 개인이지만 승 행자님은 단체의 일원이라는 것도 알았소. 고의는 아니지만 마음 고통을 주어 미안하오.

갑자기 승 행자님이 '행복하세요' 하고 나를 몰아세우던 순간이 떠오르오. 어쩌면 내 인생의 영원한 암호문이 될 것 같소. 솔직히 나는 지금도 그 말에는 자신이 없소. 참 희한한 일이오. 나에게는 부족한 것이 아무 것도 없는데 말이오. 승가에서는 이런 것을 화두라고 하는 모양인데 언제 풀릴지 그건 나도 모르겠소.

오후에 김씨가 떠나는 모습도 떠오르오. 죽이고 싶었는데 막상 떠나는 그의 뒷모습을 보니 안됐다는 생각도 들었소. 또 어디에선가 만날 것 같은 예감도 들기도 하여 마음이 탁해지는 것 같았소. 승 행자님이 김씨를 동정하여 그의 모략을 주지스님께 변명하지 않은 점 조금은 이해가 되오. 그를 내쫓은 나와 비교되는 부분이오. 하지만 피해를 주는 것에는 절대로 참지 못하는 게 나의 성격이라오. 피해를 주기도 싫고 받기도 싫은 게 나의 생활신조라오.

어쨌든 아무 일도 없게 된 것이 다행이오. 주지스님께서 신도 관리 전산화 작업을 물으시길래 이삼일이면 끝날 거라고 했소.

이왕 시작한 작업이니 마무리를 지어줘야 할 것 같소. 종무소로 나오시오.

작업이 끝나면 나는 미소사를 떠나겠소. 미소사를 위한 또 하나의 일이 나를 기다리고 있다오. 단 며칠이 걸릴지 일년이 걸릴지 전혀 예측할 수 없는 일이지만 주지스님과 맹세했소. 내일 종무소에서 봅시다.

최림은 종이를 접어 밖으로 나왔다. 이슬이 내리는 듯 아니면 밤안개가 몰려오고 있는 듯 공기가 축축했다. 경내는 완전한 적막 속에 빠져 있었다. 별을 보자 언젠가 보았던 한 구절이 어둠을 가르는 별똥처럼 떨어져내렸다.

'반짝이는 별무리로 단장된 밤은 잠을 즐기라고 있는 것이 아니다.'

그러나 대중들이 모두 깊은 잠에 빠져 있는 미소사였다. 잠을 자지 않고 있는 것이라곤 미소사를 지키는 보초 같은 풍경소리뿐이었다. 최림은 발걸음 소리를 죽이며 승 행자가 기거하는 승방으로 갔다. 그녀는 아직 행자여서 대중들과 두셋씩 짝을 지어 방을 쓰지 않고, 볕이 들지 않는 방에서 독방생활을 하고 있었다.

그곳에서는 계곡의 물소리가 또렷이 들렸다. 승 행자의 수호신인 양 최림이 그녀의 방 가까이 접근하자 부엉이 한마리가 푸득푸드득 날개짓을 하며 계곡을 왔다갔다 선회를 했다.

최림은 재빠르게 접은 종이를 문틈으로 밀어넣었다. 가지런히 놓인 그녀의 신발에 넣어둘까 망설이다가 문틈으로 찔러넣은 것이었다. 최림은 중얼거렸다.

'아무도 본 사람은 없다.'

그때 부엉이가 최림의 중얼거림을 반박이라도 하듯 부엉부엉하고 울음 소리를 냈다. 이제 완전히 원점으로 되돌아간 것 같았다. 최림은 돌계단을 내려서서 한숨을 길게 내쉬었다. 그리고 축축한 밤공기를 술을 마시듯 쭈욱 길게 들이켰다. 물론 또 말썽의 소지가 있으므로 아침에 그녀를 만나 전해줄 수도 있는 사연이었다. 그러나 위험을 무릅쓰고라도 한 순간이나마 더 빨리 전해주고 싶은 게 최림의 심정이었다. 거기에다 아침 해가 뜨기 전에 자신의 과오를 다 지워버리고 싶은 심정이었다.

최림은 깊은 잠이 들지 못했다. 이부자리 위에서 전전반측, 밤새 뒹굴었다. 밤이 더 깊어갈수록 바람소리도 거세어지고 있었다. 문풍지를 잡아 흔들며 흐느껴 우는 소리를 냈다. 우우우우. 쫓겨가는 소리인지 몰려오는 소리인지 가수면 상태여서 분간할 수는 없지만 깊어진 가을을 할퀴는 소리임에는 분명했다.

풍경소리도 비몽사몽 간에 들리고 있었다. 뗑그렁뗑그렁 뗑강뗑강. 부엉이 울음소리도 불쑥불쑥 들려왔다. 부엉부엉. 최림은 가슴에 진땀이 흐르고 있는 느낌이 들었다. 나중에는 설핏 잠이 들었는데, 바람과 풍경과 부엉이가 그들의 목소리로 그에게 말하고 있었다.

'처사여, 이제 미소사를 떠날 때가 되었구료.'

아침이 되어 승려들의 분주한 발걸음 소리에 눈을 아예 떠버린 최림은 어제 싼 가방을 끄르지 않았다. 이삼일 후에 떠나려고 했지만 오늘 중으로 작업을 마치고 미소사를 떠나고 싶었다.

칫솔질만 하고는 종무소로 나갔다. 미소사에 머문 지도 어느새 두 달이 조금 지나 있었다. 계절은 어느새 가을을 지나 초겨울에 접어들고 있는 것이었다. 최림은 집에 무슨 일이 있었는지도 소식이 궁금해졌다. 소식이 끊긴 방문희가 어떻게 사는지도 알고 싶고, 다니던 설계사무소에서는 요즘 어떤 건축물을 구상하고 있는지도 궁금했다. 그런가 하면 컴퓨터 상설 전시장에도 나가 최근에는 어떤 프로그램들이 개발되고 있는지 알고 싶어졌다.

또 무엇보다도 그가 잘 가는 호텔로 가서 불고기에 물냉면을 한그릇 비우고 싶었다. 사람들은 그를 미식가라고 하지만 최림은 그 말에 동의하지는 않았다. 먹는 비용만큼은 아끼지 않겠다는 그의 신조 때문에 일급 호텔을 찾아가는 것이지 혀가 까다로워서 그랬던 것은 아니었다. 비싼 비용만큼 거기에서는 분위기를 즐길 수 있었고, 더구나 웨이터의 친절한 서비스를 받아가며 포도주를 놓고 혼자서 큰 식탁을 차지한 채 음식을 먹는, 혼자만의 식사시간을 갖는 사람들이 많아 마음에 들었던 것이었다.

종무소에는 승 행자가 먼저 나와 있었다. 머쓱했지만 어제의 일을 다시 꺼내고 싶지는 않았다. 최림은 아무 일이 없었던 것처럼 바로 일로 들어갔다.

"오늘은 점심을 넘기더라도 마저 해야겠어요."

"그러세요."

"남은 장부는 승 행자님이 정리하면 되고, 가람 관리 프로그램은 신도관리보다 훨씬 쉽죠."

"오늘 떠나시려는 분 같애요."

"맞습니다. 오후 늦게 끝나더라도 밤중이라도 떠날 작정입니다."

"최 선생님께 배운 게 참 많아요."

"그래요, 의외인데요."

"아니요. 컴퓨터도 그렇지만 무슨 일이거나 한 번 빠지면 푹 빠지는 그런 자세가 참 보기 좋았어요."

"뭐, 미친놈이라고들 사람들이 그러죠."

"하지만 정말 미치지는 마세요."

"하하하."

최림은 공허하게 웃었다. 그러나 승 행자는 진심으로 최림을 걱정해주고 있었다. 미친다는 것은 하고자 하는 일에 으뜸이 될지는 몰라도 자신의 삶이 희생되는 것을 의미하기 때문이었다. 불교는 무슨 일을 하되 그것의 노예가 되지 말라는 지혜를 담고 있었다.

"최 선생님, 정말 부탁드리고 싶은 말이에요."

"글쎄요. 습성을 버리지 못할 것 같은데요."

"이제는 조금씩 뒤도 돌아보셔야 돼요."

"전 앞만 보고 달리는 사람이거든요. 아마 저승에 가서도 그럴 겁니다."

"어머, 조고각하(照顧脚下)란 말 있잖아요. 승방 기둥에 붙어 있는데 보지 못했군요. 과거도 중요한 거예요. 발밑을 돌아보라는 말이요."

최림도 지웅한테 들었던 말을 얼른 둘러붙였다.

"아이고, 대선사님. '눈 앞이 곧 길이다. 바로 여기서부터 출발하라'는 말이 있잖습니까. 길이 보이는데 뒤를 돌아보고 자시고 할 여유가 어디 있습니까."

"호호호."

승 행자도 드러난 하얀 치아를 손으로 가리며 웃었다.

작업은 두 사람이 집중한 탓에 오후 늦게 끝나리라고 예상했는데, 점심공양 시간을 조금 넘긴 뒤에 마쳐졌다. 작업이 끝나자 비로소 최림은 졸렸다. 잠이 한꺼번에 밀려오는 느낌이었다. 더구나 장거리 운전을 하기 위해서는 한숨 눈을 붙이는 게 필수였다. 최림은 승 행자와 몇 마디 말로 작별했다.

"잠을 좀 자두어야 할 것 같습니다. 이따 그냥 출발하겠습니다."

"조심해 가셔요."

"열심히 정진하십시오."

"섭섭해요."

"또 올 텐데요. 뭐."

최림은 방으로 돌아와 물을 한 컵 들이킨 뒤 곧 깊은 잠에 빠져버렸다. 코를 드르렁드르렁 골면서 잠에 떨어져버렸다. 마치 한꺼번에 밀려온 잠의 덫에 걸려 허우적대고 있는 꼴이었다.

지웅이 문을 흔들었을 때에야 눈을 뜰 수 있었다.

"처사님, 처사님."

"아, 네네."

"일은 언제 하려고 낮잠을 자는 거요."

"무슨 일 말입니까."

"컴퓨턴가 뭔가 하는 일 말이오."

"아, 그거요, 다 끝냈습니다."

방에 들어와 앉은 지웅이 아직도 잠이 덜 깬 최림을 흔들었다. 최림은 마지못해 일어나 앉은 채 졸고 있었다.

"어제 뭐했길래 잠을 자오. 또 밤중에 빨래하러 간 것은 아니겠지요."

"뭐라고요."

최림은 지웅의 농담에 눈에서 잠을 내쫓았다.

"하하하."

"아이고, 주지스님. 농도 그런 것은 하지 마십시오."

"미안하오."

"주지스님, 그렇잖아도 인사드리러 갈려고 했습니다. 조금 있다가 출발하려구요."

"내일 아침에 가지 그러오."

"아닙니다. 밤중에라도 올라가고 싶습니다."

"그럼, 만류는 않겠소. 아참, 법상 스님을 찾는데 비용은 언제든 전화로 요청하시오. 처사님 구좌로 원하시는 만큼 넣어드리겠소."

"고맙습니다."

"잘 가시오. 천불탑 공사는 총무스님이 현장에 붙어살고 있으니 걱정 마시오."

지웅이 나가자 최림은 다시 벌렁 드러누워버렸다. 잠시 갈등이 왔다. 잠을 더 자느냐, 아니면 지금 출발하느냐를 결정을 못했다. 그러나 어젯밤의 환청 같은 음성이 들려오고 있었다.

'처사여, 이제 미소사를 떠날 때가 되었구료.'

최림은 방을 슬그머니 빠져나왔다. 그리고는 낙엽이 어지러이 흩날리고 있는 경내를 가로질러 갔다. 자신이 없어도 모든 것이 다 안녕할 것 같았다. 천불탑도 예정대로 층이 올라갈 것으로 믿었다. 하기는 현장 부소장이라고는 하지만 그것은 건축허가상의 문제로 이름을 빌려준 것이나 다름없었다. 자신이 혼신의 힘을 불어넣은 것은 설계 도면뿐이었다. 기단부가 완성되기 전의 일로 도중에 몇 번 설계를 손질하는 등 우여곡절이 있었지만 지금은 확고부동하게 건물이 올라가고 있었다. 그러니 걱정할 일은 아무 것도 없었다.

지웅도 아무 일이 없을 것이었다. 법당의 사리를 부처님의 진신사리라고 속이고 있는 한 천불탑의 시주돈은 계속 들어올 것이고, 부처님 사리를 친견하기 위한 신도들은 계속 늘어날 것이기 때문이었다. 따라서 천불탑 공사의 공사비도 이제는 조금도 부족하지 않고 넉넉할 것이었다.

어쩌면 승 행자는 지웅의 신임을 더 받을지도 모른다. 이번 사건으로 인해서 그녀의 진면이 지웅의 우려를 불식시켜주었기 때문이다. 머지않아 그녀는 머리카락을 자르게 될 것이다. 그때는 스님이라고 불러야 하리라. 그때는 그녀의 발원대로 사사로운 한 남자의 연인이 아니라 모든 사람들의 애인이 되리라. 그러고 보니 입산한 여자들의 욕심처럼 큰 것도 없을 것 같다. 한 사람도 사랑하지 못하여 쩔쩔매는데 모든 사람들의 애인이 되겠다고 서원을 한 여자이므로.

최림은 지프에 시동을 걸었다. 두 달여 만에 주인을 만나 그런지 지프는 거칠게 시동이 걸렸다. 운전대를 잡은 채 최림은 미소사에 눈길을 주었다. 주위 산들이 미소사를 감싸고 있는 게 꼭 짐승이 새끼를 품고 있는 형상이었다. 그러고 보니 산들이 미소사의 대중들에게 젖을 물리고 있는 어머니처럼 보였다. 최림은 다시 눈길을 지프쪽으로 가져왔다.

지프 옆에 서 있는 단풍은 이제 검붉은 빛을 띄고 있었다. 나무가 시를 쓰고 있는 듯한 빛깔이 아니라 묵상에 잠겨 있는 듯한 빛깔로 변해 있었다. 묵상의 잎들을 다 떨구고 나서야 나목은 무소유의 수도자 모습으로 바뀌는가.

지프가 움직여 바람을 일으키자 잎들이 몇 개 더 떨어지고 있었다. 그때부터 지프는 활처럼 휘어진 길을 따라 질주를 시작했다. 주인이 시키는 대로 산길을 내달렸다. 단숨에 고갯마루를 오른 지프는 파발마처럼 산허리를 돌고돌아 계속 내리막길을 거침없이 달려나갔다.

바위에 막혀 밤을 세운 지점에서야 최림은 서행을 하였다. 어느새 세웠는지 낙석을 조심하라는 표지판이 보였다. 그러니까 상습적으로 바위가 굴러떨어지는 위험지역인 모양이었다. 위에서 내려다보이는 계곡은 의외로 깊고 가파랐다. 바람이 소용돌이치면서 무서운 소리를 낼 만도 했다. 최림은 이런 계곡의 거친 비바람 속에서 승 행자와 밤을 세웠다는 게 새삼 아찔한 느낌이 들었다. 마치 지뢰밭을 무사히 통과했다는 기분이 들었다. 승 행자와 비바람을 피해 지프에 있는 동안 바위라도 굴러왔다면 목숨도 내놓을 뻔했던 것이었다.

그런데도 공포감을 줄여보려고 위스키를 들이키고는 잠에 빠져버렸던 것이다. 바위가 지프를 덮치지 않은 것은 불행 중 다행이라고 할 수밖에 없었다. 승 행자가 밤새 기도를 해서 불행을 피했을 수도 있겠지만 꼭 그랬으리라는 확증은 없었다. 그렇다고 최림은 기도의 영험을 부정할 생각도 없었다. 어찌됐든 사고가 나지 않았기에 아무래도 상관없었다.

지프는 어느새 계곡 사이로 걸쳐진 다리를 지나고 있었다. 다리 밑으로는 큰 물줄기 하나가 요새를 빠져나가는 비밀통로처럼 밖을 향해서 뻗어 있었다. 아닌게 아니라 천(川)의 끄트머리에서부터 논밭이 차츰 넓어지고 마을들이 보이고 강의 한면이 어렴풋이 보였다.

천이 지나가는 첫번째 마을은 시골의 인구와 걸맞지 않게 다방도 있고, 당구장도 있고, 노래방도 있고, 카센타도 있고 연쇄점도 있었다. 최림이 천불탑 불사 때문에 드나들며 지나쳤던 예전의 풍경이 아니었다. 연극 무대처럼 떠들썩함 뒤의 공허한 느낌을 주는 마을로 변모해가고 있는 것이었다. 사람들은 별로 보이지 않는데 위락시설은 몰라보게 늘어나 있었다. 천불탑의 인부들이 밤이면 여기까지 원정을 나와 도박도 하고, 여자를 산다는데 그런지도 모를 일이었다.

최림은 연쇄점에 들어가 빵을 좀 살까 하다가는 그냥 지나쳤다. 서울까지는 쉬지 않고 달려도 세 시간은 족히 걸리므로 지체할 시간이 없어서였다. 빨리 서울에 도착한 후, 먼저 냉면집을 들러 불고기에다 냉면을 먹고 싶은 생각이 간절할 뿐이었다.

최림은 강을 만난 지방도로에서 위험하지만 지프의 속도를 시속 80km로 올려 버렸다. 맞은편에서 오는 차들이 움찔움찔 했지만 개의치 않고 달렸다. 사고가 나더라도 강변쪽을 달리는 자신의 지프가 더 치명적일 게 뻔했다. 그러나 최림은 폭주족처럼 과속 질주로써 쾌감을 느끼는 게 습관이 되어 있었다.

도로 중에는 고속도로에서 느끼는 쾌감이 최고였다. 그 순간에는 어떤 가치보다도 시간만큼 소중한 것은 없었다. 어디서 어디까지라는 출발지점과 목적지가 분명하므로 얼마의 시간에 주파한다는 그 한 생각에만 몰두할 뿐이었다. 때문에 잡념이 끼어들 틈이 없어 머리가 맑아지고 행복하게도 느껴지는 것이었다. 그래서 삼면이 어둠으로 차단되어 풍경마저 틈입할 여지가 없는 밤의 고속도로가 더 좋은지도 몰랐다.

최림은 어서 고속도로로 진입하고 싶었다. 운전대를 쓸데없이 탁탁 치면서 조급하게 기다렸다. 조금 더 달리면 국도가 나오고, 또 한 시간쯤 상행을 하면 이차선 고속도로가 나올 터였다. 그러나 최림은 빈 검문소를 지나 국도로 진입해서 잠시 지프를 서행시키고 말았다. 가방을 메고 가로수 사이에 말뚝처럼 서 있는 낯익은 사내 때문이었다. 반신반의하면서 서행을 했지만 김씨가 틀림없었다. 버스를 타고 가지 않고 길을 걷고 있다니 알 수 없는 노릇이었다. 최림은 지프를 세우고 차창을 열어 소리쳤다.

"어디까지 갑니까."

"글쎄유."

최림이 소리를 치는데도 김씨는 고개를 돌리고 있었다. 그러나 최림은 지나간 승 행자의 사건과 결부시키지 않고 호의를 베풀고자 다시 소리쳤다. 그것은 과거에 연연하지 않는 그의 성격이기도 했다.

"타세요. 태워드릴테니까요."

"고맙구만유."

그제야 김씨가 고개를 돌리고 담배꽁초를 길바닥에 던졌다.

"빨리 타세요. 어서."

최림은 천불탑 공사의 인부였던 김씨를 옆자리에 앉히지 않고,

가방을 들고 있으므로 뒷자리로 보냈다.

"뒷자리가 넓으니 편할 겁니다."

"부소장님은 어디까지 가시는데유."

"서울이요. 김씨는."

"전 아무 데라도 내리겠구만유."

"고향으로 가야지 어디로 가게요."

"안 가는 게 아니라 못 가지유. 그러니 아무 데나 내려주세유."

"그럼 고속도로를 들어가기 전에 내려드릴게요."

"알아서 하세유. 마을에서 하룻밤 자면서 가지고 있는 돈 몽땅 털렸구만유."

"누구한테 털렸다는 말입니까."

"갈보한테 털렸으면 덜 아깝지유. 그년들도 불쌍한 년들인께 유. 마을놈들 화투판에 끼어들었다가 쫄딱 잃어버렸어유."

"공사판에서 모은 돈을 말이죠."

"그렇구만유."

그렇더라도 최림은 김씨를 돈으로 동정할 생각이 없었다. 최림 은 여비 한푼 없이 도박으로 빈털터리가 된 그가 처자식을 만나 든 못 만나든 그것은 그 자신의 문제일 뿐이라고 생각했다.

"어디 공사장 부근에서 내려주시면 더 고맙겠구만유."

"그러지요."

"밥이라도 먹고 가게 추수하는 곳도 좋고유."

"밥은 여기 없지만 술 생각이 있으면 의자 밑에 위스키 따지 않은 게 있으니 마시세요."

"아이고, 부소장님. 한잔만 마시지유."

"괜찮으니까 그거 가지고 가도 됩니다."

"이렇게 귀한 술을 정말이에유, 부소장님."

"귀하긴요. 돈만 있으면 얼마든지 구할 수 있는 술이죠, 뭐."

김씨는 한잔이 아니라 빠른 속도로 여러 잔을 입안에 털어넣고 있었다. 나중에는 최림에게도 딸꾹딸꾹 딸꾹질을 하며 술을 권했다. 그러나 최림은 음주 운전만큼은 스스로 아주 엄격하게 금하고 있었다. 한번 마시면 폭음을 하지 않고는 못 견디는 습관 때문이었다.

최림이 몇 번이나 거절하자, 김씨는 벌써 취한 듯 묻지 않은 말을 횡설수설해대고 있었다.

"부소장님, 제가 나쁜 놈이지유. 주지스님께 고자질을 했지유. 모함도 하고유. 승 행자님이 정말 부소장님을 좋아한가봐유."

"취하면 한숨 자세요."

"잠은 햇볕 잘 드는 명당 자리에서 늘어지게 잤구만유. 돈 잃고 분풀이할 데가 있어야지유. 그래서 남의 묘자리로 가서 소주 한잔 하고 큰 대자로 뻗어버렸구만유."

"말도 안 되는 소리 그만 하시고 자라니까요."

"자면 절 경찰서에 넣어버릴려고유. 딸꾹."

"거기 걸어둔 제 옷속에서 담배나 하나 꺼내주세요."

"옷걸이까지 달린 차구만유. 딸꾹."

"옷이 구겨지니까 옷걸이를 달았을 뿐이죠, 뭐."

"부소장님, 불도 붙여드릴까유. 딸꾹."

"불이야 여기서 붙이면 되니까 이리 주세요."

"저도 한대 빌리겠구만유. 딸꾹."

"허허허."

말끝마다 딸꾹질을 하는 소리에 최림은 헛웃음을 짓고 말았다. 그리고는 좀더 달린 뒤 지프를 세우고 그를 내려주었다. 마침 도로 옆의 큰 밭에서는 배추를 뽑아 나르는 작업이 한창이었다. 배추밭에는 트럭들이 몇 대 들어와 뽑힌 배추들을 납치하듯 싣고 있었지만, 배추는 고속도로변까지 빼곡히 들어차 버티고 있었다.

"더 가서 내리는 것보다는 여기가 좋겠습니다. 밭을 보니 하루이틀거리가 아니겠어요. 여비는 벌겠소."

"부소장님, 이 술 잘 마시겠구만유."

김씨가 위스키병을 흔들며 휘청휘청 걸어가자, 최림은 김씨를 공연히 태워주었다고 후회했다. 더구나 아까운 위스키 한병에다 담배까지 없앴다고 자신을 질책했다. 김씨를 다시 만난 게 왠지 개운치 못하고 기분이 찜찜했다.

고속도로에 진입해서야 최림은 차내 거울로 뒤를 훔쳐보았다. 순간, 벌어진 저고리 속주머니가 의심스러웠다. 그래서 과속으로 첫번째 휴게소까지 와서야 지프를 세우고 속주머니를 뒤져보았다. 아닌게 아니라 불길한 예감대로 지갑 속은 텅 비어 있었다. 지갑에 끼어 있는 것이라고는 운전면허증과 신분증과 공중전화 카드뿐이었다. 지웅에게서 받은 현금과 백만원권의 수표 두 장이 든 봉투는 날아가버리고 없었다.

이제는 최림이 빈털터리가 돼버린 꼴이었다. 최림은 알고 있는 욕설을 다 내뱉으며 지프의 방향을 돌렸다. 그리고는 김씨를 내려준 쪽으로 지프를 몰아 바람같이 달렸다. 그의 말따나 그를 붙잡아 인정사정 없이 현행범으로 경찰서에 넘겨버릴 작정이었다.

그러나 최림이 그곳에 도착했을 때는 이미 김씨는 사라져버리고 없었다. 배추를 뽑고 있는 농부들에게 물어보았지만 그런 사람을 본 적이 없다고 최림을 의아하게들 쳐다볼 뿐이었다.

"술 취한 사람을 찾는다, 이거지요."

"가방을 메기도 했구요."

"여보쇼. 손이 없어 바빠 죽겠는데 이 시간에 술 마시는 사람이 어디 있어요."

오히려 일하는 농부들에게 삿대질까지 당하며 최림은 면박을 받고 말았다. 김씨는 그 자리로 달려온 시외버스를 타고 진즉 피해 버렸음이 분명했다. 김씨를 보았다는 사람은 아무도 없었다. 본 듯하다는 사람도 없었다. 사실은 관심도 없었다. 할 수 없이 최림은 지프로 돌아와 자신의 발등을 쿵쿵 찧는 심정으로 김씨의 카드를 하나 만들었다. 그리고는 그에게 방금 당한 내력과 미소사에서의 곤욕까지 낱낱이 적고 날짜를 기입했다. 더불어 날짜 바로 밑에다는 '더 이상의 수업료는 내지 않겠음'이라고 기록해두었다.

M시 가는 길

    고속도로 톨게이트를 지나 서울에 도착한 최림은 곧바로 집쪽으로 지프를 몰았다. 초저녁이 지났고, 지갑이 텅 비어버렸으므로 아무 곳도 들를 수가 없었다. 그러나 강을 건너는 순간 자신의 처지와 상관없이 이상한 안도감이 들었다. 강에는 표현할 수 없는 마력이 담겨 있었다. 언제고 만날 때마다 변치 않는 어머니 같은 느낌이 드는 것이었다.

    그런가 하면 강변도로에 일제히 켜져 있는 나트륨 가로등들은 강물에 꽃을 던지고 있는 듯한 휘황한 광경을 연출하고 있었다. 하지만 꽃을 던지고 뿌린다는 것은 망자(亡者)를 위한 의식처럼 허망한 기분을 안겨주는 풍경이기도 했다.

    실제로 최림은 그런 허무감이 사무쳐 강물에 뛰어들고픈 충동을 받기도 하였었지만 그곳을 지나치면 곧 그런 감정은 공중 분해되어버리고 말았다. 시가지에 접어들어 다른 차들과 신경전을 벌이다 보면 강의 존재는 새까맣게 지워지고 마는 것이었다. 그리고 집에 들어서면 강은 과거의 애인처럼 잊혀진 존재가 되고 말았다.

최림은 대교 중간쯤에서 지프를 세웠다. 그리고는 동굴 속처럼 어둠 덩어리로 흘러가는 강물을 애인과 재회하듯 들여다보았다. 강물은 불빛을 받아 그것을 메아리로 보내는 것처럼 어른거리고 있었다. 최림에게는 검은 강물도 정겹기는 마찬가지였다. 그러나 강바람은 벌써 겨울의 찬기가 스며 있어 목덜미를 움츠러들게 했다. 다리의 철구조물을 때리는 소리가 헝겊을 쫙쫙 찢는 마찰음 같이 들리고 있었다.

그때 전경 두 명이 뚜벅뚜벅 다가와 최림에게 신분증을 요구했다. 최림은 맥이 풀렸지만 선선히 신분증을 보여주었다. 조금 나이 어린 전경이 엉덩이를 엉거주춤 빼며 한마디 더했다.

"혹시 여자분을 기다리십니까."

"아니오."

"저쪽에 여자분이 아까부터 서 있던데."

"아니오. 바람을 좀 쐬고 있어요."

"에이, 딴청부리시긴. 어서 가보십시오."

전경이 치아를 드러내고 히히 웃으며 말했다. 그러더니 한마디 더하고는 어둠 속으로 사라져 갔다.

"여자분이 엄청 화 나 있더라구요. 강에 뛰어들 것처럼 말이죠."

최림은 대꾸를 않고 지프에 올라탔다. 그리고는 곧장 지프를 몰아 서울역을 지나고, 광화문을 지나 터널 하나를 거쳐 달렸다. 강에 뛰어들 것 같던 그 여자를 줄곧 그리며 달렸지만 그녀의 상은 고장난 텔레비전 화면처럼 잘 잡히지 않았다. 머리속의 리모컨을 이리저리 작동해 보지만 여자의 모습은 끝내 나타나지 않았다. 그래서 최림은 리모컨의 전원을 꺼버리고, 외상 거래를 한 적이 있는 슈퍼에 들어가 표피가 가죽처럼 질긴 바게트와 롤빵을 한아름 샀다.

최림은 공연히 자신의 집 둘레를 한번 휘둘러보았다. 불이 꺼져 있는 집은 딱 두 집뿐이었다. 맞은편의 노파가 살고 있는 집과 돌아가신 부모한테서 물려받은 자신의 단층 슬래브집뿐이었다. 밤새 불을 켜놓고 자는 노파의 습관이 변한 것일까. 노파는 결코 돌아오지 않을 것 같은, 6·25때 헤어진 남편을 기다린다고 늘 대문의 불을 켜두었던 것이다.

열쇠를 넣고 최림은 대문을 열었다. 외견상 달라진 것은 아무 것도 없었다. 대문 우편함에 우편물이 수북이 쌓여 있고, 현관에서 바로 이어진 거실 바닥에 먼지가 뿌열 뿐, 미소사로 떠나기 전과 똑같았다. 불을 켜고 커튼을 밀치자, 정원에 서 있던 모과나무가 눈길을 끌었다. 주렁주렁 매달린 모과들이 컴컴한 어둠 속에서 지프의 노란 전조등처럼 빛을 내쏘고 있는 것이었다.

'내일은 저 모과를 따서 집 안의 곰팡이 냄새를 없애리라.'

그러나 최림은 곧 모과나무를 잊어버리고 말았다. 소파에 푹 파묻혀 질긴 빵을 뜯으며 법상의 행로를 추적해야 한다는 생각을 하니 갑자기 머리가 무거워졌던 것이다. 법상이 어디에 있다는 단서는 아무 것도 없었다. 다만 그의 속가 위치를 지웅으로부터 들어 알고 있을 뿐이었다. 법상과 지웅이 어린 시절을 보냈다는 M시.

최림은 M시를 어느 정도는 알고 있었다. 바로 그곳에서 3년 동안 해안 보초를 서며 군대생활을 했던 것이다. 제대한 지 10여 년이 지났으므로 엄청나게 변했을 터이지만 그래도 낯설지는 않을 것이었다. 지웅이 그려준 약도를 가지고 있으므로 찾아가는 데는 별 어려움이 없을 것이었다. 그러나 법상의 속가가 이사를 했을지도 모르고, 설령 이사를 하지 않았더라도 법상의 아내나 친족들이 그의 소식을 한토막도 모를지 몰랐다.

그래도 법상을 만나기 위해서는 M시부터 갈 수밖에 없지 않은가. 그곳에서부터 한발 한발 미로 속에서 출구를 찾는 것처럼 좁혀갈 수밖에 지금 현재로서는 다른 방법이 없었다.

최림은 빵을 안주 삼아 양주를 홀짝거리며 집 안의 전원스위치를 모두 눌렀다. 그러자 집안이 견고한 감옥 안처럼 차갑게 드러나고, 그동안 사용하다 기능이 떨어져 한쪽으로 치워둔 컴퓨터들이 어둠 속에서 튀어나왔다. 맨 처음 구입하여 가장 오래된 컴퓨터에는 애정의 표시로 이런 낙서가 적혀 얹혀 있는 게 새삼 눈에 띄었다.

'사망 선고를 내려 유물로 남기고 싶지 않다. 비록 병들고 늙어 치매현상을 보이지만 너를 부활시켜 주고 싶다.'

모델 이름이 각기 다른 컴퓨터들이 죽 늘어서 있어 마치 미이라처럼 드러나보이고 있었다. 짧게는 2년, 길게는 8년이나 된 컴퓨터들이 묘지 속의 시신들을 연상케 하고 있었다. 그런가 하면 사막 가운데 묻혀 있다가 발굴된 석굴의 돌부처들을 연상케도 하였다.

그래도 언제나 사용 가능한 컴퓨터는 안방에 있었다. 안방에는 컴퓨터로 그린 설계 도면들이 발을 디딜 틈도 없이 어지럽게 널려 있었다. 대부분 실패한 도면들이어서 날을 잡아 태워버려야 할 것들이었다. 최림은 안방에 발을 들여놓을 엄두가 나지 않아 거실로 와버렸다.

술기운은 피로에 긴장하고 있는 근육을 살살 풀어주었다. 위스키를 몇 잔 더 마시고 나서야 최림은 전화기 속에 녹음된 테이프를 틀었다. 전화기 녹음기 속에서는 뜻밖에 방문희의 음성이 흘러나오고 있었다.

'한번 만나고 싶어요. 요즘은 매일 한강에 나가 당신이 좋아하는 강물을 바라보곤 한답니다. 이제 남자를 만나는 게 무서워졌어요. 나도 강물처럼 흐르고 싶어요.'

설계사무소에서 온 메시지 다음에도 똑같은 내용이 녹음되어 흘러나오고 있었다.

'한번 만나고 싶어요. 요즘은 매일 한강에 나가 당신이 좋아하는 강물을 바라보곤 한답니다. 이제 남자를 만나는 게 무서워졌어요. 나도 강물처럼 흐르고 싶어요.'

그러나 세번째는 전혀 다른 내용의 메시지가 담겨 있었다. 목소리도 차분하지 않고 달랐다. 처음과 달리 차분하지 못하고 쫓기고 있는 목소리였다. 공중전화인듯 자동차 소음이 섞여 장황하게 횡설수설하고 있는 목소리가 더 다급하게 느껴졌다.

'당신과 여행을 했던 경주로 도망치고 싶어요. 온천으로 가서 목욕도 하고 싶고, 천마총도 보고 싶고, 불국사도 보고 싶고, 석굴암도 보고 싶고, 분황사도 보고 싶고, 안압지도 보고 싶고, 첨성대로 가서 별도 보고 싶어요. 그리고 남산으로 걸어 들어가 풀

숲에 눕고 싶어요.'

마치 목숨이 다해가는 사람의 소원처럼 절박하기도 하고, 그냥 혼자서 지껄여보는 넋두리처럼 비현실적으로 들리기도 하는 메시지였다. 여러 곳을 다 보겠다는 것은 분명한 목적지가 없다는 말이나 다름없기 때문이었다. 그녀가 여행지로 굳이 경주를 선택한 이유 하나만 그나마 분명한 셈이었다. 최림과 함께 여행을 다녀온 적이 있으므로. 현실이 고통스러워지면 사람들은 흔히들 과거의 추억 속에서 위안을 받으려고 하지 않는가.

그렇다면.

방문희는 다시 만난 어떤 사내와의 생활에 문제가 있음이 틀림없다. 아니면 김종국이라는 그 미남 탤런트가 재결합하자고 그녀를 괴롭히고 있는 것인지도 모른다. 어쨌든 누군가와 상처를 주고받고 있음이 틀림없는 것이다. 김종국의 경우라면 최림도 본 적이 있는 그 각서의 내용대로 지켜지지 않고 있음이 분명한 것이다. 동거각서란 남자와 여자간에 결혼의 멍에로부터 벗어나 보자는 계약이자 약속이다.

그러나 부처는 그러한 약속을 부질없는 것이라고 말한다. 사랑과 그리움에는 반드시 괴로움이 따르게 되니 무소의 뿔처럼 혼자서 가라고 한 것이다. 그러나 사람들은 사납게 불타오르는 갈애(渴愛)의 불길에 화상을 입고 그 상처의 정도에 따라 절망의 늪에서 허우적거리고 만다. 등불에 달려들어 타죽고 마는 부나비처럼.

방문희가 경주로 가고 싶다는 것은 온천에 머리를 감고 몸을 담그고 싶어서가 아닐 것이며 파헤쳐진 왕릉을 보고 싶어서도 아닐 것이다. 불국사의 자판기에서 예전에 그랬듯 커피를 빼먹고 싶어서가 아닐 것이며 석굴암 오르막길을 오르느라 가빠진 호흡을 고르기 위해서도 아닐 것이다. 분황사에서 허물어진 전탑을 보고 싶어서도 아닐 것이다.

뿐만 아니라 안압지에서 관광객들의 눈요기 거리로 노니는 비단잉어와 오리들을 다시 보고 싶어서도 아닐 것이며, 첨성대에서 밤하늘의 별자리를 관측하기 위해서도 아닐 것이다. 더구나 남산으로 들어가 목이 잘린 돌부처를 보고 바위마다 음각된 마애불을 보고서 기도를 하기 위해서도 아닐 것이다.

그럼 무엇인가. 그녀는 왜 경주로 도망친다고 했을까. 그녀와 자신의 지프를 타고 한번 여행을 한 적이 있는 경주. 그 천년 고도가 그녀에게 있어 무엇이란 말인가. 하긴 경주는 역사의 유물과 사적이 산재한 과거의 도시이므로 무의식적으로 과거로 돌아가고 싶은 그녀에게 위안을 주는 도시가 될지도 모른다. 동병상련의 그 천년 고도에서 위안받을지 모른다는 생각으로 그곳으로 도망치고 싶다고 고백하였는지도 모른다.

최림은 잠꼬대를 하듯 중얼거렸다.

'그녀가 말한 대로 그때 돌아다녔던 게 생각나는군. 경주로 내려가 먼저 온천을 찾아갔었지. 그리고 시내의 유적을 돌아다니다가 남산을 갔었지. 그녀는 수학여행 온 아이처럼 좋아했었지만 나는 하나도 즐겁지가 않았었지. 과거의 흔적들을 전시하는 유적지나 박물관보다는 오늘의 컴퓨터전시관을 더 좋아하는 나에게는 관심 밖의 풍경들이었지. 기쁨이 있었다면 온천욕을 하고 난 뒤 맥주를 한잔 하고 그녀와 깊은 키스를 한 것뿐.'

혹시 아까 다리에서 전경한테 들은 그 여자가… 그러나 자신에게 그런 우연은 없을 것이었다. 전경이 가리킨 그 여자가 방문희라고는 전혀 믿겨지 않았다. 최림은 갑자기 밀려온 잠에 깊이깊이 파묻혀버렸다.

개가 낑낑거리는 소리에 눈을 떴지만 다시 소파에서 이불을 둘러쓰고 잠에 빠져버렸다. 그러나 개는 최림이 잠에서 깰 때까지 밤새 신음소리를 냈다. 숨이 곧 넘어가는 소리로 낑낑낑 울어대고 있었다. 마치 컴퓨터의 해커처럼 숨겨진 통로를 통해 대문 안으로 들어와 모과나무 아래서 뾰족한 주둥이로 흙을 파헤치고 있었다.

눈을 뜨자마자 최림은 대뜸 파출소 전화번호를 찾아 큰 소리로 전화를 했다.

"여보세요. 며칠째 집 잃은 개 한마리가 와 있는데 주인을 찾을 방법이 없겠습니까."

그러자 경찰이 농담조로 대꾸해 왔다.

"뭘 고민하슈."

"비루먹은 갠지 낑낑대는 바람에 잠을 잘 수 없다니까요."

"원, 개 단속까지 경찰이 나서야 합니까."

"동네 개 같으니까 주인을 찾아주라는 거죠."

"허허. 그럴 거 있수. 굴러온 보신탕 아니우."

경찰은 최림더러 신경질부리지 말고 슬쩍 잡아먹으라고 충고를 하고는 전화를 일방적으로 끊어버렸다. 그러나 최림은 개고기를 입에 댄 일이 한 번도 없었다. 물론 개를 잡는 방법은 어렵지 않을 것이었다. 호신용으로 가지고 있는 가스총을 쏘아 단번에 잠들게 해버리면 끝이었다.

　그러나 최림은 가스총을 사용하지 않고 개를 쫓아버리기로 하였다. 며칠을 굶었는지 개는 최림에게 공격할 기력이 전혀 없어 보였다. 쫓는 시늉을 하자 낑낑거리며 비실비실 물러서는 것이었다. 그러다가는 열려진 대문을 훌쩍 뛰어넘어 노파가 사는 집으로 들어가버렸다.

　순간, 최림은 어젯밤 불꺼진 노파의 집을 떠올렸다. 노파가 어디로 여행을 떠난 것은 아닐까. 어쩌면 며칠을 굶은 듯한 개도 노파가 키우던 개인지도 몰랐다. 이층 창문이 활짝 열려진 채, 커튼이 밖으로 비어져 나와 있는 것도 수상쩍었다.

　커튼은 바람에 흐느적거리고 있었다. 최림은 거실로 돌아와 멍하니 노파의 집을 응시했다. 바람이 더 거세지자 창밖으로 튀어 나온 커튼도 깃발처럼 기분 나쁘게 펄럭였다. 게다가 하늘은 어느새 잿빛으로 변해 노파의 집을 무겁게 짓누르고 있었다.

　최림은 빵을 씹다 말고 떨어뜨렸다. 노파가 죽었을지도 모른다는 생각이 들자 섬뜩한 느낌에 사로잡혔다. 그러자 노파의 집이 갑자기 무섭고 삭막하게 보였다. 최림은 전화를 들어 다시 파출소를 찾았다.

　"여보세요."

　"좀전에 전화하신 분 아니우."

　"맞습니다."

　"보신탕 먹으러 오라고 초대하시는 겁니까."

　"그, 그게 아니구요, 사람이 죽었을지도 모르겠어요."

　"뭐, 뭐라고 했수."

그제야 경찰이 긴장을 했다.

"제 옆집에 노파가 혼자 사는데 보이질 않습니다."

"알겠습니다."

"어서 오셔서 살펴보세요."

"곧 올라가겠으니 협조 좀 해주시죠. 여기도 손이 부족해서요."

"알겠습니다."

그러나 최림은 곧 후회했다. 조서를 쓰는데 이러쿵저러쿵 협조를 해야 하고, 어쩌면 이웃이라는 미명하에 사체의 처리를 떠맡게 될지도 모르기 때문이었다. 최림은 얼른 밖으로 나가 대문을 걸어 잠그고 거실의 커튼을 쳐, 빈 집처럼 위장해버렸다. 말하자면 자신을 귀찮게 할지도 모르는 밖의 세계를 차단해버린 것이다.

그러자 바로 안심이 되고 기분이 회복되었다. 사실, 최림에게 이러한 방어본능은 어린 시절부터 키워진 습관이나 다름없었다. 부모가 다 직장을 가지고 있었으므로 최림은 언제나 혼자였었다. 그를 지켜주는 것은 부모가 아니라 문을 꼭꼭 잠그는 열쇠였었다. 믿을 수 있는 것은 열쇠뿐이었다. '누가 오더라도 절대로 문을 열어줘서는 안 된다.' '벨을 누르거든 잠자코 있어라.' '유괴범이 많으니 절대로 밖에 나가 놀지 마라.' 등등이 부모에게 받은 교육의 전부라고 해도 과언이 아니었다.

최림에게 집은 성벽처럼 적을 방어하는 구조물이나 다름없었다. 지금도 그러한 관념이 남아 어떤 요일에는 아무리 더운 여름날이라도 창문을 꼭꼭 잠그고 작업에 빠져들 때가 많았다.

최림의 예상은 틀림없었다. 순찰차의 사이렌 소리가 나더니 대문을 쾅쾅 두드리는 소리가 났다. 그러나 최림은 꿈쩍을 안했다. 어제 사온 빵을 질겅질겅 껌을 씹듯 씹으며 커튼 틈새로 밖의 동정을 살펴볼 뿐이었다.

"안 계십니까. 안 계십니까."

경찰 세 명이 노파가 문을 잠가버린 듯 옥외 계단을 타고 있는 게 보였다. 들것을 가지고 급히 오르고 있었다. 그리고 잠시 후에는 허연 광목천을 씌운 들것을 들고 나오고 있었다.

자살일까, 타살일까.

그러나 최림은 자연사일거라고 추측했다. 노파는 누군가에게 타살을 당할 만큼 원한도 없고 재산도 많지 않았으며, 또한 6·25때 헤어진 남편을 끊임없이 기다리고 있었으므로 자살할 이유 역시 조금도 없었다.

노파의 시신을 처리하는 상황은 의외로 빨리 종료되었다. 어느새 싸락눈이 조금씩 바람에 흩날리고 있으므로 서둘러 끝냈는지는 모르나 잠시 부산했던 노파의 집은 다시 정물로 변해 있는 것이었다. 청소부가 떨어진 낙엽을 쓸어가버린 것만큼이나 간단명료하게 시신을 치우는 작업이 끝나버린 것이었다.

어쨌든 눈이 내리고 있다는 것은 새로운 상황이었다. 비로소 최림은 커튼을 활짝 열어젖히고 내리는 눈을 바라보았다. 잠을 더 자두고 싶지만 이제는 잠이 올 것 같지는 않았다. 노파의 개가 잠을 깨게 했고, 노파의 시신이 잠을 빼앗아가버린 게 분명했다.

눈은 금세 노파의 집을 거대한 흰 모래의 누각처럼 만들어 놓고 있었다. 그러나 그것은 사막에 세워진 사상누각처럼 흔적도 없이 와르르 와르르 무너져내릴 것만 같았다. 또한 창문은 여전히 열려진 채이고, 커튼은 유령의 소매자락처럼 불온하게 펄럭거렸다. 그의 집도 모래 같은 눈에 덮여가고 있기는 마찬가지였다. 정원의 나무들도 눈을 뒤집어 쓴 채 쉬고 있는 낙타의 형상을 하고 있었다. 싸락눈이 한꺼번에 소나기처럼 쏟아져 내리기는 처음이었다. 벌레가 나무를 갉아먹는 것처럼 사각사각 소리를 내지르며, 노파를 싼 광목천 같이 모든 것을 덮어가고 있었다.

최림은 집을 떠나기로 결정했다. 눈이 더 내리기 전에 집을 떠나 법상의 속가를 찾기로 결심했다. 싸락눈은 틀림없이 바람이 멎으면 함박눈으로 바뀔 것이고, 그렇게 되면 서울 거리는 온통 교통지옥으로 변할 게 뻔했다. 최림은 안방에 숨겨둔 통장과 외투를 챙겨 여행가방에 넣고는 마지막으로 위스키를 한잔 했다.

'제기랄, 일단 M시로 가보는 거야.'

그때 노파의 개가 다시 침입하여 낑낑거렸다. 비로소 최림은 개를 자세히 훑어보았다. 개는 며칠째 굶은 게 틀림없어 보였다. 배가 너무 홀쭉하여 뼈만 앙상했다. 모과를 먹으려고 하는 것인지 나무 아래서 비실거리고 있었다. 눈에는 눈꼽이 지저분하게 끼고, 진물같은 액체가 더럽게 말라붙어 있었다. 최림이 빵을 던져주자 허겁지겁 씹지도 않고 해치워버렸다. 이제는 최림이 다가서도 피하지 않았다. 도망칠 힘조차 없이 탈진한 몰골이었다.

최림은 개의 머리를 쓰다듬어 주었다. 개털이 의외로 부드러웠다. 뼈가 잡힐 것 같은 배의 털도 마찬가지였다. 화장지로 눈꼽을 닦아주자 더럽게만 보이던 녀석이 귀엽고 좋아질 것 같은 생각도 들었다. 그래서 최림은 가지고 있던 빵을 개에게 다 주어버렸다. 그리고 잠시 후에는 개를 지프에 태웠다. M시를 가다가

개를 잘 키워줄 것 같은 누군가에게 넘겨주기 위해서였다.

시동을 걸고 간단한 점검을 해보았지만 지프는 한군데도 이상이 없었다. 기름을 가다가 한 번 정도 넣어주면 M시까지는 무사히 달릴 수 있었다. 개는 생각보다 영리했다. 차 안에 장착한 컴퓨터를 작동시켜 화면을 보여주자 물끄러미 쳐다보고 있었다. 뿐만 아니라 더 이상 낑낑대지 않았다.

컴퓨터는 천불탑을 설계하면서 참고한 황룡사의 구층탑에 대한 〈삼국유사〉의 자료를 보여주고 있었다. 신라 제 25대 선덕왕이 즉위한 지 5년 때의 일이었다. 그때 자장이 당나라로 법을 구하고자 떠났는데, 당나라의 고승을 찾던 중 문수보살을 만난 곳은 중국의 오대산이었다. 신라의 구법승 자장에게 지혜의 화신인 문수보살이 말했다.

"그대의 국왕은 바로 천축의 무사계급 출신의 왕으로 이미 부처의 기별을 받았으며, 그러한 인연에 따라 다른 동방의 오랑캐와는 다르니라. 그러나 그대의 나라 중생들은 산천이 험한 탓으로 마음이 고상하지 못하고 사나워 외도를 많이 믿고 있느니라. 천신이 때때로 화를 내는 것은 바로 그러함 때문이나, 다행히 다문비구가 나라 안에 있어 군신이 편안하고 만백성이 화평한 것이니라."

문수보살은 말을 마치자마자 연기처럼 사라져버렸다. 자장은 죽을 고비를 수없이 넘기는 등 천신만고 끝에 현신한 문수보살을 친견한 터였으므로 그의 법문을 더 듣지 못한 안타까움에 하염없이 눈물을 흘리며 그 자리를 물러섰다.

그런 어느 날, 바다처럼 드넓고 푸른 태화지(太和池)를 지나가는데, 이번에는 태화지의 늙은 용이 자장의 간절한 신심에 감동하여 신인으로 현신하여 나타나 묻고 있었다.

"그대는 어찌하여 이곳까지 오셨소."

자장은 주저하지 않고 대답했다.

"신인이여, 호국의 진리를 구하고자 떠돌아다니고 있습니다."

그러자 신인이 자장에게 예를 표한 뒤 다시 물었다.

"진정 그대 나라의 어려움은 무엇이오."

"백성들에게 환난이 끊이지 않고 있습니다. 북으로는 말갈이, 남으로는 왜국이 가까이 있고, 그리고 백제와 고구려가 번갈아가며 강토를 침범하고 있기 때문입니다."

자장의 대답에 신인이 다시 말했다.

"지금 그대의 나라는 여인을 왕으로 삼아 덕은 있으나 위엄이 없소. 이웃나라가 침략을 하는 것은 바로 그러한 이유 때문이어서 돌아가 알리시오."

"신인이여, 고국에 돌아가면 무슨 일부터 해야 합니까."

이에 신인이 방법을 일러주었다.

"황룡사의 호법룡은 나의 큰아들이오. 범왕의 명을 받아 그 절에 가 있는 것이오. 그 큰 인연을 기리고 여왕의 나라에 큰 위엄을 세우려거든 어서 돌아가 알려서 9층탑을 짓게 해야 할 것이오. 그러면 이웃나라가 항복할 것이며 구한(九韓)이 조공해 올 것이며 왕업이 길이 평안할 것이오. 탑이 세워진 뒤에는 팔관회를 열고 자비를 베풀어 죄인을 용서하면 그 공덕으로 외적이 침입치 못할 것이오. 다시 나를 위해 경기 남쪽에 절을 지어주면 나도 또한 그 은덕을 보답하겠소."

신인은 자장에게 옥(玉)을 맡기더니 문수보살처럼 몸을 순식간에 숨겨 사라져버렸다. 물결이 출렁이는 태화지 속의 용으로 다시 돌아가버렸다.

마침내 자장은 선덕왕 즉위 12년에 당 태종이 준 불경과 불상과 가사와 폐백 등속을 가지고 고국으로 돌아와 입궁을 하였다. 왕에게 그동안 겪었던 일들을 낱낱이 아뢰기 위해서였다.

선덕왕을 알현한 자장은 9층탑 건립을 먼저 사뢰었다. 그러자 선덕왕이 군신들에게 문의했다.

"9층탑을 지을 만한 공장(工匠)이 있으면 말해보시오."

그러자 이구동성으로 백제의 아비지(阿非知)를 추천했다.

"신라에는 특출한 장인이 애석하게도 아직 없사옵니다. 하오나 불교가 오래된 백제에는 많사옵니다. 백제인 중에서도 아비지란 자가 빼어나 그 솜씨는 신기에 가깝다고 들었습니다."

아비지는 당대 최고의 목수로서 탑이나 가람 공사를 하는데 고구려나 신라를 통틀어 그만한 인물이 없었음은 사실이었다.

"그런 자를 어떻게 신라로 데려올 수 있다는 겁니까."

"불심이 깊은 장인이오니 보물과 비단을 내리시고 정중히 청하면 응할 것이옵니다."

이윽고 아비지는 목탑을 짓는다는 말에 선선히 신라로 넘어와 황룡사에 도착했다. 그리고는 곧 아무런 잡념 없이 탑공사에 빠져들었다. 부처님을 모시는 일이기에 백제인이니 신라인이니 하는 적대감이 조금도 없었다. 백제인 아비지가 9층탑의 공사를 총지휘하고, 그 밑에 신라의 귀족으로 김춘추의 아버지인 이간(伊干) 용춘(龍春)이 소장(小匠) 200명을 거느리고 아름드리 통

나무를 깎고 바윗덩어리를 다듬었다. 그런데 기둥이 처음 세워지던 날 밤에 아비지는 처참한 꿈을 꾸고 말았다. 고국인 백제가 신라에게 무참히 멸망하는 꿈이었던 것이다. 다음 날 아침에도, 악몽에 짓눌려 식은땀을 뻘뻘 흘린 아비지는 더 이상 작업을 할 수 없었다.

갑자기 대지가 흔들리고 날이 어두워진 것은 바로 그때였다. 그 어지러운 틈에도 불구하고 늙은 승려와 장사 한 사람이 금당(金堂)에서 나와 기둥을 세우고 있었다. 인부들이 혼비백산하여 모두 피신하고 없는데 실로 불가사의한 일이 아닐 수 없었다. 아비지는 눈을 뜨고 있으면서도 다시 꿈을 꾸고 있는 것만 같았다.

순간, 아비지는 번개처럼 뇌리를 스치는 한 생각에 자신의 가슴을 쳤다. 지금 자기가 하고 있는 일은 중생들을 극락왕생케 하는 부처님의 일이었던 것이다. 백제인 아비지는 부처님 일에 세속의 일을 결부시킨 자신을 참회했다. 더구나 고국이란 것도 불법의 세계에서는 제행무상으로 흥망성쇠를 거듭하는 무상한 존재가 아닌가.

이제 탑공사는 아비지에게 속죄하는 수행이 되었고, 마침내 무념 삼매 중에 아비지는 자신의 심혼이 담긴 9층탑을 완성하고야 말았다. 무려 철반(鐵盤) 위의 높이가 42자로 하늘을 찌르고, 철반 아래가 183자나 되는 거대한 용이 승천하는 것 같은 9층탑이었다.

한편 자장은 오대산에서 구해온 부처의 진신사리 1백개를 나누어 9층탑의 사리공과 통도사의 금강계단, 그리고 태화사의 탑에다 봉안하여 태화지 늙은 용과의 약속을 지켜 신의를 지켰음이었다.

개는 여전히 컴퓨터의 화면을 멀뚱멀뚱 보고 있었다. 이제는 낑낑대지도 않았다. 엉덩이를 의자에 편안하게 내리고 이따금 고개를 훼훼 젓고 있을 뿐이었다. 눈곱을 딱 한 번 닦아주었을 뿐인데 눈동자도 의외로 맑아져 있었다. 그리고 홀쭉했던 배도 최림이 던져주었던 빵으로 부풀어 통통하게 보였다.

개는 최림에게 전혀 적의를 보이지 않고 있었다. 그렇다면 저렇게 편안하게 앉아있지 않고 으르렁으르렁거릴 것이었다. 사람이나 개나 배가 부르면 본색이 드러나는 법 아닌가. 배가 고플 때는 약자가 되어 꼬리를 내리지만 그 반대가 되면 공격성을 감추거나 드러내는 게 사실이었다. 어쩌면 개는 최림을 자주 보아 낯이 익어 그런지도 몰랐다. 그럴 가능성이 아주 컸다. 최림이 무심코 집을 들락거린 사이 개는 유심히 그를 보아왔는지도 모르기 때문이었다. 아니면 노파가 개를 옆에 두고 이렇게 중얼거렸는지도 몰랐다.

'이 할망구의 이웃이다. 서 허여멀쑥하게 잘생긴 사람은 남이 아니니 물지도 말고 짓지도 마라. 이 할망구를 아는 체했던 유일한 이웃사촌이다.'

그러고 보니 개가 최림을 보고 물려고 달려든 적은 한번도 없었다. 언젠가 우편물이 잘못 전달되어 노파의 집 문을 두드린 적이 있지만 개는 결코 짓지 않았고, 별 뜻없이 몇 년째 크리스마스를 전후하여 연말마다 노파에게 케이크를 선물하러 갈 때에도 개는 최림을 본체만체했던 것이다. 그것은 좀 이해하지 못할 부분이었다. 집을 지키기 위해 고용된 괴팍한 경비원 같은 구실을 하고 있는 개였으므로.

어쨌든 쭈글쭈글하게 늙은 노파가 그래도 위엄이 있어 보이는 것은 그녀의 곁에 항상 개가 있었기 때문인지도 모를 일이었다. 개가 든든한 아들이나 남편을 대신하는 것 같아 노파가 가엾거나 나약하게만 보이지는 않았던 것이다. 그러나 개 때문에 손해를 본 적도 많았을 것이다. 으르렁거리는 개가 무서워서 잡상인은 물론 전도사나 노파를 사귀고 싶은 사람들이 도대체 접근을 할 수 없었기 때문이었다. 그런데 그것은 노파가 의도하는 바이기도 했다. 할망구도 재혼하여 새 삶을 꾸릴 수 있다, 재산을 몽땅 헌납하여 이름을 남기자, 남편이 진즉 죽었을 것이라는 둥 자신을 찾아와 얕보고 귀찮게 하는 사람들이 싫어서였다.

최림은 지프의 브러쉬를 작동시켰다. 눈발이 시야 가득 흩날리고 있었다. 싸락눈이 어느새 함박눈으로 변해 있었다. 하기는 서울은 아직도 싸락눈이 내릴지도 몰랐다. 지프가 남쪽으로 내려갈수록 하늘의 바쁜 손들이 눈의 요리를 달리 하고 있었다. 지금 지프가 달리고 있는 데는 함박눈이란 양념이 지상의 식탁에 올려져 눈요기를 시켜주고 있었다. 눈은 무엇이나 변하게 하고 눈요기거리를 만들어주었다. 눈 자가 붙은 메뉴를 누구도 흉내 낼수 없게 일시에 양산하고 있었다. 눈나무, 눈볏짚, 눈집, 눈마을, 눈개울, 눈구릉, 눈바위 등등.

그러나 고속도로는 눈요기가 아니라 고역거리가 되었다. 도로에 차츰 적설이 되면서 차는 노골적으로 힘겨워하며 헐떡거렸다. 갑자기 내리는 눈이기 때문에 제설작업의 인력도 장비도 준비되어 있을 턱이 없었다. 그냥 앞차와의 거리를 유지하여 눈치껏 서행을 할 수밖에 없었다.

최림은 개에게 말을 걸었다.

"어이, 견공. 무엇을 보여줄까."

개가 알아들을 리도 없지만 듣거나 말거나였다.

"내 애인."

역시 듣거나 말거나였다.

"말해보라구. 이 컴퓨터에 다 들어 있으니까."

최림이 지껄이자, 개가 딴청을 피웠다. 화면을 주둥이로 핥는 것이었다.

"견공, 그건 먹을 게 아니야. 자네가 지프에 탈 줄 알았더라면 자네 친구들을 CD에 넣어가지고 올 걸 그랬어. 눈을 즐겁게 해 주거든. 자네 마음에 든 친구도 얼마든지 고를 수 있고."

그래도 개는 대꾸를 안했다. 화면을 핥지는 않았지만 고개를 젓고 있었다.

"할머니가 생각나서 그러나… 하지만 이젠 만날 수가 없어. 그 분은 돌아가셨어. 안됐지. 모른 체했지만 날 이해해 주실거야. 돌아가시고 난 다음에 법석을 떨면 무얼해. 살아계실 때 잘해드려야지. 견공, 자네도 알잖나. 그래도 난 매년 할머니한테 케이크를 선물했다구. 뭐, 케이크를 선물한 것이 대단한 일은 아니지만 말이야. 근데 할머니는 무덤덤했어. 줘도 그만 안 줘도 그만이라는 식이었지. 난 그런 할머니의 태도가 마음에 들었어. 너무 고마워하면 부담이 되거든. 다음에 주지 않게 되면 그런 사람들은 틀림없이 실망을 하고 나를 욕할 거야. 하지만 할머니는 그런 분이 아니지. 줘도 그만 안 줘도 그만, 있어도 그만 없어도 그만인 할머니였지. 견공, 난 그런 분이 편안해서 좋아. 자네도 지금 보니 할머니와 비슷하구만."

개가 처음으로 야수처럼 으르렁거렸다. 최림의 지껄임을 듣고는 있는 모양이었다. 최림은 자신의 말에 빠져 계속 지껄여댔다.

"자네 주인이었던 할머니를 보면 내 부모가 생각나기도 했지. 특히 연말이 가까워지면 말이야. 그래도 죽음은 피할 수 없는 거야. 나도 자네도 언젠가는 죽게 돼. 그러니까 살아있는 동안 멋있게 보내야 하는 거야. 그런데 자네는 주인이 없어졌으니 딱하게 됐어."

그때 개가 의자에서 벌떡 일어나 최림에게 달려들 자세를 취했다. 최림은 개에게 미소를 지어 보였다. 미소를 짓자 개가 다시 의자에 주저앉았다.

"허허. 견공, 자네를 저 눈밭에 쫓아버릴 수가 있어. 그러니 가만히 있으라구. 난 자네의 은인이야. 나 아니었으면 굶어죽을 뻔했잖아."

눈발은 남으로 내려갈수록 더 펄펄 날렸다. 고속도로 사정도 더 악화되어 차들이 엉금엉금 기었다. 자신이 없는 소형 승용차들은 아예 갓길에 비켜서 제설 작업을 기다리고도 있었다. 그러나 최림은 지프의 튼튼한 바퀴 덕을 톡톡히 보았다. 눈 덮인 도로가 기온이 더 내려가 얼기 전에는 서행이나마 계속 움직일 수있었다.

"견공, 자네와 나는 어디선가는 헤어져야 해. 어디서 헤어질까. 난 바쁘다구. 법상이라는 스님을 찾아가는 길이야. 앞으로 몇 날 며칠이 걸릴지 모르겠어. 아니, 몇 개월이 걸릴지도 모르지. 그러니 자네가 딱하긴 하지만 데리고 다닐 수 없어. 난 자네를 키워줄 사람에게 넘길 생각이야."

다시 온순해진 눈으로 개가 최림을 쳐다보고 있었다. 컴퓨터 화면에는 관심도 없었다. 황룡사 9층탑이 실물처럼 그려지고 풍경소리가 뎅그렁뎅그렁 울리고 있었지만 거기에는 무관심했다.

"하지만 난 자네를 버릴 수도 있어. 자네를 키워줄 사람이 없으면 말이야. 미리 양해를 구하지만 그렇더라도 날 원망하지는 말라구. 내 머리속은 법상 스님을 찾겠다는 일념뿐이야."

화면의 천불탑에는 구름도 걸쳐 흐르고 있었다. 그리고 탑 주위를 새들이 날아오르기도 했다. 물론 현장감을 살리기 위해서 그렇게 조작해 놓았기 때문이었다.

"자네는 천불탑이 무언지 모르겠지. 내 일생 일대의 작품이 될 거야. 나의 모든 것을 천불탑에 다 걸었다고 해도 과언이 아니야. 그래서 지금 이 미친 짓을 하고 있는 거야. 천불탑에 부처의 진신사리를 봉안해야만 더 유명해질테니까. 난 법상 스님을 이해할 수 없어. 왜 부처의 진신사리를 미소사에 넘겨주지 않고 종적을 감추어버렸느냐 이거야. 법상 스님 때문에 미소사를 참배하는 수백만 명을 속이고 있잖나. 나까지 이런 생고생을 하고 말이야."

이제 화면 속의 탑 주위에는 저녁 노을이 펼쳐지고 있었다. 탑을 가장 신비하게 보이게 하는 시간대였다. 탑의 단청 부분을 확대시키면서 황토빛 노을이 그것에 스며들어 은은한 빛깔을 띄워올리고 있었다. 천불탑이 완성되었을 때 참배객들은 바로 저런 빛깔에 매료되어 합장을 할 것이었다.

최림은 고속도로변의 민박집에서 하룻밤 쉬어가기로 했다. 서

행으로 엉금엉금 지프를 몰고 갈 수는 있겠지만 컴컴한 고속도
로상에서 사고가 날지 모른다는 계산 때문이었다. 제설차들이
동원되어 염화칼슘과 모래를 뿌리고 있지만 빈약한 장비를 믿을
수는 없었다. 눈은 장비를 비웃듯 계속해서 퍼붓고 있었다. 민박
집은 벌써 버섯 갓처럼 둥그렇게 눈을 한뼘이나 뒤집어쓰고 있
었다. 민박집 뒤로 이어진 숲도 내리는 눈발에 긴장하듯 숨을 죽
이고 있었다. 잎이 촘촘한 히말라야시타는 이미 눈의 무게를 견
디지 못하여 가지가 축축 늘어져 있었다.

　최림은 '사냥총 대여함'이라고 간판을 붙인 민박집으로 들어
가 방을 잡았다. 그리고는 지프로 돌아와 개를 안았다. 그러나
개는 자꾸 으르렁거리며 차에서 내리려 하지 않았다. 실랑이를
벌이며 최림은 겨우 개를 끌어내렸다. 그러나 개는 차에서 내리
자마자 숲쪽으로 도망쳐버렸다.

　'자식, 뜨뜻한 국물이라도 먹이려고 했는데 도망치다니.'

　민박집 주인이 뒤따라 나와 최림이 중얼거리는 소리를 듣고는
한마디 했다.

　"손님, 개가 아니우."

　"주인 없는 개를 싣고 왔지요."

　"전 또 이 지방에 사냥하러 오신 분인지 알았지라. 그러니까
사냥개가 아니었구만요."

　"그렇습니다."

　"이런 날씨에 얼어죽기 십상이지라. 쯧쯧."

　주인이 혀를 차는 사이에 사냥꾼이 세 명이나 다가왔다. 꿩을
허리춤에 한두 마리씩 차고 있었다. 사냥 실적이 시원찮은지 주

인에게 구박을 주었다.

"여보쇼. 노루는 물론 멧돼지까지 득실거린다는 말이 정말입니까. 몇 십년 전 얘기를 하는 거 아닙니까."

"보름 전에도 노루를 잡아 집에서 피를 뽑아드시고 가신 분이 많았지라."

"벌써 사흘이나 묵었는데도 노루새끼 한마리 보이지 않으니 하는 말 아닙니까. 내일 아침에는 아무래도 철수해야겠소."

나이 든 사냥꾼이 최림에게 말했다.

"선생도 사냥하러 왔습니까. 장소를 옮기는 게 좋아요. 다리만 아프게 산등성이를 종일 넘나들었소."

그러자 주인이 최림을 대신해서 말했다.

"방금 개 한마리 봤지라."

"그런데요."

"주인 잃은 개랍니다요. 방금 이 손님이 차에 태우고 왔는디 저 숲속으로 달아나버렸지라."

"그렇습니까."

"맞습니다."

"찾을 생각이 없으신 모양이군요."

"별 수 없지요. 뭐."

최림은 자신의 소유를 주장할 수도 없어서 시큰둥하게 대답했다. 그리고는 머리와 어깨에 얹힌 눈을 털어냈다. 짐을 주인에게 부탁하고는 일단 숲으로 가 노파의 개를 불러보기로 하였다.

소로를 분간할 수 없어 사냥꾼들의 발자국을 따라 갔다. 다행이 숲으로 들어가 몇 발짝 떼지 않았을 때 흰눈 위에 웅크리고

있는 게 보였다. 최림은 노파의 개임을 단박에 알아차렸다. 그러
나 개의 이름을 몰랐으므로 그냥 오라는 손짓만 했다. 개는 최림
이 가까이 다가섰을 때까지도 꼼짝을 안하더니 막상 잡으려고
하니 으르렁거리며 또 도망을 치고 있었다.

이번에는 컹컹 짖으며 멀리 사라져버렸다. 숲은 의외로 원시림
처럼 울창했다. 가지 위에 얹힌 눈들이 풀썩풀썩 떨어져내려 묘
한 긴장감을 불러일으키고 있었다. 더구나 사냥꾼들이 버린 짐
승들의 털이 길에 버려져 있기도 하여 섬뜩했다. 더 깊이 들어가
자 상처난 짐승들이 흘린 피가 흰눈에 선명하게 얼룩져 있었다.

최림은 개 찾는 것을 포기했다. 설령 찾는다 해도 녀석은 더
멀리 달아날 게 뻔했다. 그러고 보니 개는 자기 주인이 아닌 최
림을 고분고분 따를 이유가 없었다. 또한 최림 역시 그런 개를
찾아 산속을 헤맬 필요도 없었다. 할 수 없이 최림은 눈에 덮인
잡목에 방뇨를 하고는 민박집으로 돌아와버렸다.

그때 주인이 소주 한 병을 곁들여 저녁상을 들고 들어왔다.

"아까 그 양반들이 잡은 꿩고기국이지라. 요즘은 사냥철이라
방이 안 나는디 손님은 운 좋그만요."

"방이 많이 빈 것 같은데요, 뭐."

"영 모르시는구만요. 밤중에 사냥을 하기 위해 벌써 나갔지라.
새벽이 되면 다들 사냥개와 함께 들어올 것이구만요."

"어두운데 어떻게 사냥을 합니까."

"차를 가지고 나가 헤드라이트를 켜놓고 사냥개로 몰아 하지라."

"사냥꾼들이 모이는 지방이군요."

"원래는 저 산 너머가 유명했지라. 근데 그쪽은 삼사 년 전부

터 공비 토벌하듯 어찌나 뒤져버렸든지 지금은 짐승이 안 살지라. 그래서 철이 되면 이곳으로 몇 명씩 찾아오는구만요."

"소주 한잔 하시겠습니까."

"거, 좋지라."

주인은 술을 권하자 잔을 덥석 받아들었다. 그리고는 히죽 웃으며 마치 숭늉을 마시듯 소리가 나도록 입으로 빨아마셨다. 코끝이 빨간 것은 날씨 때문이 아니라 주독이 올라 있음이 분명했다.

"내일 아침을 드시고 갈 것이지라."

"그래야겠죠. 도로가 일단 뚫려야 하니까요."

"사냥꾼들이 무얼 잡을지는 모르겠지만 아침 해장국을 드시고 가시지라."

"요즘엔 무얼 잡습니까."

"노루 아니면 산토끼지라."

"멧돼지는 안 잡습니까."

"지금은 거의 없어졌지라. 다른 민박집에서 멧돼지 고기라고 파는 모양인디 다 가짜구만요. 도회지에 나가 사온 멧돼지 고기구만요."

밥을 뜨는 둥 마는 둥하고는 최림은 소주 한 병을 금세 비워버렸다. 다시 한 병을 더 시켰지만 주인과는 마시지 않았다. 혼자 자작으로 마시고 싶었다. 지나치게 친절을 베푸는 주인이 부담스러워서였다. 게다가 창은 이미 컴컴해져 있었다.

밤이 좀더 깊어지자, 총성이 탕하고 울리며 사냥개들이 짐승을 쫓는 듯 어둠을 물어뜯는 소리가 간헐적으로 들려오고 있었다. 먹을 것을 찾아 민가와 밭으로 접근하는 짐승을 거꾸러뜨리고 쫓는 소리였다. 어떤 순간에는 개짖는 소리가 먼저 울리고 날카로운 총성이 뒤따르기도 하였다. 밤새 계속될 것 같은 살육의 소리들이었다. 마치 쿠데타가 발발한 도회지의 밤처럼 갑자기 총알이 날아올 것 같은 왠지 답답한 밤이 이어지고 있었다. 최림은 화장실을 가기 위해 나서면서 편 손바닥으로 날씨를 살폈다. 눈발은 어느새 그쳐 있었다. 손바닥에 아무 것도 느껴지지 않았다.

타앙 탕 타앙.

총성은 밤새 불규칙하게 이어졌다. 어쩐 일인지 개 짖는 소리는 뚝 멎어 있었다. 사냥꾼들이 짐승을 더 요령있게 잡기 위해서 입에 재갈을 물려 개에게 함구령을 내린 것 같았다.

최림은 깊은 잠에 빠지지 못하고 꿈을 꾸었다. 꿈결에도 총성은 들리고 있었다. 그것은 자신이 짐승을 쫓아 방아쇠를 당겨 울리는 소리였다. 꿈속에서 최림도 사냥을 하고 있었다.

최림은 사냥꾼들이 몰려와 총을 정리하느라고 찰크닥거리는 소리에 잠을 깼다. 창은 새벽이 아니라 이미 아침이었다. 사냥개를 다루는 워이워이 하는 소리도 시끄럽게 들려왔다. 최림은 소란스러운 민박집을 어서 떠나고 싶었다. 주인에게 아침을 부탁하고는 새집을 지은 머리를 대충 손질했다.

주인이 겸상을 하라고 양해를 구해왔다.

"또 한 분이 아침에 떠난다고 하니 같이 드시지라."

"좋습니다."

최림은 머리골이 개운치 못하고 뒤숭숭했다. 밤새 그의 의식에까지 파고든 총성에 시달린 탓이었다. 그는 고개운동을 하면서 목덜미를 풀었다. 그 사이에 아침에 떠난다고 하는 사냥꾼이 들어왔다.

"이거 겸상을 하게 돼 미안합니다."

"어서 오십시오. 전 괜찮습니다."

그의 눈은 어젯밤 사냥을 하며 잠을 못잔 탓인지 붉은 핏발이 서 있었다.

"오늘이 자식놈 생일이어서요. 꼭 올라오라고 성화를 부리니 안 올라가고 배길 수 있어야죠."

태어난 생명이니 축복을 해주는 것은 아주 당연한 일임에도 불구하고 그는 조금 과장을 하고 있었다. 순간, 최림은 짐승을 살육하는 사냥꾼에게도 자식의 생명은 소중한 것이겠지 하고 생각했다.

"고속도로는 뚫렸겠지요."

"아, 그럼요. 밤새 제설작업을 하던데요. 도로공사가 뭐하는 뎁니까. 통행세 받아 이런 때나 써야죠."

아침이 들어왔다. 기름이 뜬 국물이 김을 모락모락 피워올리고 있었다. 사냥꾼이 한 숟가락 떠먹더니 크으 소리를 냈다.

"아, 맛이 그만입니다. 어제 잡은 고기지요."

"이게 진짜군요."

최림도 한 숟가락을 떠 음미했다. 깻잎과 고사리가 고기의 누린내를 없애주어 뜨거운 국물이 그야말로 별미였다. 최림은 밥을 덥썩 말아 훌훌 삼켰다. 그런데 바로 그때 숟가락에 암청색 진흙 빛깔의 미끈한 고깃조각이 떠졌다. 길쭉한 타원형의 응고된 고체 같은 것이 두부처럼 잘려져 있었다.

"이거 토끼 간 아닙니까."

"아니, 그럼 손님은 무슨 고깃국인지도 모르고 드시고 있다는 말입니까."

"글쎄요. 노루 허파 아닙니까."

"손님도 참, 이 맛있는 것을 모르신다니 믿어지지가 않습니다 그려."

"어젯밤에 도대체 무슨 짐승을 잡았길래 그러십니까."

"노루인 줄 알고 잡고 보니 개더라구요. 그래서 주인에게 두 다리나 찢어 주었지요. 손님 숟가락에 얹힌 그건 개 간이지요."

"뭐, 뭐라구 그랬습니까."

최림은 들었던 숟가락을 떨어뜨렸다.

"뭘 그렇게 놀라십니까. 손님의 개라도 된다는 말씀입니까."

"어떻게 생긴 개였습니까. 혹시 검은 빛깔이 도는 개 아니었습니까."

"맞아요."

최림은 벌떡 일어나 화장실로 달려갔다. 그리고는 웩웩 토악질을 해댔다. 방금 먹었던 음식물이 다 넘어와버렸다. 찬물로 입안을 헹군 다음에도 헛구역질이 나왔다. 어제 데리고 온 노파의 개가 분명했다. 전혀 예상치 못한 개의 죽음이었다. 개는 참혹하게 일생을 마치고 만 셈이었다.

부엌에는 아직도 개의 다리 한짝이 살코기로 걸려 있는 게 보였다. 붉은 살코기가 방문이 열릴 때마다 그 진동으로 흔들거리고 있었다. 그렇게 사람들의 식욕을 유혹하고 있었다.

지프에 얹힌 눈을 걷어내며 최림은 기묘한 기분에 빠져들었다.

174

지웅에게서 들은 말이 번뜩 떠올랐다.

'일체중생(一切衆生)

실유불성(悉有佛性)'

모든 생명에게는 다 불성이 있다는 말이었다. 즉 우주의 모든 중생은 부처 될 성품을 가지고 있다는 말이었다. 사냥꾼에게도 있고, 노파의 개에게도 있고, 민박집 주인에게도 있고, 최림에게도 있다는 말이었다. 그러나 지웅의 말인즉 사람들은 자신에게 불성이 있는 줄을 모르고 살아가고 있다는 것이었다.

사실, 불성을 드러낸다는 것이 얼마나 어려운 일인가. 최림은 불가능하다고 생각했다. 오히려 불성을 죽이며 살고 있는 것이 자신을 포함한 인간의 모습이라고 생각했다.

최림은 가능한 한 찜찜한 기분을 빨리 털어버리고자 지프의 속도를 올렸다. 고속도로는 사냥꾼의 말대로 제설 작업이 잘되어 있었다. 달리는 데 전혀 지장이 없게끔 눈이 녹여져 있었다. 최림은 컴퓨터 화면에 방문희를 불러내었다. 그러자 방문희가 상큼한 미소를 지으며 나타났다. 방문희는 단발을 즐겨 하여 일본 여자 같은 분위기를 풍겼다.

처음 나타난 화면은 포즈를 앞으로 기울이고 있는 데다 가슴이 많이 파인 옷을 입고 있어서 한 쪽의 유방이 보일락 말락했다. 그리고 두번째 화면은 반나의 포즈로 물기가 아직 덜 마른 머리카락을 얼굴 앞으로 늘어뜨리고 타월로 엉덩이를 가린 채 몸을 말리고 있었다. 그런데 그녀의 표정은 옷을 입고 있을 때와 달리 요염하거나 속기가 느껴지지 않았다. 마치 잘 익어 향기를 풍기는 사과 같기도 하고, 물기가 촉촉한 딸기 같기도 하였다. 그런가 하면 툭 벌어져 알이 쏟아질 듯한 석류 같기도 하였다.

　최림이 방문희를 처음 만난 것은 CF촬영장에서였었다. CF촬영장은 CF의 화려함과는 달리 삭막하고 더럽고 지린내가 지독한 곳이었다. 냄새를 풍기는 하천가의 공장을 개조해서 시간제로 임대를 해주는 사설 촬영장이라고는 하지만 처음 본 사람들은 실망을 하게 마련이었다. 보여지는 것과 감춰지는 것이 너무나 대조적이기 때문이었다. 어쨌든 촬영장에서 찍고 있는 상품들을 보면 호화품들이 대부분이었다. 클래식 음악을 잔잔히 깔면서 연륜과 위엄을 내보이며 광고하는 최고급 승용차도 그곳에서 촬영한 것이라고 했다. 그리고 한창 TV에 얼굴을 자주 내보이는 'X태지와 X아이들'이 와 촬영할 때는 중고등학생 팬들이 몰려들어 곤욕을 치르기도 했다는 것이었다. 최림은 자신이 다니고 있는 설계사무소를 선전하는 광고CF를 찍기 위해 전 직원과 함께 갔었다. 반면에 방문희는 방송국의 일을 하면서 CF감독의 요청이 있을 때마다 나와 분장일을 맡아 하고 있는 듯했다.

　30초용 CF광고를 찍는 데 무려 하룻밤이 넘어갔다. 토요일이어서 퇴근을 하고 시작했는데 다음날 아침에야 끝났던 것이다. 설계사무소의 집기를 세트장에 실어나르는 데만도 초저녁까지 시간을 보냈다. 말하자면 회사가 촬영장으로 이사를 한 셈이었다. 연말이 되어 온도는 시간이 갈수록 떨어지고 있었으므로 난로의 온도센서를 계속 올려 켰지만 실내를 따뜻하게 하기에는 역부족이었다. 모두 다 덜덜 떨면서 방문희에게 얼굴 화장을 하고는 자기 차례를 기다리고들 있었다.

　회사에서 의욕적으로 일하는 장면을 한 컷 한 컷 찍는데도 시간이 의외로 많이 소비됐다. 카메라 앞에 처음 서본 사람들이어서 카메라와 조명을 의식하기 때문에 자꾸 부자연스런 모습으로 바뀌어버리곤 했다. 게다가 CF감독까지 서툴러 허둥대니 카메라 기사들이 불평을 하고 지연될 수밖에 없었다.

최림의 컷은 그가 설계사무소 팀장이기 때문에 가장 길었다. 그래서 고생을 가장 많이 한 컷이기도 했다. 심각한 표정을 한 채 의자에 앉는 장면부터 카메라가 따라왔다. 그리고는 마음에 안 든 설계 도면을 몇 장 찢어버리는 것이었다. 그런데 그냥 찢는 게 아니었다. 찢어서 구겨 던져버리는데 휴지통에 한두 개는 들어가고 한두 개는 자연스럽게 휴지통을 맞고 밖으로 떨어지게끔 촬영하는 장면이었다. 그런 다음에는 밤을 세우고 조명이 창밖에 비추어 새벽이 연출되면 김이 모락모락 나는 커피를 아주 흡족한 표정으로 마시는 장면이었다.

말하자면 혼신의 힘을 다 쏟아부으며 작업을 마쳐가는 과정을 고객들에게 보여주자는 의도였다. 뿐만 아니라 모든 컷들이 의욕적으로 활기차게 일하고 있는 모습에다 촛점을 맞추고 있었다. 상품이 아니라 회사 이미지를 심어주는 데 주안점을 둔 CF였기 때문이었다.

여직원들은 텔레비전에 자신의 얼굴이 나온다는 기대감으로 추위에 덜덜 떨면서도 한껏 들떠 있었다. 방문희에게 화장을 한 뒤 한결같이 미인으로 바뀌어져 난로 주위에 모여 흡족한 얼굴들을 하고 있었다. 방문희의 직업을 부러워하기도 했다.

"얘, 돈벌이가 괜찮대. 촬영장에서 버는 건 부수입이래."

"이쁘게 해달라고 와이로를 쓰기도 한대."

그러나 자정이 넘어가자, 하나 둘 지치기 시작했다. 소장이 간식으로 통닭을 일곱 마리나 사와 돌렸지만 분위기는 시들했다. 밤샘 작업을 자주하여 익숙한 CF감독만 신이 나 떠들었다.

"야, 끝내준다, 끝내줘. 여기에다 소주 한잔이면 더 끝내주는 건데 말이야."

"감독님 술 마시면 오늘 촬영은 쫑 아닙니까."

옆에 서 있던 조감독이 핀잔을 주자 감독이 큰 소리를 쳤다.

"너 이러면 오늘 밤 내내 저기 천정 레일에 올려보내 서커스 시킨다."

공중에서 세트장을 내려다보며 찍기 위해 설치된 천정의 레일로 올려보낸다는 말이었다. 위험한 레일 위에서 카메라를 도르레로 올렸다 내렸다 하는 작업이야말로 추운 겨울이나 한여름에는 가장 힘든 중노동이라고 했다.

그는 설계사무소 여직원이 슬쩍 뜯다만 닭다리도 들었다.

"그거 이리 줘요. 왜 먹다 맙니까. 난 뼈까지 씹어먹는다구요. 하하하."

방문희는 아예 입에 대지도 않고 있었다. 나중에 안 일이었지만 그녀는 원래 통닭을 먹으면 알레르기를 일으키는 체질이었다. 최림 역시 고기를 먹다 말았다. 입안이 텁텁하여 식욕이 도무지 나지 않았던 것이다. 그래서 두 사람은 촬영장 안에 있는 간이 식당으로 갔다.

"이런 데 식당이 있습니까."

"작업을 밤중에도 많이 하니까 문을 닫지 않았을 거예요."

최림과 방문희는 초저녁부터 고생을 함께 하면서 어느새 동료가 돼 있었다. 식당으로 가는 사이 다른 세트장에서도 촬영이 한창이었다. 그러니까 칸막이 하나 사이로 전혀 다른 세상이 펼쳐지고 있었다.

식당 앞에 있는 세트장에서는 하얀 수염을 단 도사가 나와 기체조를 하고 있었다. 무중력 상태에서 비행사가 우주 유영을 하듯이 손으로 허공을 휘휘 젓는 그런 모습이었다.

"저 분도 방문희 씨가 분장했습니까."

"그럼요. 제일 쉬운 분장이에요. 실제로 저 분은 나이도 많고 기체조를 한 분이래요."

우동을 두 그릇 시켜 국물을 식혀가며 들이켰다. 그래도 국물이 뱃속에 들어가자 닭살이 돋던 몸이 좀 녹았다.

"방문희 씨도 새벽까지 일합니까."

"아마 그럴 것 같아요. 다른 세트장 일이 한 건 남아 있거든요."

"우리 소장 죽을 맛일 겁니다. 직원들이 잘못한다고 큰소리치더니 정작 자기 나오는 장면에 시간을 다 보내더군요. 아직도 찍고 있을 겁니다."

"뭔데요."

"마지막 컷 같은데 주먹을 불끈 쥐고 고객들에게 다짐을 하는 거죠."

고객들을 향해서 최상의 설계를 하겠다고 다짐을 하는 장면인데 자꾸 NG를 내고 있었던 것이다. 감독의 말을 빌자면 포즈가 산적 두목 같은 위압감을 주기 때문에 안 된다는 것이었다. 웃음을 지으라고 해도 그 웃음이 자연스럽지 않았다. 입을 너무 많이 벌리면 바보가 돼버리고, 너무 작게 벌리면 음흉하게 보이는 것이었다. 돈 벌겠다는 욕심을 비우고 웃으라는 주문인데 그게 말처럼 쉽지가 않았다.

우동을 다 먹고 나서 담배를 막 뽑으려는데 최림을 찾았다. 직원 전체가 회의하는 장면을 찍는다고 빨리 오라는 것이었다. 최림은 우동 값 계산도 못하고 세트장으로 달려갔다. 직원들은 벌써 제복으로 다 갈아 입고서 대기하고 있었다. 그리고 감독은 카메라 기사들과 함께 천정으로 올라가 소리치고 있었다.

"최 선생, 어디 갔다 오는 겁니까."

"추워서 우동 한그릇 먹고 왔습니다."

"우리만 빼놓고 재미 보고 온 거 아닙니까."

그러자 모두들 비밀을 엿보았다는 듯이 히죽히죽 웃는 것이었다. 그러다가는 다시 모두들 덜덜 떨었다. 밖의 온도가 더 내려가 있으므로 난로에서 조금만 떨어져 있어도 몸이 오들오들 떨려왔다.

나중에는 춥기도 하고 졸리기도 하였다. 촛점이 흐려져 뭐가 잘 보이지도 않았다. 환기통에 불이 난 것은 그때였다. 바람을 들이지 않으려고 옷가지 소도구로 둥그런 환기통과 벽 틈새를 막아두었던 것인데, 난로의 열이 과열되어 불이 붙은 것이었다.

최림은 그것도 연출한 것인 줄 알고 멍하니 쳐다보기만 하였다. 다른 직원들도 마찬가지였다. 지친 상태에서 모든 것이 세트이므로 그것도 세트이려니 하고 방관하고 있었다. 그러나 잠시 후 연기가 세트장에 차오르고 불길이 번지고 난 후에야 누군가가 소리쳤다.

"불이야."

"불이야 불, 소화기 어디 있소."

그제야 관리인이 사다리를 타고 올라가 소방수처럼 소화기의 분말을 뿜어내어 불을 끄고 있었다. 다행이 벽돌 건물이어서 불이 번지지 않고 소화가 되었다. 지붕의 목조에 불이 붙지 않은 게 천만 다행이었다.

연기가 다 빠져나가자, 다시 촬영이 시작되었다. 그리고 감독이 한마디했다.

"내년 재수 좋겠습니다. 불을 보았으니 말이오. 이 세트장에서 불을 보고 실패한 건 하나도 없어요. 자, 갑시다. 어서."

직원의 회의 장면을 찍는데도 꼬박 세 시간이 걸렸다. 끝나고 나니 밖이 훤해져 오고 있었다. 소장은 물론 직원들 모두가 이제는 극기 훈련을 하고 있다는 기분에 빠져들었다. 남은 한두 컷을 찍을 때는 자포자기한 상태였다. 어찌 보면 제작비를 제대로 받아내려고 감독이 밤새 기합을 주고 있다는 의혹마저 들 정도였다. 돈은 달라고 하는 대로 줄 테니 어서 끝내달라는 심정이 절로 드는 것이었다.

아침이 되어 작업이 완료되었을 때는 모두가 어디로 갔는지 뿔뿔이 흩어지고 없었다. 뻥 뚫린 하천을 바람이 쌩쌩 건너오고 있을 뿐이었다. 최림도 역시 지쳐 지프를 운전하고 갈 수 있을지 의문이 들었다.

길 건너에는 택시를 잡느라고 방문희가 서 있었다. 순간, 어젯밤 식대를 그녀가 치른 것을 생각해내고는 클랙슨을 빵빵 눌렀다. 그녀가 별 망설임없이 길을 건너왔다. 차문을 열고 최림이 소리쳤다.

"타세요."

"어느 방향인데요."

"그냥 타세요. 태워다 드릴 테니까요. 어젯밤 밥값 계산해야죠."

"아, 네 그렇다면 탈 자격이 있군요."

그녀는 결코 수줍음 같은 것하고는 거리가 먼 여자였다. 그녀의 손끝으로 그리고 싶은 얼굴을 그리듯 마음이 움직이는 대로 행동도 따라했다.

"피곤한데 목욕 가지 않겠습니까."

"그래요. 좋아요."

"좀 먼 데로 가시죠. 한숨도 잘 수 있고 아주 좋은 데가 있어요."

"너무 멀면 곤란해요."

"한 시간 반 거리죠."

"교외네요."

"강화도죠. 모텔이 하나 있는데 몇 시간 쉬기는 그만입니다."

"좋아요. 지금 가요."

방문희는 거침이 없었다. 최림도 일요일이어서 부담이 없었다. 아침 일찍이므로 교통 체증도 없을 것 같았다. 아닌게 아니라 시가지가 끝나는 곳에 있는 비행장을 지나자 그대로 텅 빈 들녘이 나타났다. 비행기가 몸체를 은빛으로 반짝거리며 뜨고 내리는 게 갑자기 낯설어 보이기도 했다.

그러나 어찌 저 은빛의 비행기만이 낯설어 보일 것인가. 세상의 모든 것이 순간순간 낯설어 보여야 하는 것이 아닐까. 저 비행기를 타고 사람들은 허공으로 어디론가 사라졌다가 다시 나타난다. 그것도 윤회라면 윤회일 것이다. 강물이 물방울이 되어 구름에 붙듯 저 비행기 속의 사람들도 구름 속으로 사라졌다가 다시 지상으로 내려오지 않은가. 다시 만났을 때 사람들은 그가 변하지 않았다고 보지만 사실 그는 어제의 그가 아니리라.

그렇다.

변하지 않고 영원한 것은 이 세상에 아무 것도 없다. 그러기에 변하고 있는 모습을 보지 못하는 사람들은 눈 뜬 장님이나 마찬가지이다. 사람들은 변한 모습인 그의 현재를 보지 않고, 자기가 생각하고 있는 과거의 그만을 보고 있기 때문이다.

최림은 졸음을 쫓느라고 FM 채널을 찾아 볼륨을 높였다. 마침 그가 군대시절에 배워보려고 했던 노래가 흘러나왔다. 마치 맹수가 인간의 도시에서 먹이를 찾느라고 쓸쓸하게 포효하는 듯한 음성이었다.

가수의 처연한 느낌의 메시지가 먼저 흘러나오고 있었다.

'산정 높이 올라가 굶어서 얼어죽는 눈덮인 킬리만자로의 그 표범이고 싶다.

자고 나면 무디어 지고 자고 나면 초라해지는 나는 지금 지구의 어두운 그 모퉁이에서 잠시 쉬고 있다.'

숨도 쉬지 못할 만큼 휘몰아치는 대사는 먹이사슬의 냉혹함처럼 꼬리에 꼬리를 물고 있었다.

'이 큰 도시 복판에 이렇듯 철저히 혼자 버려진 듯 무슨 상관이랴. 나보다 더 불행하게 살다간 고호란 사나이도 있었는데.'

그리고 나자 폭풍 전야의 느린 바람처럼 슬로우 고고풍의 노래가 비장하게 흐르기 시작하는 것이었다.

바람처어럼 와왔다가 이슬처럼 갈 순 없잖아아. 내에가 산 흔적일랑 남겨둬야지이. 가뭇없이 사라져도오 빛나는 불꽃으로 타올라야지이.

묻-지 마라. 왜냐고 왜 그렇게 높은 곳까지이 오르려 애쓰는지 묻지를 마라아. 고독한 나암자의 불타는 여엉혼을 아는 이 어없으면 또오 어떠리이.

라아 라아아 라아아아.

깃발이 나부끼듯, 회오리바람이 휘몰아치듯 노래의 후렴이 절정에 다다랐다가 다시 비장한 대사를 토해냈다.

'지금 이 세상을 살고 있는 것은 21세기가 간절히 나를 원했기 때문이야. 구름인가 눈인가 더 높은 곳 킬리만자로, 오늘도 나는 가리. 배낭을 메고 산에서 만나는 고독과 악수하며 그대로 산이 되면 또 어떠리.'

방문희도 의미 심장한 노랫말에 취해 입을 다물었다. 지프는 맞바람을 받으며 표범처럼 내달렸다. 강화도를 향해서 시속 100km를 유지하며 돌진했다. 고려군이 몽고군에게 쫓겨 내몰렸던 단군의 성지인 강화도. 그런가 하면 관음이 미소짓고 있는 성지 보문사가 있는 불연(佛緣)의 섬. 말하자면 상처 받아 숨어드는 도피처이자, 지친 심신을 위로받고자 찾는 의지처의 섬이 아닌가. 바로 그곳을 향해 기다리는 무엇이 있는 것도 아닌데 맹수의 습성을 닮은 듯 지프는 거침없이 달리고 있었다. 하이에나처럼.

창을 조금 열자 바람이 찢어지는 듯 날카로운 소리가 나고 있었다. 까마귀떼가 빈 들녘에 앉았다가 지프를 피해 일제히 솟아오르기도 하였다.

"좀전 노래 어떻습니까."

"가사가 멋져요. 노래도 잘 부르고요."

"배워보려고 했지만 따라 부르기가 힘들더군요."

"최림 씨가 유행가를 배우려고 했다는 말, 믿어지지 않아요."

"분위기 있잖아요. 그냥."

"그러고 보니 최림 씨야말로 킬리만자로 표범 같아요."

"날 보고 맹수 같다는 말입니까."

"무서운 맹수 말고요, 고독한 맹수."

"하하하."

그러자 방문희도 피식 따라 웃었다.

"제가 방문희 씨를 처음 본 느낌도 그랬는데요."

"하지만 전 맹수가 싫어요. 고슴도치라면 몰라도."

"귀여운 맹수도 있잖아요. 맹수가 어때서 그렇습니까."

"그러고 보니 최림 씨는 귀여운 방울뱀 같기도 해요. 호호호."

방문희는 강화도가 가까워지자, 말대꾸도 힘든 듯 꾸벅 졸며 미안한 표정을 지었다. 사실 최림도 하품을 몇 번째나 하고 있었다.

"미안하게 생각 말고 졸리면 자세요."

"그러다 최림 씨까지 자버리면 어디로 가게요."

"황천밖에 갈 데가 또 어디 있겠어요."

"싫어요. 전 죽지 않을래요."

"걱정 마세요. 조금만 더 달리면 제가 늘 찾는 모텔이 나오니까요."

아까 나왔던 가수의 노래가 한 곡 더 나오고 있었다. 이번에는 그의 출세작이라고 할 수 있는 노래였다. 판소리의 창을 하듯이 목을 쥐어짜는 음성으로 자신의 사랑을 절규하는 목소리가 매력이었다. 고전적인 방법이어서 구태의연하기는 하지만 그렇게 남자가 호소를 하는데도 뿌리칠 여자는 이 세상에 아무도 없을 것 같았다.

모텔에 도착하여 최림은 침대가 놓인 방으로 정하고 올라갔다. 서울 근교에서는 수질이 좋아 온천욕과 맞먹을 정도로 인기가 있는 모텔이었다. 방에 들어가자마자 방문희가 말했다.

"먼저 하세요. 전 오래 하거든요. 욕실에서 잠도 자구요."

"그러지요, 그럼."

최림은 결코 물속에 오래 있는 경우가 드물었다. 아무리 유명한 온천이라 하더라도 30분을 넘기는 법이 없었다. 퐁당퐁당 온탕과 냉탕을 한두 번 드나들고 비누칠을 하면 그만이었다. 이번에는 온수 속에 들어가 15분 만에 벌거벗은 채로 나오려 하였다. 방문희가 깜짝 놀랐다.

"어머, 옷 입고 나오세요."

"전 옷을 입고는 잠을 못 자거든요."

최림은 큰 타월로 사타구니를 가리고서 물 묻은 몸인 채 방으로 들어왔다. 그러자 방문희가 고개를 돌리며 목욕탕으로 뛰어들어가버렸다. 그러자 최림은 발가벗은 알몸으로 침대에 올라가 달랑 팬티 하나만 입고서는 베개를 비었다. 그리고는 이불을 둘러쓰고 잠에 떨어져버렸다. 코를 드르렁드르렁 골면서 깊은 잠속으로 빠져들었다.

방문희가 목욕탕에서 한숨 자고 나와 흔들었을 때도 그는 의식을 못했다. 전신 마취를 당한 사람처럼 깨어날 기미를 전혀 보이지 않고 있었다. 차라리 방문희에게는 그러한 그가 안도감을 주었다. 비록 알몸이기는 하지만 의식이 없는 남자와 다름이 없으므로 안심이 되었다.

방문희 역시도 옷을 입지 않았다. 사실은 그녀도 옷을 벗지 않고는 깊은 잠을 못자는 특이한 습성이 있기 때문이었다. 검은색 브래지어와 레이스가 달린 팬티만 걸친 채 옷을 다시 입지 않고 침대에 드러누워버렸다. 그리고 나니 잠이 슬슬 밀려와 그녀를 잠의 깊은 늪 속으로 잡아당겨 주고 있었다. 잠시 후에는 그녀도 최림처럼 아무 것도 의식 못할 것만큼 곯아떨어졌다.

눈을 먼저 뜬 사람은 최림이었다. 자리에서 일어난 최림은 예기치 않은 상황에 적잖이 당황을 했다. 방문희가 그런 모습으로 자고 있으리라고는 상상도 못했기 때문이었다. 그녀의 육체는 달콤하게 우유빛으로 빛나고 있었다. 혀를 갖다 대면 아이스크림처럼 녹아버릴 것같이 부드럽게 보였다. 군대시절 휴가 때마다 여체를 사서 보기는 했지만 방문희 것과 같은 살결은 처음이었다. 목덜미와 어깨, 허리, 엉덩이와 다리의 곡선은 마치 사막의 사구(砂丘)처럼 고적하고도 천연한 느낌이 들었다.

방문희가 비몽사몽간에 갑자기 깨어났을 때 최림은 무엇을 훔치다 들킨 사람처럼 사과를 했다.

"미안해요."

"이건 반칙이에요. 하지만 이번에는 눈 감아 주겠어요."

두 사람은 다시 목욕을 하고는 모텔을 나왔다. 최림은 방문희에게 전등사를 보여 주고 싶었다. 바람이 너무 거칠게 불고 있으므로 마이산을 오르기는 힘들 것 같아 전등사를 택했다.

전등사는 대웅전 네 귀퉁이 기둥 위에 있는 나녀상(裸女像) 이야기로 유명했다. 지프를 운전하면서 최림은 방문희에게 나녀상을 이야기했다.

"광해군 때의 이야기지요."

절집에서 이름을 떨치던 한 목수가 있었다고 한다. 그는 강화도로 건너와 대웅전 공사를 하는데 목수의 우두머리인 도편수가 되었다. 그런데 그는 일을 마치고는 꼭 절 아랫마을의 주막으로 내려가 술을 한잔씩 하고는 하였다. 하루의 피로를 풀기도 하려니와 주모의 행동거지가 마음에 들어서였다. 주모도 도편수를 잠자리에 끌어들이고 싶어 유혹을 했다. 자연 두 사람은 동침을 하게 되었고, 장래를 약속하기에 이르렀다. 대웅전 공사가 끝나면 멀리 도망가서 함께 살자는 것이었다. 도편수는 사람들의 눈에 안 띄는 곳으로 가서 그러리라고 작정했다. 그때부터 도편수는 주모에게 돈과 집물을 맡겨두고 주막을 들락거렸다. 그런데 자기한테 맡겨진 돈이 많아지자 주모는 변심을 했다. 그 돈이면 어디 가서든지 도편수보다 더 잘생긴 서방 만나 주막을 짓고 잘 살 수 있을 것만 같았다. 더구나 도편수는 공사하는 데를 찾아다니는 떠돌이가 아닌가. 주모는 밤새 꼭꼭 안아주는 변강쇠가 좋지, 어쩌다 한번씩 들르는 떠돌이는 싫었다. 그래서 주모는 공사가 끝날 무렵 그가 맡긴 돈과 집물을 가지고 행방을 감추고 말았다. 그러자 배신을 당한 도편수는 울분을 참을 길이 없었다. 당장에 예정에도 없던 주모의 모습을 본뜬 나체상을 만들었다. 그리고는 대웅전 네 기둥 위에 올려 벌로 무거운 추녀를 떠받들게 하였다고 한다.

"아직도 나녀상이 있다는 말이군요."

"그럼요. 벌을 받는 악녀의 본보기라고 하죠."

"하지만 대웅전의 부처님은 용서를 해주었을 같은데요."

"그럴지도 모르죠."

"스님들이 외는 불경 소리만 4백년을 넘게 들었을 테니까요."

"불경 소리를 듣고 참회하라는 뜻으로 대웅전에다 벌을 세웠다고 하더군요."

"하지만 도편수는 지독한 사람이에요. 주모의 알몸을 조각할 정도라면 서로 사랑도 했다는 얘긴데 몇 백년 동안 벌을 주고 있으니 말예요. 그런 사람이라면 나같은 여자도 도망치겠어요."

방문희는 도편수의 편을 들지 않았다. 그렇게 지독한 남자라면 일찍 도망친 주모가 현명했다는 주장이었다. 그 점은 최림도 동감이었다.

"그런데 거꾸로 뒤집어볼 수도 있는 얘기죠."

"도편수를 이해해 보자는 거군요."

"맞아요. 달아난 여자에게 부처님을 통해 멸죄시켜 주기 위해 그랬을지도 모른다는거죠."

"그럴 듯한 추리인데요, 그렇다면 왜 옷을 벗겨 사람들에게 창피를 주는거예요."

"나녀라고는 하지만 실제 보이는 건 없지요."

"그럼, 최림 씨는 뭘 보려고 찾았단 말이군요."

"솔직히 그랬어요."

"하긴 저도 보고 싶네요."

아무튼 전등사를 다녀오고 난 후 최림과 방문희는 급속도로 가까워졌다. 그녀가 주로 최림의 집을 찾아와 자고 가는 날이 대부분이었다. 방문희는 본능의 욕구도 늘 적극적으로 표현했다. 그녀가 하고 싶은 대로 망설이지 않고 요구해 오는 것이었다.

최림은 자신에 비해 방문희가 훨씬 더 솔직하고 대담하다고 생각했다. 그렇다고 그녀가 성에 끌려다니는 노예라는 생각은 안 들었다. 성을 요령있게 잘 다룬다는 느낌이 들었고, 그녀한테서 어떤 정신적인 순결이랄까, 당당한 자존심 같은 것을 문득문득 느껴왔기 때문이었다. 사실, 최림이 갖고 싶은 것은 방문희의 육체가 아니라 바로 그런 자존심인지도 몰랐다. 하루는 이런 고백을 최림에게 한 적이 있었다.

"문희 씨. 결혼, 하기는 해야죠."

"싫어요."

"이유가 뭡니까."

"소유당하고 속박당하기 싫으니까요."

"여자는 또 그걸 원하기도 한다던데."

그러자 방문희가 화를 냈다. 최림에게 처음으로 얼굴을 붉히고 있었다. 아직도 그녀를 이해하지 못하고 있다는 실망인 것도 같았다.

"결혼하는 거하고 행복은 다르다고 생각해요."

"하긴 이혼하는 사람도 많으니까."

"하나마나한 얘기는 하지 마세요."

"문희 씨 방식, 나도 동감이죠."

"그래요, 남자 여자가 서로 간섭하지 않으니까 좋잖아요."

"다행이군요. 나와 문희 씨의 생각이 같으니."

"결혼은 남녀의 인격에 상처를 내지만 동거는 서로의 인격에 상처를 내지 않아요."

"서로에게 상처내고 멍들게 하기는 동거도 마찬가지일텐데."

"결혼은 위선만 발달시켜줄 뿐이에요. 슬퍼도 기쁜 척, 불행해도 행복한 척, 없어도 있는 척, 짐승이면서도 인간인 척 그래요."

"그러고 보니 문희 씬 나보다 더 결혼 비판론자군요."

"비판론자도 찬성론자도 저는 못 되요. 다만 제 기분대로 솔직하게 살고 싶어요."

또 어느 날은 자신의 부모 얘기를 들려주기도 했다.

"우리 부모님은 남들이 천생 연분이라고 해요. 하지만 제가 볼 때는 행복한 분들이 아니예요. 체념의 배우들이 되어 다투고 있지 않을 뿐이죠. 뒤집어 보면 자기를 드러내지 못한 삶이죠. 얼마나 불행한 일이에요. 물론 행복한 순간도 있었겠죠. 하지만 감쳐 둔 불행에 비교한다면 결혼의 대가치고는 너무 엄청난 희생이라는거죠."

"문희 씬 아기를 가져보고 싶다는 생각을 해본 적이 없겠군요."

"아니예요. 석녀가 아니거든요. 있었죠. 하지만 지금은 버렸어요. 나만의 삶을 위해서죠. 출가 전 석가모니도 자기 아들 이름을 라훌라라고 불렀대요. 라훌라는 장애라는 뜻이래요. 아주 공감이 가는 말이죠. 정 생각이 나면 고아원에서 데려다 불쌍한 아이를 키우겠어요."

그래도 최림은 방문희와 이야기를 하고 있으면 마음이 편했었다. 성격의 적극성에는 차이가 있지만 생각의 방향은 언제나 거의 비슷해서였다. 그런데 한가지 의문은 꼭 떨쳐버릴 수 없었다.

자신이 방문희를 사랑하고 있는지, 그 반대로 방문희가 자신을 사랑하고 있는지는 정말로 알 수 없었다. 진정한 사랑은 소유하지 않는 것이라고 하지만, 그들 둘은 그럼에도 불구하고 아무 것도 아닌 관계를 맺고 있는 것만 같았다. 스스로가 원하거나 이유가 있으면 언제든지 헤어질 수 있고, 또한 보고 싶으면 언제든지 다시 만날 수 있어서였다. 헤어지기가 두렵거나 초조한 감정은 조금도 없었다. 와도 그만이고 떠나도 그만이었다. 누구를 사귀더라도 공개된 것이라면 별로 기분 나빠할 일이 아닐 듯도 싶었다. 일 년 전, 최림이 지웅을 만나기 전에 김종국이 가지고 온 방문희와의 동거 각서를 보고 실망을 느낀 감정은 또다른 것이기는 하지만.

그러나 지금은 그러한 낭패감도 자연히 치유되고 없었다. 한마디로 그것은 일 년 전에 경험한 사소한 감정일 뿐이었다.

모닥불의 여인

지웅이 그려준 약도는 거의 틀림없었다. 파도가 넘실거리는 바닷가의 도로가 아스팔트로 포장되어 넓어져 있고, 도로변의 가옥들이 드문드문 횟집이나 여관의 사오층 빌딩으로 바뀐 것뿐, 바다 안쪽의 가옥이나 도로들은 지웅이 그려준 약도와 별반 다를 게 없었다.

그러나 골목길이 비슷비슷하여 최림은 단번에 법상의 속가를 찾아내지는 못했다. 도시 계획 전의 골목들이어서 미로나 다름없었다. 잘못 들어갔다가 되돌아나오느라고 애를 먹은 것이다.

지웅의 약도는 글자 그대로 약도였다. 법상의 속가 부근까지는 기가 막히게 자세히 그려져 있으나 막상 중요한 최종 목적지는 애매하게 표시되어 있었다. 사람들을 붙잡고 물어보았지만 대부분 불친절한 것처럼 보여 길게 물어볼 수도 없었다.

"저어, 이 부분이 어디쯤 되겠습니까."

그러면 대답할 생각은 않고 먼저 최림의 행색을 먼저 살피는 것이었다.

"누구를 찾으십니까."

"의사 집안입니다. 아버지도 의사고, 아들도 의사라고 합니다."

입이 얼어 말도 잘 나오지 않고 있었다. 남쪽 지방이라서 훨씬 추위가 덜했지만 그래도 한동안 거리를 다니다 보니 온몸이 동태가 되어가는 느낌이었다. 바람이 뺨을 할퀴고 불어갈 때마다 한대씩 얻어맞는 것처럼 얼얼하게 아팠다.

"글쎄요. 잘 모르겠는데요."

추운 날씨 속에서 공놀이를 하고 있는 아이들에게 물어보지만 아이들은 공을 좇아 이리저리 몰려다닐 뿐이었다. 그래서 멀리 있는 복덕방을 찾아가 난로 옆에서 졸고 있는 노인을 깨워서 겨우 알아낼 수 있었다.

"아, 아주머니 혼자 사는 집을 말하는구면."

노인은 눈을 껌벅거리더니 다행히 기억을 해내었다.

"빈방이 있는데도 방을 세놓지 않는 여자지요."

"왜 그렇습니까."

"난들 어떻게 알겠소. 예전에는 아주 괜찮은 집이었는데 지금은 형편없이 되어버렸소."

"그렇군요."

"망한 집이나 마찬가지지 뭐."

노인은 집이 보일 때까지 동행을 해주었다. 그리고 보니 지프를 세우고 처음 보았던 골목길이 맞는 곳인데 공연히 언덕 너머로까지 걸어가서 집을 찾느라고 시간을 허비한 셈이었다.

법상의 속가는 최림이 처음 지프를 세웠던 쪽의 골목 끝에 있었다. 제법 큰 양옥으로 지붕은 교회건물처럼 아주 뾰족했다. 사오층의 빌딩들이 들어서기 전만 해도 동네에서 가장 큰 집이었을 것 같았다. 그러나 사라지고 없는 복덕방 노인의 말처럼 지금은 초라하기 짝이 없었다. 전지(剪枝)를 해주지 않아 마구 자란 정원수들에 둘러싸여 으시시하기조차 하였다. 더구나 잎을 다 떨구어버린 거무튀튀한 담쟁이 덩굴들이 건물 외벽에 거미줄처럼 다닥다닥 달라붙어 있어 더욱 그런 기분이 들게 하였다.

법상의 아내는 최림이 현관문을 밀고 들어섰을 때까지도 흔들의자에 앉아 일어나지 않고 있었다. 안내를 한 여자가 다시 최림을 소개하자 가까스로 일어나 말했다.

"어서 오세요. 서울에서 오셨다구요."

"네. 그렇습니다."

오십대 중반으로 머리카락은 이미 반백이었다. 인상이 싸늘하여 말을 붙이기가 좀 힘들 것도 같았다. 머리카락 한 올 흐트러짐이 없는 쪽진 머리와 은테 안경이 그런 느낌을 주었다. 그러나 목소리는 의외로 따뜻했다.

"집이 누추해서 미안해요."

"상관없습니다. 법상 스님에 대해 몇 가지 궁금한 게 있어서 찾아왔을 뿐입니다."

"우선 몸을 좀 녹이시구려."

그녀는 최림을 깍듯이 대우했다. 일하는 여자에게 불길이 가물가물한 벽난로에 장작을 듬뿍 넣도록 지시를 하였다. 남편이었던 법상의 손님이라고 생각해서 그러는지 한마디 한마디를 조심스럽게 하였다.

"법상 스님을 찾아 여기까지 오셨다구요."

"네."

"참 희한한 일이군요. 며칠 전에도 젊은 스님 한 분이 법상 스님을 찾는다고 들렀다가 낙담을 하고는 갔는데."

"그러니까 사모님께서도 법상 스님이 어디 계시는지 잘 모르시고 계신다는 말씀이군요."

"그래요."

"그래도 최근에 온 편지라든가 전해오는 소식은 있었을테지요."

"최근이 뭐예요. 재작년에 엽서가 한 번 오고 끝인데요, 뭘. 그것도 저한테 온 게 아니고 의사인 시동생한테 온 것이었어요."

"국내에서 온 엽서였습니까."

"인도 엽서였어요."

"스님의 동생분은 어디에 삽니까."

"가까운 곳에서 병원을 하고 있어요. 정신과 전문의지요."

최림은 메모를 해가지고 올 걸 하고 후회를 했다. 갑자기 그녀에게 물어볼 말이 떠오르지 않는 것이었다. 다행히 그녀는 차가운 인상과는 달리 별 의심없이 대답을 잘 해주고 있기 때문이었다.

장작에 불길이 확 지펴오르자 얼었던 얼굴이 화끈거릴 정도로 거실 전체의 온도가 올라가고 있었다. 최림의 얼굴은 술취한 사람처럼 붉어지고 말았다.

최림은 엉뚱한 이야기부터 꺼냈다.

"이 도시는 그래도 따뜻한 곳입니다. 오는데 고속도로에 눈이 쌓여 아주 애를 먹었거든요."

"눈이 아주 조금 쌓였다가 녹아버렸지요."

그녀는 조금도 더듬거리거나 빈틈을 보이지 않았다. 최림이 묻는 말에 꼬리를 잡히지 않고 할말만을 대답했다. 최림은 또 잠시 머뭇거리다가 말했다.

"법상 스님에 대한 이야기 좀 들을까 하고 찾아왔습니다만 몇 년간 소식이 없었다고 하니 동생분이나 한번 만나 보고 싶습니다."

"그러시죠."

"여기서 가깝다고 그러셨죠."

"걸어서 가도 15분 거리밖에 안 되지요."

"알려주셔서 고맙습니다."

"그런데 오늘은 병원이 쉬는 날이에요. 매월 하루는 문을 닫거든요."

"그럼 오늘밤은 여관에서 묵고 만나뵙지요, 뭐."

"괜찮으시다면 이층에 방이 하나 비어 있어요."

사실 어디로 또 나가기가 번거로울 것이라고 생각하고 있던 최림은 얼른 그녀의 제의를 받아들였다.

"감사합니다."

"며칠 전에 스님이 묵고 갔던 방이에요."

"고맙습니다."

"바다가 훤히 보이는 방이지요."

그녀는 마치 여관 주인처럼 말하고 있었다. 전망이 좋은 방으로 배정했으니 묵고 가라는 표정으로 말하고 있는 것이었다.

"밤에는 파도소리가 좀 시끄러울지 모르지만 하루쯤은 견딜 만할거예요."

"상관 없습니다. 그런데 그 스님은 어느 절에서 왔습니까."

"아마 그 방에 주소를 적어두고 갔을 거예요. 법상 스님에게서 소식이 있으면 그곳으로 연락해 달라 하고 갔지요."

반백의 그녀는 시종 표준말을 썼다. M시에서만 적어도 십수년 은 살았을 터인데 사투리를 전혀 사용하지 않고 있었다. 그것은 그녀가 M시에 동화되지 않았다는 것을 의미했다. 어쩌면 그녀 가 M시를 사랑하지 않거나, M시 사람들이 그녀를 받아들여주 지 않는 것인지도 몰랐다.

밤이 되자 항구도시의 특성이 되살아나고 있었다. 바람이 아무 것이나 붙잡고 흔들어대기 시작하는 것이었다. 산발한 것 같은 정원수들이 마구 흔들리며 창문들이 삐그덕삐그덕 소리를 냈다.

일하는 여자마저 돌아가버리고 없는 그녀의 집은 턱없이 넓고 커보였다. 이런 데서 혼자 사는 것도 고역일 것 같았다. 순간, 그 녀가 서울에서 유배온 것처럼 느껴졌다.

"자녀분은 다른 지방에 사시는가요."

"그래요. 딸이 서울에서 살지요. 결혼했어요."

"외동딸이겠군요."

"걔를 낳기도 전에 스님이 출가를 했으니까요. 그때 난 소박맞 은 여자처럼 창피하기도 해서 시댁인 이곳으로 도망쳐 와버렸지 요."

"그때부터 이곳에서 사셨군요."

"그래요. 어른 두 분 상(喪)도 이 집에서 치렀으니까요."

그러니까 그녀는 돌아가신 법상의 부모로부터 이 집을 물려받아 살고 있음이 분명했다. 그렇다면 집을 처분하는 권한은 그녀에게 전적으로 있을지도 모른다. 그런데도 M시를 떠나지 못하는 이유는 무엇인가. 그녀의 발목을 붙잡고 있는 것은 무엇인가. 혹시 법상이 다시 돌아오기를 기다리고 있는 것은 아닐까. 최림은 그런 상념에 빠져들었다.

  잠시 후 그녀가 양주병과 오징어를 들고 왔다.

  "술 한잔 하세요."

  "네."

  최림은 슬쩍 돌려서 질문했다.

  "이곳이 이젠 고향 같겠군요."

  "아니오. 언제든지 떠날 준비가 되어 있어요."

  예상한 대로 그녀는 닻을 내린 배처럼 무엇엔가 묶여 있었다. 술을 한잔 훌쩍 털어넣더니 다시 말했다.

  "저 방이 바로 스님의 실험실이었어요."

  "자물쇠가 채워진 방 말입니까."

  "그래요."

  "대학이 서울에 있었는데 실험실이 이곳에 있었다니 희한하군요."

  "출가 전 스님은 아주 효자였나 봐요. 부모가 살고 있는 이곳으로 내려와 연구를 하고는 서울로 올라가 강의를 했다고 그래요."

  "그럼, 저 방에는 실험도구들이 그대로 남아 있겠네요."

  "그렇겠지요."

  그녀는 남의 이야기를 하듯 무덤덤하게 말하고 있었다.

"무엇을 연구하셨는지 기억납니까."

"의과대학 교수로서 암세포를 퇴치하는 연구 뭐, 그런 것이었 겠지요. 난 자세히는 잘 모르겠어요. 관심도 없었으니까요."

그녀는 최림이 따라주는 대로 술을 마셨다. 밤이 되면 한잔씩 하는 게 오래된 습관 같았다. 말수가 조금 늘어났을 뿐 흐트러짐 없는 태도는 한결같았다.

"시아버지께서 유언을 하셨지요. 저 실험실을 잘 지키고 있으 라구요. 그때 눈을 감으시는 시아버님과 약속만 하지 않았더라 도 진즉 이곳을 떠났을거예요."

"그분도 의사였다고 하던데요."

"두 분이 뭘 공동으로 연구하셨나 봐요. 그런데 아들이 출가를 해버린 거죠."

"굉장히 충격을 받은 모양입니다. 출가를 할 정도이면 말이죠."

"충격이 아니라 자신이 하는 일에 염증을 느껴 그랬을지도 모 르지요."

일단 지웅이 들려준 얘기는 다 정확한 셈이었다. 속가에 부인 이 있으며 딸이 있고, 또한 의사 집안이라는 것까지 다 맞았다. 그러나 부인을 만나는 순간 한가지 의문이 드는 것은 이성 간에 느끼는 직감 때문이었다.

부인의 차가운 인상을 보자 법상의 출가 이유가 다분히 부인쪽 에 있지 않나 하는 느낌이 드는 것이었다. 지웅은 법상이 종교적 인 동기에서 출가를 했다고 이야기해 주었지만 왠지 그것만으로 는 설명이 부족하다는 느낌이 드는 것이었다. 법상을 얘기할 때 마다 부인의 태도가 순간적이나마 냉소적으로 돌변하고 있는 것이었다.

"저 실험실을 보여줄 수 있습니까."

"나도 저 실험실에는 한번도 들어가 본 적이 없어요."

최림은 법상이 왜 출가를 했는지 궁금해 견딜 수 없었다. 일단은 두 가지로 좁혀서 생각해 볼 수 있었다. 냉소적인 태도를 보아 추리해볼 수 있는 여자로 인한 파경(破鏡)이 아니면, 방금 부인의 말마따나 연구에 염증을 느낀 게 출가의 한 동기가 될 수 있을 것이었다.

일단 여자로 인한 파경 문제는 여기서 제외할 수밖에 없다. 부인의 깊은 상처일 수도 있고 그 문제는 법상을 추적하는 일과 아무런 관련이 없기 때문이다. 사실 부인의 사생활을 들추자고 M시를 찾은 것은 아니잖은가.

그렇다면.

저 실험실은 법상이 출가를 결행하게 된 이유 중에 반쯤은 설명을 해줄지도 모른다. 법상의 아버지가 저 실험실을 잘 지키라고 한 것은 자신이 연구하다 만 과제를 법상이야말로 해결할 수 있으리라는 확신이 들어 그러지는 않았을까.

어쩌면 두 부자는 암세포를 정복하기 위해서 함께 연구를 하다가 벽에 부딪쳐 언쟁을 벌였는지도 모른다. 막다른 골목에 다다르자 법상은 종교적으로 마음을 다스려 병을 물리치는 방법을 궁리하게 되었고, 그러나 그의 아버지는 의학으로써만 병을 정복할 수 있다고 끝내 고집을 굽히지 않은 의사였는지도 몰랐다.

"물론 추측입니다만 법상 스님을 조금은 이해할 수 있을 것 같습니다."

"난 이해를 못해요."

"어째서 그렇습니까."

"그가 출가한 후 난 불행해졌으니까요."

그녀의 대답은 단호했다. 법상을 큰스님으로 조금도 인정해 주지 않는 그녀의 말투였다. 그러나 그녀의 태도에는 거짓이 없었다. 법상이 자신의 법문으로 많은 사람들에게 감화를 주어왔다고는 하지만 그녀에게만은 예외일 수밖에 없었다.

또한 그녀는 시아버지의 유언을 지키기 위해 M시를 떠나지 못하고 있기 때문이었다.

그녀는 자신이 불행하다고 몇 번이나 강조했다. 그것은 고승이 되어 존경을 받고 있는 법상의 이름을 깎아내리는 말이기도 했다. 최림은 그녀의 주장에 동조했다. 그래서 최림은 '얼마나 고생이 많으셨습니까' 라는 말 등등으로 건성으로나마 대꾸를 해주었다. 그녀의 표현대로 젊은 시절에 소박을 맞아 남자가 무언지도 모르고 M시로 내려와 몇 십년을 홀로 살아온 그녀가 안쓰럽기도 해서였다.

"딸이 가끔 내려와 머물 때는 그래도 나았지요. 친구같이 이런 저런 얘기를 나누었으니까요."

"결혼한 따님 말이군요."

"하지만 남자가 생기니까 내려오질 않아요."

"M시는 서울에서 멀기도 하니까요."

"내가 정말 보고 싶다면 거리가 문제겠어요. 남자가 더 좋아진 거지요. 때론 질투가 나기도 했어요. 그래서 더 내려오라고 전화질을 했죠. 나중에는 그만두고 말았지만."

"사모님의 심정도 이해하겠습니다."

"출가하기 전의 그 남자도 괜찮은 편이었지요. 지금도 이해를 못하는 것이 하나 있긴 하지만 말예요. 도무지 화를 낼 줄 모르는 남자였어요. 샌님이라고나 할까, 책벌레… 눈물도 많았어요. 바퀴벌레 한마리도 죽이지 못해 나에게 미루었으니까요."

"지금도 이해를 못하겠다구요."

"그래요."

"법상 스님에게 애증의 감정이 남아 있다는 말씀 같습니다."

"호호."

처음으로 듣는 부인의 웃음소리였다. 무엇이 즐거워서 웃는 웃음은 분명 아니었다. 무엇을 얕잡아보는 그런 종류의 웃음이었다.

"남자들이 절대로 알 수 없는 여자의 심리가 있지요."

부인의 눈에도 벽난로의 불길이 타고 있었다. 최림은 더 이상 그녀에게 묻지 않아도 단정하듯 말하고 있는 그녀의 주장이 무슨 말인지 대충은 알 수 있었다. 시아버지와의 약속 때문에 M시를 떠나지 못하는 예절 바른 지성인으로서 많은 이해에도 불구하고 '지금도 이해를 못하는 하나'가 부인에게 상처를 준 것이 틀림없었다. 그것 때문에 부인은 법상의 얘기가 나올 때마다 언뜻언뜻 비웃음을 내비치고 있는 것이었다.

최림은 얼른 화제를 바꾸었다.

"동기들 중에서 단연 탁월한 수재였다면서요."

"시아버님이 가장 기대를 걸었던 아들이었어요. 저 실험실도 사실은 시아버님이 아들을 위해 만든 거래요. 아들이 원하는 실험 자료라면 뭐든지 구해서 뒷바라지를 했대요. 시아버지는 의사로서 욕심이 워낙 많은 사람이었으니까요. 시동생이 그러더군요. 저 실험실이야말로 유일무이한 암세포 연구실이 될지도 모른다고 그랬어요."

벽난로의 장작 불길이 탁탁 소리를 내며 차츰 수그러들었다. 장작이 다 타들고 재는 재끼리 벌건 숯들은 벌건 불덩이끼리 한데 엉켜가고 있었다. 거실의 온도가 떨어지자 어깨에 숄을 걸치며 그녀가 혼잣말로 나직이 중얼거리고 있었다.

"모닥불 같은 게 인생이라지만 나는 그런 때가 없었어요. 늘 차디찬 재 같은 삶이었어요."

"스님을 원망하시는군요."

"이제는 그렇지만도 않아요. 밑도 끝도 없이 외롭다가도 가끔 운명이란 생각이 들지요. 서로 가는 길이 따로 있는지도 모르겠구나 하고 생각이 드는 거죠."

갑자기 그녀가 알 수 없는 미소를 지었다. 어쩌면 결혼식의 행복했던 한 순간을 떠올리고 있는지도 몰랐다. 그러고 보니 그녀의 얼굴에는 차가움만이 있는 것도 아니었다. 꿈 많은 소녀의 표정을 내비치기도 하였다. 그렇다면 그녀의 경우, 차가움이란 남편이 없는 여자의 방어 수단이거나 보호색 같은 것일까.

결혼식.

인생의 의식들 가운데 가장 화려한 통과의례. 신랑 신부에게 꽃을 던지고 폭죽을 터뜨리고 축가를 바치는 축복의 의식. 어른들을 대표하여 고대시대의 제주처럼 주례자가 만천하에 성혼(成婚)을 선언하는 엄숙한 의식. 식장에는 저마다 말끔하게 치장을 한 하객들이 흘러넘치고, 신랑 신부의 친구들이 서로가 '신부가 억울하다, 신랑이 손해 봤다'는 등 영차영차 응원가를 부르게 하는 풋풋한 젊음의 의식. 그 순간만은 신랑 신부가 가장 똑똑하고 제일 아름다운 주인공이 되어 하객들로부터 박수갈채와 주목을 받는 축제의 의식. 세인들의 이목을 집중시키는 놀라운 기자회견장처럼 카메라의 플래시가 다투어 번쩍번쩍 터뜨려지는 현란한 광휘(光輝)의 의식. 때로는 바이올린이 연주되고 축시를 낭송하는 낭만의 의식. 그런데도 신부는 눈물을 한두 방울 떨어뜨리고 몸을 오들오들 떨며 울다가웃다가 웃다가울다가 하는 등 북받치는 감정을 주체하지 못하는 의식. 그러므로 온갖 꽃들이 만개한 꽃무더기의 터널을 통과하듯 화려함의 극치를 이루어 보여주는 의식이 결혼식일 수밖에 없는 것이다.

그녀의 결혼식 순간도 그러했었다. 더했으면 더했지 결코 초라하거나 모자라지 않았던 것이다. 더구나 고궁과 남산의 벚꽃 꽃망울이 일제히 터뜨려지던 봄날이 아니었던가. 그녀와 법상은 일부러 벚꽃의 개화시기를 맞추어 결혼 시기를 잡았던 것이다.

"술은 이제 그만 하시죠. 많이 드신 것 같은데요."

"아니, 괜찮아요. 더 마실 수 있어요. 위안이라고는 술밖에 없었어요. 술이 없었다면 난 이 M시에서 진즉 미쳐버렸을거예요. 시아버님이 애주가셨는데 그분이 날 동정해서 그랬는지는 모르지만 가르쳐주셨지요. 그분은 술이 뭔지를 알고 마신 분이었거든요."

최림은 장작을 몇 개 더 벽난로에 던져넣었다. 그러자 불길이 다시 이글이글 서서히 타오르기 시작했다. 머리칼이 반백인 그

녀의 눈에도 불길이 다시 일렁거렸다. 멀리서 파도소리가 철썩
철썩 들려오는 것도 같았다. 바람소리와 불협화음을 이루면서
가슴을 치듯 방파제를 때리는 파도소리가 분명했다.

"며칠 전에 찾아왔다는 스님은 어떤 분이셨습니까."

"법상 스님의 상좌라고 자신을 소개했어요."

"그렇습니까."

최림은 운수승인 법상에게도 상좌가 있다는 말에 놀랐다. 상좌
라면 적어도 몇 년간은 고락을 함께 했다는 것을 의미했다. 그리
고 미소사에서는 상좌를 두지 않았으므로 미소사 시절 전에 만
난 승려가 틀림없었다. 괴팍할 정도로 혼자 수행하기를 좋아하
는 법상 곁에서 몇 년을 견디어 냈다면 그도 역시 대단한 승려일
것 같았다. 인내심을 절에서는 하심이라고 하는데, 자신을 밑에
놓을 줄 아는 그 하심이 바위 같은 승려일 것이었다.

"단순히 스승을 찾아온 것 같지는 않았어요. 다급한 용무가 있
는 눈치를 보였어요. 아침을 먹지도 않고 스님을 찾아야 한다면
서 휑하니 나갔으니까요."

"상좌스님의 법명은요."

"적음이라고 하던가, 적암이라고 하던가. 맞아요, 적음이라고
했어요.

그러고 보니 법상을 찾는 사람은 이제 두 사람이 된 셈이었다.
갑자기 최림은 적음이라는 승려를 만나보고 싶어졌다. 승려인
그를 만나보면 법상을 찾기가 훨씬 더 수월할지도 모르기 때문
이었다. 최림은 은근히 술이 오름을 느꼈다. 그녀에게서 법상의
이야기를 듣고 싶어서 마시기도 했지만 조금은 그녀의 외로움을

동정해서 술을 더 마신 탓이기도 했다.

최림은 다시 자물쇠로 굳게 채워진 실험실을 보고 싶어졌다. 그래야만 출가 전의 법상이 남긴 흔적이라도 발견할 수 있을 것 같아서였다. 물론 그것은 법상이 남긴 발자국이나 그림자 같은 흔적일 것이었다. 그러나 법상의 속가까지 찾아와서 아무런 소득 없이 그냥 물러갈 수는 없었다. 아무 것이라도 발견하여 출가 전의 법상은 이런 모습이었구나 하고 자위를 하고 싶었다.

그러나 실험실은 금고처럼 견고하게 잠겨 있었다. 그녀의 허락과 도움 없이는 절대 불가능했다. 더욱이 그녀는 법상을 원망하고 있어 단 한번도 들어가본 적이 없다며 의식적으로 외면하고 있지 않은가. 그러므로 실험실은 법상의 아버지가 타계한 후부터 지금까지 십수년간 시간이 정지해버린 유폐된 공간인 셈이었다.

한 점 빛도 없이 어둠과 침묵 속에 잠겨 있을 실험실이었다. 그것도 일이년이 아니고 십수년 동안 켜켜이 지하수처럼 고인 어둠과 침묵이었다. 그런데도 이미 출가해버린 법상의 흔적을 거기에서 발견한다는 것은 무모한 객기일 수도 있었다. 운수승 법상을 찾는데 실험실의 흔적이 무슨 도움이 될 것인가. 분명 아무런 도움도, 자료적 가치도 없을 것이었다.

그럼에도 불구하고 최림은 기묘한 기분에 사로잡혔다. 도움이 되든 말든, 자료가 되든 말든 꼭 실험실을 보고 싶어지는 것이었다. 아니, 출가 전의 법상이 실험실 안에서 그를 기다리고 있을 것만 같았다. 문을 밀고 들어가면 삼십대 중반의 새파란 나이인 법상이 낡을 대로 낡은 의자에 앉아서 그를 맞아줄 것만 같은 생각이 들었다.

"꼭 보고 싶으세요. 어렵지는 않아요. 저기에 열쇠가 있으니까."

"사모님, 한번 꼭 보여주십시오."

"저 실험실을 말이죠."

"여기까지 왔으니 출가 전의 스님 흔적이라도 보고 싶어서요."

"스님 흔적이 어디 있겠어요."

"사실입니다."

"글쎄요. 모닥불의 재 같은 흔적이야 있겠지요. 하지만 그게 스님을 찾는 데 무슨 도움이 되겠어요. 먼지밖에 볼 게 없을 거예요. 더구나 지금은 밤이에요."

그녀가 완곡하게 실험실을 보고 싶다는 최림의 제의를 꺾어버렸다. 실험실을 공개하지 않겠다는 태도라기보다는 무관심쪽에 가까운 여자의 반응이었다. 그러니까 다음번에 최림이 사정을 하면 들어줄 것도 같은 느낌이 들었다. 그래서 최림은 다음 기회에 실험실을 보기로 하였다.

"이제 쉬세요. 이층 가운데 방이에요."

"아, 네. 고맙습니다."

최림은 천천히 이층으로 올라가서 화장실로 들어가 손발을 씻었다. 온수가 나오지 않는 화장실이었으므로 완전한 냉골이었다. 그런 탓에 갑자기 몸이 식으면서 한기가 엄습해 왔다. 살갗에 소름이 돋고 이가 달달 떨릴 정도였다.

이층방은 온기가 미지근했다. 최림은 콜레라에 걸린 환자처럼 이불을 둘러쓰고 싶을 만큼 추위를 탔다.

그때 멀리서 귀대신고를 하는 병사처럼 항구로 진입을 알리는 듯한 뱃고동 소리가 들려왔다. 뚜우뚜우. M시 항구에 정박을 하겠다고 신고를 하는 뱃고동 소리임이 분명했다. 어쨌든 난데없는 뱃고동 소리는 긴장에 빠졌던 그를 본래의 그로 돌아오게 해주었다. 위층으로 올라와 방에 누운 최림은 방바닥에 풀썩 드러누워 버렸다. 그러자 이제는 기묘한 안도감이 들었다. 시간이 정지해버린 수렁으로부터 간신히 탈출한 느낌이 드는 것이었다.

잠시 잊고 있었던 파도소리와 바람소리도 가깝게 들려오고 있었다. 그것들은 최림에게 실험실에 대한 집착으로부터 서서히 깨어나게 하는 힘을 가지고 있었다.

최림은 잠을 못 잤다. 진한 커피를 몇 잔 마신 사람처럼 이불을 덮었다가 껴안았다가 하면서 잠을 자지 못했다. 처얼썩 처르르하고 창을 때리는 파도소리와 바람소리도 밤새 계속 집요하게 이어지고 있었다. 마치 M시의 소리이니 잊지 말고 오래오래 기억해 달라는 듯 반복학습처럼 세뇌를 시키고 있었다.

다음날 아침.

법상의 상좌였다는 적음의 주소를 메모한 최림은 그녀의 집을 미련없이 나섰다. 법상의 동생을 만나 인도에서 온 엽서의 내용을 확인하기 위해서였다. 아주 가까운 거리라지만 지프를 가지고 갔다. 바다로부터 우우우 몰아쳐오는 바람이 차가웠으므로 단 몇 분의 거리도 걸을 엄두가 나지 않아서였다.

그러나 항구 도시의 기온은 지레 겁을 집어먹을 만큼 지독하지는 않았다. 난류와 한류가 교차하는 지점처럼 찬바람 속에서도 따뜻함이 감지되었다. 최림이 엄살을 부렸을 뿐이지 예리한 면도칼로 귓볼을 베어가는 것 같은 추위는 아니었다.

볏워에 도착해서야 히터에서 더운 바람이 새어나오고 있었다.

그러나 최림은 히터를 끄고 지프에서 내려 바로 병원문을 밀고 들어갔다. 그리고는 처음 마주친 간호사에게 원장을 찾았다.

"원장님 계십니까."

"어디서 오셨죠."

"서울에서 뵈러 내려왔습니다."

"약속을 하셨나요."

"아니오."

"잠깐만 기다려보세요."

원무과 앞에 놓인 긴 의자에 앉자마자 최림은 하품을 했다. M 시에서 뭔가를 얻을 것 같던 예상은 여지없이 빗나가고 있었다. 법상의 젊은 날을 유추해 보았을 뿐 별달리 얻은 소득은 없는 셈 이었다. 머리속에 선명하게 남아 있는 것이 있다면 법상의 속가 에서 만난 쪽진 머리를 한 그의 아내와 차가운 은테 안경 너머의 형언할 수 없는 그녀의 감정 같은 것이 전부였다. 그리고 굳이 또 한가지를 더 첨가한다면 법상의 상좌였다는 적음이라는 승려 가 법상을 찾고 있다는 사실이었다.

법상 스님.

34세에 늦결혼을 하고는 딸아이 하나를 남긴 채 35세에 출가 를 해버린 스님. 미국 유학생활을 마치고 S대 의과대학에서 암 세포를 연구하던 교수 출신의 스님. 더 줄여서 말한다면 선가의 운수승. 지웅의 부탁을 받고 부처님의 사리를 가지러 8년 전에 인도로 떠났던 스님. 그러나 현재는 어디에 있는지 소재가 불분 명하여 행방불명인 스님.

법상을 가장 애타게 기다리는 스님은 아마도 미소사의 주지 지웅일 것이었다. 미소사 신도들에게 법당에 안치된 사리를 부처님의 진신사리라고 속여 왔으므로 하루라도 빨리 법상을 만나 부처의 진신사리를 건네받고 싶은 지웅이었다. 신도를 속이고 도반을 속이고 부처를 속이고 있는 자신으로부터 한순간이라도 빨리 벗어나 멸죄를 받고 싶어서였다.

최림은 중얼거렸다.

'무슨 일이 있어도 행방불명인 법상을 찾아내고야 말리라.'

최림은 자신에게 누구도 흉내낼 수 없는 무서운 집념이 있다고 믿었다. 컴퓨터 프로그램에 오류가 생기면 몇날 며칠 동안 그 자리에서 꿈쩍을 않고 이유를 밝혀내고야 마는 그였던 것이다. 그런 집념을 가지고 있다고 확신하고 있었으므로 법상을 좇아 땅끝이라도 가겠다는 오기가 발동했다. 자신이 직접 설계한 천불탑에 꼭 부처의 진신사리가 봉안되어 수많은 불자들이 그곳에 머리를 숙이고 기도하는 모습을 보고 싶은 것이었다. 설계사로서 자신이 설계한 건축물이 성소(聖所)가 된다면 그것보다 더한 명예가 어디 있겠는가.

사실 최림은 천불탑을 지어 돈을 벌겠다는 생각이나 출세를 해보겠다는 생각은 추호도 없었다. 자신이 설계한 건축물이 후세까지 길이길이 남아 칭송을 받는 설계사로서 이름을 남기는 것이 더 소중할 뿐이었다.

최림은 담배를 한 대 뽑아물었다. M시를 내려온 것은 이제 시작에 불과했다. 그러니 법상을 찾지 못했다고 실망할 것도 낙담할 일도 못 되었다. 다행히 법상을 찾는 사람이 자신 말고도 적을이라는 승려가 있지 않은가. 그게 분명하다면 두 사람이 찾는 셈이어서 힘은 절반으로 줄어들지도 몰랐다.

잠시 후 간호사가 슬리퍼를 소리나게 끌면서 다가와 말했다.

"올라오시래요."

"감사합니다."

그녀를 따라 최림은 소독약 냄새가 코를 자극하는 좁은 계단을 올라갔다. 간호사는 원장실 앞에까지만 안내하고는 내려가 버렸다. 복도 끝에 난 창으로 바다가 아주 가깝게 보였다. 어선 두서너 척이 파도 위를 넘실거리며 달려오고 있고, 갈매기 한 마리가 먹이를 노리듯 저공에서 너울너울 날고 있었다. 마치 볼륨을 죽여버린 텔레비전을 보고 있는 느낌이었다. 파도가 날뛰고 있는 바다는 소리를 거세당한 채 무언극을 하고 있었다.

원장실이라고 쓰인 문을 밀자 그가 창가에 선 채로 말했다.

"무슨 일로 찾아오셨습니까."

"법상 스님을 아시죠."

"네, 제 형님입니다만."

"스님의 소식을 알고자 해서 왔습니다."

"아, 그러세요."

창 너머는 곧바로 벌판 같은 바다가 펼쳐지고 있었다. 대평원의 맹수처럼 파도들이 뭍을 향해 필사적으로 질주해 오다가는 허망하게 스러지곤 하였다. 그런가 하면 다시 벌떡벌떡 일어나 바다쪽으로 뒷걸음질 치다가는 사라지기도 하였다. 삭풍이 불고 있는지 바다는 군웅이 할거하는 천하처럼 크고 작은 파도들이 일전(一戰)을 벌이고 있었다.

그는 형님이란 말을 하면서 얼굴을 일그러뜨렸다. 최림이 환자인 줄 알고 의사 특유의 표정을 짓고 있다가 자신의 예상이 빗나가자 순간적으로 이맛살을 찌푸리고 있는 것이었다. 귀밑머리가 숫제 허연 것으로 보아 이미 오십줄에 선 사람이 틀림없었다. 그러나 목소리는 필요 이상으로 커서 부담이 될 정도였다.

"아이구. 스토브를 켰더니 냄새가 지독하구만. 창을 좀 열겠소."

창을 조금 열자 바다의 소리들이 일시에 밀려오고 있었다. 처얼썩 처르르 처르르, 볼륨을 한껏 높인 텔레비전처럼 생생한 파도의 원음이 쏟아져 들어오고 있는 것이었다. 음산한 바닷새의 울음 소리도 끼이룩 끼륵끼륵 창틈새로 비집고 들어왔다.

연소가 안 된 석유 냄새가 빠져나간 대신에 이번에는 비린내가 원장실을 한가득 채워버리고 있었다. 그가 환기를 하는 동안 최림은 한쪽 벽면에 걸린 매직펜 칠판을 우연히 바라보았다. 거기에는 아주 달필로 이렇게 쓰여 있었다.

若以色見我
以音聲求我
是人行邪道
不能見如來

불현듯 생각나는 낯설지 않은 구절이었다. 미소사의 선방 기둥에 쓰여진 구절이었으므로 최림은 단박에 지웅이 설명해 준 적이 있는 그 뜻까지 한눈에 들어왔다.

풀어 보면 이러했다.

만일 형상에서 나를 찾으려 하거나
소리에서 나를 찾으려 한다면
그는 그른 도(道)를 행하고 있나니
능히 부처를 보지 못하리라.

최림은 멋쩍게 그가 창을 닫아걸 때까지 그 구절을 바라보았다. 그러자 그가 최림에게 흥미를 보이며 비로소 경계를 풀며 말했다.

"참 의미심장한 구절이오."

"법상 스님이 계셨던 선방 기둥에서 보았던 구절입니다."

"아, 그렇군요."

"미소사 선방에서 보았습니다."

"법상 스님을 찾는다고 그랬지요."

"네."

"바로 저 구절을 내게 보내왔소."

"어디서요."

"인도에서 보내왔습니다."

그러고 보니 법상이 보냈다는 엽서의 내용은 우연히 맞닥뜨린 것이기는 하지만 최림을 향하여 던지는 메시지 같기도 하였다. 그러나 메시지의 내용이 최림에게는 결코 도움을 주지는 못했다. 메시지의 내용은 법상을 찾지 말라는 말이나 다름없었다. 최림이 찾고 있는 것은 법상이라는 형상, 다시 말하면 미소사 수좌들이 존경하는 법상이라는 그 형상을 좇고 있음이 아닌가. 그런데 법상은 자신을 형상과 소리로써 찾는다면 그른 도를 행하는 것이라고 평가절하하고 있는 것이다.

최림은 마음속으로 중얼거렸다.

내가 찾는 것은 부처가 아니다. 법상이라는 형상과 법상이라는 목소리를 찾고 있는 것이다. 이제 보니 그는 형상과 소리를 초월하여 존재하는 것처럼 주장하고 있지 않은가. 그것은 그 스스로 과거의 자신을 부정하고 있는 것이나 다름없음이다. 미소사 수좌들이 우러르고 닮으려 했던 과거의 그를, 이제는 아니라고 주장하고 있는 것이다. 그 사이에 둔갑술이라도 익혀 감쪽같이 변신이라도 했다는 말인가. 그러나 그를 만나 당신이 법상이 아니냐고 빈틈없이 증거를 대면 그는 꼼짝 못할 것이다.

"인도, 어디 말입니까."

"라즈기르란 도시에서 보냈지요."

'라즈기르.'

이번에는 소리나게 중얼거렸다.

"라즈기르를 가본 적이 있소."

"아니오. 라즈기르는커녕 인도를 한 번도 가본 적이 없습니다."

불행하게도 최림은 라즈기르란 도시가 인도의 어디에 붙어 있는지 전혀 알지 못했다. 여태까지 단 한 번도 들어본 적이 없는 도시였다. 그러나 그는 흡족하지는 않았지만 라즈기르란 지명을 알아낸 것만이라도 불행 중 다행이라고 생각했다. 만약 인도를 간다면, 그야말로 막연하기는 하지만 라즈기르 땅을 찾아가 법상을 수소문해야겠다는 거점도시 하나를 발견한 느낌이 들었던 것이다. 광활한 인도 대륙인지라 아무 곳이라도 먼저 발을 딛을 수는 없는 노릇이 아닌가. 엽서가 언제 우송되어 왔는지 법상의 속가 아내에게 들어 알고 있지만 최림은 다시 한 번 확인을 했다.

"엽서가 온 것은 언제였습니까."

"2년 전이오."

"그럼, 지금은 국내에 계신지도 모르겠네요."

"그건 나도 모르겠소."

"엽서의 내용이 저 구절뿐이었습니까."

"그럴 듯한 저 구절뿐이었소. 이제 형님을 더 찾지 말라는 선언과도 같은 구절이오. 하지만 묘한 여운이 담긴 구절이긴 하오. 형님이라는 형상과 소리를 집착하지 않는다면 부처를 보게 된다는 뜻도 있는 것 같으니 말이오."

"그럼, 법상 스님이 인도에 가서 부처라도 됐다는 말씀입니까."

"저 구절만 보면 그런 게 아니겠소."

"정말, 형님분이 부처가 됐다고 믿습니까."

"글쎄요. 보지 않았으니까."

그때 간호사가 들어와 진료카드를 몇 장 그의 책상 위에 놓고 나갔다. 환자들의 진료시간임이 분명했다. 수간호사인 듯한 나이 든 간호사가 슬그머니 들어와 원장인 그에게 알 수 없는 사인을 보내고 있었다. 전화벨도 갑자기 요란하게 울리고 차분하게 앉아서 이야기할 수 없을 정도로 원장을 찾는 인터폰도 딩동댕 동거렸다.

최림은 법상에 대해서 더 묻고 싶은 게 있었지만 자리에서 일어서기로 했다. 밤에 다시 찾아오기로 하고 인사를 했다.

"저녁 때 다시 오겠습니다."

"그러시죠. 이거, 어제 하루 쉬었더니 아침부터 바쁩니다."

"꼭 다시 찾아뵙겠습니다."

아닌게 아니라 복도에는 환자들이 순서를 기다리듯 의자에 앉아 있거나 한두 명씩 서성거리고 있었다. 링거병을 꽂은 채 복도를 오가는 환자도 있었고, 간호사와 몇 마디 말다툼을 벌이는 환자도 있었다.

밖의 기온은 여전히 차가웠다. 최림은 특별히 예약된 약속이 없었으므로 천천히 바닷가로 나섰다. 바다나 보며 어정거리다가 영화관에서 조조 프로를 보고, 또 서점에를 들러 라즈기르가 어떤 도시인지를 알아보고 어두워지면 법상의 동생인 그를 만나기로 하였다.

병원을 돌아서 몇 발자국 떼자마자 그대로 바다였다. 축축한 모래마저도 얼어붙어 뽀득뽀득 소리가 나, 언 눈길을 밟는 느낌이었다. 가까이서 보는 겨울 바다는 전혀 낭만적이지 못했다. 바람이 더 거칠어졌는지 공원묘지의 봉분만하던 파도가 구릉만한 왕릉처럼 커져 있었고, 고기를 실어나르던 고깃배들도 자취를 감추고 보이지 않았다. 바닷물이 병원 밑까지 바로 달려왔다가는 잽싸게 밀려가고 있었다. 기세좋게 진군해 왔다가는 오합지졸이 되어 퇴각하는 것이었다.

그런가 하면 바다는 철저하게 힘있는 자만이 생존하는 전쟁터나 다름없었다. 작은 파도가 중치의 파도에 잡아먹히우고, 또 중치의 파도는 더 큰 파도의 무리에게 잡아먹히우고 있는 것이었다. 그러나 바다를 제패한 제아무리 큰 파도의 무리도 한순간 꿈꿈처럼 자신의 일생을 짧게 끝내곤 하였다. 말하자면 그 어떤 파도도 출렁출렁 찰나적일 뿐이었다.

모래사장은 병원에서 왼편으로 로켓 발사대처럼 보이는 등대
가 있는 곳까지 펼쳐져 있었다. 최림은 코트깃을 세우며 목을 움
츠렸다. 바다 멀리 해가 뜨긴 했지만 햇살은 실낱 같았고 아우성
치는 드넓은 바다에 온기를 뿌려주지는 못하고 있었다. 떠 있는
해마저 두꺼운 얼음장처럼 차갑게 느껴질 정도였다. 거친 겨울
바다는 인정사정 없는 세상과 조금도 다를 바 없었다. 시체의 눈
을 파먹는 독수리떼처럼 갈매기들이 끼룩끼룩 날고 있어 음산한
기분이 더욱 들기만 할 뿐이었다.

그러고 보니 최림은 M시와 바다 사이의 모래밭을 걷고 있었
다. 어디 갈 만한 데가 없어 어쩔 수 없이 걷는 모래밭이었다. 찬
바람이 쌩쌩 불어오고 있으므로 누구 한 사람 나와 있지 않은 텅
빈 모래밭이었다. 순간, 최림은 법상을 반드시 찾겠다는 자신의
의지 때문에, M시의 사람 하나 없는 바닷가로 내던져져 있다는
느낌에 사로잡혔다. 어젯밤은 물론 오늘 아침까지만 해도 바닷
가 모래밭을 밟으리라고는 전혀 생각지 못했던 것이다.

참으로 알 수 없는 노릇이었다.

법상을 찾는 과정에서 그 일과 전혀 무관한 바닷가를 걷고 있
음이었다. 그러나 법상을 포기하지 않는 한 때로는 산속을 헤맬
수도 있을 것이고, 때로는 어느 저자 거리를, 때로는 어느 섬을
뒤지게 될지도 예측할 수는 없을 것이었다. 최림은 M시에서 맞
닥뜨린 것들을 곰곰이 생각해보았다. 모래밭을 천천히 걸으면서
간밤에서부터 지금까지를 정리해 보았다.

얻은 게 전혀 없는 것은 아니었다. 추적 여행의 시작치고는 성
과가 있는 셈이었다. 다만 너무 기대를 하고 M시에 내려왔기 때

문에 실망이 큰 것도 사실이었다. 법상의 아내를 만나 적음이라는 승려 역시 법상을 찾는다는 사실을 알게 되었고, 법상의 동생을 만나 재작년에 인도 라즈기르에서 법상의 엽서가 왔다는 사실을 알게 된 것은 그나마 위안을 받을 수 있는 성과들이었다.

뿐만 아니라 법상이 출가한 연유를 어느 정도는 추측해 볼 수 있었다. 당시 의사인 법상의 아버지와 학자인 법상 간에 상당한 갈등이 있었던 것으로 짐작이 되는 것이다. 그러나 그런 갈등만으로 출가하지는 않았을 것이다. 교수이자 학자로서 자긍심도 가지고 있었던 그였으므로 사소한 고민이 아니라 그의 근원을 휘저어버린 어떤 감당할 수 없을 정도의 충격이 가해졌지 않을까.

그래서 법상은 부부의 인연도, 촉망받는 학자로서의 명예도 끊어버리고 출가를 결행하지 않았을까.

그밖에 법상의 아내가 술을 좋아한다거나, 법상의 법력(法力)을 인정하지 않는다거나, M시를 결코 사랑하지 않는다는 사실은 그녀의 사생활이었으므로 법상을 찾는 데 상관이 없는 사실들이었다. 그리고 법상의 동생한테서 발견한, 형님의 편지 내용을 자신의 달필을 과시하려는 듯 칠판에 적어놓은 약간의 과장기 같은 것도 법상과는 무관한 일이었다.

최림은 모래밭을 계속 걸어나갔다. 병원이 멀어졌으나 등대가 서 있는 곳까지 걸어가 보기로 하였다. 방금 바닷물에 젖은 모래는 발자국이 하나도 찍혀 있지 않았다. 모르긴 해도 여름철에는 해수욕장으로 개장되는 지점이 틀림없었다. 모래밭가에는 번듯한 횟집들이 즐비하게 늘어서 있었다. 여름철에는 피서하는 반나의 인파로 인산인해를 이루며 흘러넘쳤으리라. 원색의 파라솔

들이 군막처럼 진을 쳤으리라.

그런데 지금은 단 한 사람도, 단 한 개의 발자국도 보이지 않
는 것이다. 죽은 불가사리들이 모래밭에 도장 찍히듯 드문드문
널려 있을 뿐이었다. 그러나 최림은 그런 적막한 바닷가를 갯바
위가 있는 쪽으로 계속 걸어나갔다. 그러면서 그는 법상이 보내
온 그 구절을 중얼거렸다.

갑자기 최림은 큰 소리로 웃고 싶어졌다. 그러나 바다의 거친
삭풍 때문에 다문 입으로 웃음은 나오지 않았다. 찬 바람이 그의
입에 재갈을 물리듯 사정없이 거칠게 불어오고 있는 것이었다.

'나는 형상으로 법상을 찾으리라. 나는 소리로 법상을 찾으리
라. 부처를 보지 못하면 어떤가. 법상을 찾기만 하면 그만인 것
이다.'

아무도 없는, 개미 새끼 한마리 없는 바닷가에서 최림은 홀로
맹세를 하고 있는 기분이 들었다. 하늘에 떠 있는 해를 두고, 바
다를 질주하는 파도 앞에서 다짐을 하고 있는 느낌이었다.

어느새 몰려왔는지 파도가 최림의 구두 끝을 적시고 있었다.
최림은 그것도 모르고 다시 중얼거렸다.

'땅끝이라도 쫓아가 법상을 만나서 부처의 진신사리를 건네받
아 내 손에 쥐고 말리라. 그리하여 반드시, 반드시 내 걸작품인
천불탑에 부처의 진신사리를 봉안하고 말리라.'

법상이 미소사를 떠나 사라진 지 햇수로 8년. 미소사 주지 지
웅의 부탁을 받고 부처의 진신사리를 가지러 인도로 간 지 8년
쯤이 지났지만 아무런 소식이 없는 운수승 법상인 것이었다.

그러나 재작년에 엽서가 옴으로 해서 행방불명의 기간이 2년

으로 줄어들지 않았는가. 다행히 2년 동안의 행적만을 추적하면 되는 것이다. 그것도 법상을 찾고 있는 또 한사람, 적음이라는 승려가 나타났기 때문에 힘은 반으로 덜어질 것이었다. 적음은 은사인 법상을 찾기 위해 그가 거처할 만한 조계종의 암자들을 떠돌아다녔을 것이므로.

그리고 보니 법상을 찾기 위해서는 한가하게 바닷가를 산책하고 있을 일이 아니었다. 물론 밤까지 기다려 법상의 동생을 만나 예상치 못한 수확을 거둘 수도 있겠지만 그것은 전화로도 해결될 문제였다. 어서 지프를 몰아 달려 적음을 만나는 일이 급선무였다.

최림은 서둘러 M시를 떠나기로 하였다. M시를 떠나 적음이 거처하고 있는 암자로 찾아가 그를 만나기로 하였다.

매화꽃 그늘

경내 채마밭을 가득 채운 매화숲의 매화들이 수만 수억 개의 꽃망울을 터뜨리고, 꽁꽁 얼었던 계곡의 두꺼운 얼음장이 이른 봄의 햇볕을 받아 녹아서 얇아지고 있는 날이었다. 얼음장 밑으로 달려가는 차가운 물소리도 어느새 졸졸졸 목청을 높이고 있었다. 그런가 하면 미소사의 들뜬 분위기를 아는지 산꿩들이 푸드득푸드득 날개짓을 하며 날아오르기도 하였다. 아마도 먹이를 찾아 절 가까이까지 내려온 산꿩떼들이 갑자기 불어나고 있는 사람들의 발길에 놀라 솟구쳐오르고 있는 것이리라.

그래도 아직 봄다운 봄이라고 하기에는 일렀다. 가끔씩 바람이 불면 매운 고추를 씹은 듯 얼얼하고 잔설은 응달진 계곡 여기저기에 억새꽃 무더기처럼 남아 있는 것이었다. 그뿐 아니라 천불탑에서 들려오는 풍경소리도 차갑고, 법당 마룻바닥도 아직은 얼음장 같고 스님들이 말을 할 때마다 입에서는 입김이 푹푹 새어나오고 있었다.

와아와아.

신도들의 함성에 산꿩떼가 다시 하늘로 솟구쳤다가는 숲속으로 사라지고 있었다. 그때마다 젊은 스님이 신도에게 주의를 주곤 했다. "경내에서는 조용히들 하세요. 꿩 잡으러 절에 왔습니까." 그래도 몇몇 신도들의 장난기는 막무가내였다. 훠이훠이. 몰이꾼처럼 이리저리 몰려다니며 꿩을 쫓아 힘차게 날아오르는 광경을 구경하는 것이었다.

그런가 하면 한편에서는 탑돌이를 하고, 수계식 때까지 밤낮없이 계속되는 행자들의 습의(習儀) 과정을 추운 법당 밖에서 구경하는 신도들도 많았다. 습의란 여러 가지 의식이나 의례를 몸에 익히는 것을 말함인데, 행자시절에 다 익힌 것이지만 다시 원리원칙에 따라 재교육을 받는 것이었다. 즉 바루공양하는 법에서부터 대중생활할 때의 주의점 및 합장하는 법, 오체투지하는 법, 걸음걸이와 옷입는 법, 법당을 드나드는 법, 큰스님 모시는 법, 가부좌하는 법, 부처님께 삼천배하기, 종치는 법, 북치는 법, 심지어는 변소 가는 자세까지를 다시 익히는 것이 습의 과정이었다.

신도들이 추운 겨울임에도 불구하고 미소사에 찾아들고 있는 것은 내일 치러질 수계식을 보기 위해서였다. 물론 법당에 봉안된 사리를 친견하기 위해서 미소사를 찾은 신도들도 있지만 계를 받아 스님이 될 행자와 속가의 인연이 있는 사람이나 단순히 수계식을 참관하기 위해서 온 사람이 대부분이었다. 수계식은 엄숙하게 치러지긴 하지만 절에서는 축제의 날이나 다름없었다. 행자가 자신의 소원대로 계를 받아 사미나 사미니가 되고, 사미나 사미니가 수행을 잘한 결과로 선물을 받듯 비구나 비구니가 되는 날이기 때문이었다.

습의를 받는 행자 중에는 승 행자도 끼어 있었다. 미소사 주위의 암자에서 행자생활을 하던 행자들과 함께 습의 정진을 하고 있었다. 사미가 될 행자가 다섯, 사미니가 될 행자가 다섯 명으로 모두 열 명이 지금은 삼천배를 하고 있는 중이었다. 삼천배는 원래 오백배마다 10분 정도 포행(휴식)을 하는 게 관례이나 미소사에서는 쉬지 않고 공양도 불식(不食)하고 고행의 정신을 살려서 계속하였다.

승 행자는 이백배가 넘어가면서부터 허리가 뻑뻑하고 무릎이 아려옴을 느꼈다. 백팔배는 더러 해보았지만 삼천배는 처음이었다. 다른 행자도 벌써부터 힘들어 하기는 마찬가지였다. 땀을 마룻바닥에 뚝뚝 흘리고 호흡이 가빠져 얼굴은 이미 붉어져 있는 것이었다.

특히 몸이 약간 뚱뚱한 편인 박 행자는 땀을 비오듯 쏟고 있어 안타까울 정도였다. 그러나 삼천배의 관문을 무사히 통과해야만 계를 받을 수 있기 때문에 이 정도의 고행은 너끈히 넘겨야만 했다. 습의의 시작인 입재식을 치렀으므로 앞으로 나흘 후면 오매불망 그리던 삭발염의의 스님이 될 것이었다. 그러하므로 이 정도의 힘든 고개쯤이야 사력을 다해 오르고 넘어야 했다.

오백배가 넘어가면서부터는 행자들이 내뿜는 열기로 법당 안은 어느새 후끈후끈 달아오르고 있었다. 밖의 추운 날씨를 무색케 할 정도로 법당 안의 냉랭한 공기가 불을 활활 지피고 있는 듯 바뀌어져 있었다. 법당 반쪽은 신도들을 위해서 비워두고 있는데도 행자들의 기세에 눌려 기도를 하거나 참배하는 신도는 아무도 없었다. 문 밖에서 합장을 엉거추춤하게 하고는 그 자리에 서서 행자들의 습의를 지켜보거나 물러가 버리는 것이었다.

박 행자는 숨을 헉헉 쉬면서도 뒤처지지 않으려고 안간힘을 다 쏟아내고 있었다. 마룻바닥에 몸을 굽히고 나서는 다시 못 일어날 것처럼 어깨를 부들부들 떨면서도 또다시 끙끙대며 일어나곤 하는 것이었다. 벌써 박 행자의 장삼은 물에 빠졌다가 나온 사람처럼 땀으로 흠뻑 젖어 있었다. 여자 행자라고 해서 차이를 두어 조금도 봐주는 게 없었다. 남자 행자들과 똑같은 과정을 거쳐야만 스님이 될 수 있었다.

다리가 후들거리기는 승 행자도 마찬가지였다. 부처를 향한 절이 한번한번 늘어날 때마다 숨이 차고 다리에 힘이 빠져 그만 주저앉고만 싶은 것이었다. 그러나 행자 중에 누구 하나 낙오한 사람은 없었다. 땀을 마룻바닥에 뚝뚝뚝 떨어뜨리면서, 어금니를 꼭 물고서, 정신을 바짝 차리고서 삼천배를 계속해나가고 있었다.

행자들 모두가 힘이 들어 쩔쩔매고 있지만 눈에는 빛이 생겨나고 있었다. 법당의 금빛 부처가 그들의 눈에 담겨 빛을 내고 있었다. 무슨 일이 있더라도 성불하고 말겠다는 집념이 번쩍번쩍 안광을 이루어 내쏘고 있는 것이었다. 행자들의 생각은 한결같았다. 다들 수계식을 무사히 마치고 스님이 되고자 하는 일념뿐이었다.

'수계식을 치르고 나면 스님이 된다. 미소사 주지 지웅 스님으로부터 계를 받으면 비로소 스님이 되는 것이다.'

수계식.

엄숙한 축제의 의식이라고나 할까. 과정이 너무 엄숙하여 비장하기조차 하지만 행자들에게는 계첩을 선물받는 최대의 축제일이나 다름없는 의식이었다. 입재식이 축제의 시작이라면, 자신의 살을 태우며 맹세를 하는 연비(燃臂)는 그것의 절정을 이루고, 회향식은 그것을 끝내는 의식이라 할 수 있었다.

미소사는 종타수법(從他受法)으로 스승이 계를 주는 소승불교의 방식에 따라 수계식을 했다. 그러나 대승불교에서는 스승에 의해서 계를 받는 것이 아니라 자서수법(自誓受法), 수계자가 스스로 서원을 세워 수계하는 것을 원칙으로 했다. 즉 대승불교의 수계식은 〈관보현경〉에 근거를 두고 석가모니부처를 계화상, 문수보살을 갈마사, 미륵보살을 교수사, 시방의 모든 부처를 증명사, 시방의 모든 보살을 동학(同學)으로 삼아 이들 다섯 스승 중에서 석가모니부처로부터 계를 받는 것이었다.

그러나 미소사에서는 삼사칠증(三師七證) 즉 주지인 지웅이 맨 앞자리 중앙에 전계사(전계 아사리)로 앉고, 그 왼쪽에는 수계사(수계 아사리)가, 오른쪽에는 교수사(교수 아사리)가, 또 그들 좌우에 일곱 명의 중진스님들이 증명법사 자격으로 앉아 수계식을 지켜보곤 했다.

작년에도 지웅은 행자들 앞에서 이렇게 소리쳤었다.

"첫째는 살생을 하지 않는 것이 너희 사미, 사미니 계이니 몸과 목숨이 다하도록 이 계를 지키겠느냐, 말겠느냐."

세 번을 반복해서 물을 때마다 행자들은 크게 대답하였다.

"지키겠습니다."

이렇게 시작한 엄숙한 맹세는 열 가지가 계속되었다. 한 가지의 맹세가 끝날 때마다 잠깐의 침묵이 흐르는데 기침소리는커녕 숨소리 하나 들리지 않았다. 그런 가운데 지웅의 카랑카랑한 목소리가 팽팽한 침묵을 깨뜨리곤 하였다.

"두번째로 도둑질하지 말라는 것이 너희 사미, 사미니 계이니 몸과 목숨을 다하도록 이 계를 지키겠느냐, 말겠느냐."

"지키겠습니다."

"세번째로 음행하지 말라는 것이 너희 사미, 사미니 계이니 몸과 목숨을 다하도록 이 계를 지키겠느냐, 말겠느냐."

"지키겠습니다."

"네번째로 거짓말하지 말라는 것이 너희 사미,사미니 계이니 몸과 목숨을 다하도록 이 계를 지키겠느냐, 말겠느냐."

"지키겠습니다."

"다섯번째로 술을 마시지 말라는 것이 너희 사미, 사미니 계이니 몸과 목숨을 다하도록 이 계를 지키겠느냐, 말겠느냐."

"지키겠습니다."

"여섯번째로 꽃다발을 갖지 말고 향수를 몸에 바르지 말라는 것이 너희 사미, 사미니 계이니 몸과 목숨을 다하도록 이 계를 지키겠느냐, 말겠느냐."

"지키겠습니다."

"일곱번째로 노래하고 춤추고 풍류잽이하지 말며 가서 보고 듣지도 말라는 것이 너희 사미, 사미니 계이니 몸과 목숨을 다하도록 이 계를 지키겠느냐, 말겠느냐."

"지키겠습니다."

"여덟번째로 높고 넓은 큰 평상에 앉지 말라는 것이 너희 사미, 사미니 계이니 몸과 목숨을 다하도록 이 계를 지키겠느냐, 말겠느냐."

"지키겠습니다."

"아홉번째로 때 아닌 때에 먹지 말라는 것이 너희 사미, 사미니 계이니 몸과 목숨을 다하도록 이 계를 지키겠느냐, 말겠느냐."

"지키겠습니다."

"열번째로 돈과 금은 보물을 갖지 말라는 것이 너희 사미, 사미니 계이니 몸과 마음을 다하도록 이 계를 지키겠느냐, 말겠느냐."

"지키겠습니다."

그런데 사미와 달리 사미니는 이 사미십계에다 다시 팔경계(八敬戒)와 팔기계(八棄戒)를 지키겠다고 맹세를 해야만 행자생활을 면할 수 있었다. 가혹하리만치 까다로운 팔경계란 비구(남자승려)의 입장만을 위한 나머지 오늘날에는 비판의 대상이 되고 있는데, 전근대적인 남존여비 사상 때문이었다.

그런데 수계식에서 무엇보다도 보는 사람으로 하여금 전율을 느끼게 하는 것은 연비, 글자 그대로 팔뚝을 태우는 의식이라고 할 수 있었다. 팔뚝의 여린 살에 불을 놓고 살갗이 타는 고통을 견딤으로써 계율을 지키겠다는 결의를 보여주는 의식이 바로 연비였다.

무명심지에 초를 입힌 것을 각자 왼쪽 팔뚝 위에 올려놓고 불을 붙인 다음, 방금 행자에서 사미, 사미니가 된 남녀 스님들이 결연한 표정으로 참회진언을 하는 것이었다.

"옴 살바못자 모지 사다야 사바하."

참회진언의 우렁찬 목소리로 자신의 팔뚝이 타들어 가는 고통을 압도해버리고, 스승이 된 전계사, 수계사, 교수사, 증명법사들에게 신뢰를 주고, 참석한 신도들에게 짜릿한 감동을 주어 법당의 부처까지 미소짓게 만듦으로써 수계식의 절정을 이루는 것이 연비였다.

해가 중천에 떠오르자 행자들은 더욱 힘들어 했다. 이제 힘이 남아 있어 절을 한다기보다는 무의식적으로 움직이고 있었다. 다행히 아직까지 낙오자가 없이 비오듯 땀을 흘려대면서도 한배 한배를 줄여가고 있었다. 목표는 삼천배. 그러므로 거기까지는 아직 멀었다. 천오백배를 넘어 섰으므로 겨우 반환점을 돈 셈이었다. 어쩌면 지금까지는 힘에 의해 밀어붙인 시간일 수도 있었다. 그러나 앞으로 남은 천오백배를 하기 위해서는 정신력으로 버텨야 하는 시간일 수밖에 없었다.

박 행자는 아까보다 훨씬 안정된 자세로 절을 하고 있었다. 무엇에 홀린 사람처럼 다른 행자들과 보조를 맞추어 절을 하고 있었다. 마치 집단 최면에 걸린 사람처럼 힘든 표정을 나타내 보이면서도 반사적으로 일어섰다 엎드렸다 하고 있는 것이었다. 오히려 사미계를 받고자 미소사로 내려온 남자행자 중에 한사람이 낙오를 하려다가 다시 따라오고 있었다.

팔을 잘못 짚어 쿵하고 법당 바닥에 미끄러져 다시는 못 일어날 것 같더니만 뒤쫓아오고 있었다. 물론 그를 책망하는 스님은 아무도 없었다. 더 이상 절을 못하겠다면 조용히 일어나 법당 밖으로 나가버리면 그만이었다. 그래도 그를 잡아끌며 여기까지 잘 참아왔는데 한번 더 생각해보라며 만류할 승려는 아무도 없었다. 이러한 승의 고행도 다 자기가 원해서 하는 일이고, 이런 고행의 기회가 아무에게나 무자격자에게 주어지는 일도 아니기 때문이었다.

참자 참자 참자.

그러나 승 행자는 천오백배 때까지 참아왔던 눈물을 주르륵 흘리고 말았다. 눈물보가 한번 터지자 걷잡을 수 없을 만큼 눈물이 흘러나오고 있었다. 그래도 승 행자는 눈물을 줄줄 흘리면서 절을 하였다. 어느새 굵은 눈물 방울이 법당 바닥에 떨어져 번지고 있었다. 힘이 들어 그러는 게 아니었다. 비록 여자라고는 하지만 인욕(忍辱)만으로 따진다면 남자행자들도 승 행자를 당해내지는 못할 것이었다.

'과연 사미니가 될 수 있는 자격이 나에게 있는가.'

승 행자는 남은 천오백배가 줄어들수록 괴로웠다. 천오백배의 반환점을 넘어섰다며 고지가 바로 저긴데, 하고 젖먹던 힘까지 다 쏟아놓고 있는 다른 행자들과는 달리 한배 한배가 줄어들수록 갈등과 번민이 더했다.

승 행자는 눈물을 뚝뚝 흘리며 또다시 중얼거렸다.

'과연 사미니를 거쳐 비구니 스님이 될 수 있는 자격이 나에게 있는가. 속가의 나이로 스물 다섯, 소위 늦깎이 행자이므로 더 계율을 잘 지켜야 할 행자가 아닌가.'

사미니(沙彌尼). 일년 내지 이년 동안의 행자생활을 거쳐 십계를 받은 여승. 범어로는 스라나마네리카(Sranamanerika), 의역하면 근책녀(勤策女). 그러나 스님이 되고자 하는 것은 사미니에 머물기 위해서 고행을 하는 것은 아니다. 사미니와 비구니 사이의 스님인 학법녀(學法女)로 의역되는 식차마나니(式叉摩那尼)가 되고 온전한 비구니가 되기 위해서인 것이다.

이 과정에서 가장 엄격하고 중요하게 심사하는 것은 음행하지 말라는 계율. 여자를 타락신이라고 하여 그동안에 파계를 하여 몸과 마음을 더럽혔는지 철저하게 심사하는 것이었다. 그래서 음주를 했다거나 아기를 뱄다거나 남자의 몸을 만졌다는 사실이 밝혀지면 여지없이 절을 떠나야 했다.

그러므로 여인이 출가만 하면 누구나 다 비구니가 될 것으로 생각하기 쉬운데 전혀 그렇지 않은 것이다. 도중에 탈락하거나 스스로 낙오하는 사람이 많은 것이다. 비구니란 평생을 출가 수행할 수 있다고 인정되어 348계를 받은 여승. 250계를 받은 비구(남자승려)보다 무려 98계를 더 지키겠다고 맹세한 비구니. 범어로는 비크슈니(Bhiksuni), 의역하면 걸사녀(乞士女) 또는 근사녀(勤事女).

불교 승단의 최초의 비구니는 석가모니의 이모이자 양모였던 마하프라자파티라고 한다. 석가모니를 갓난아기 때부터 출가하기 전까지 친아들처럼 극진하게 키웠던 여자로서 태자였던 석가모니가 출가하자 미친듯이 슬피 울었다고 하는 마하프라자파티. 얼마나 석가모니를 사랑했는지 석가모니가 부처가 되어 왕궁에 돌아왔을 때 그녀 역시 불교에 귀의해버리고 만다. 그것도 성에 차지 않아 한걸음 더 나아가 출가를 하겠다고 사랑하는 석가모니 부처에게 간청을 하는 마하프라자파티. 그러나 석가모니는 이모인 그녀의 간청을 받아주지 않았다. 왜 그랬을까.

일찍이 석가모니는 그녀가 손수 실을 뽑고 옷감을 짜고 금실자

수를 넣어서 만든 가사인 금루황색의(金縷黃色衣)를 거절한 적도 있었다. 석가모니가 카필라 교외의 승원에 머무르고 있을 때였다. 마하프라자파티가 그 황금빛 가사를 들고 온 것이었다.

"이 가사를 받아주시오."

그러나 석가모니는 직접 받기를 거절했다.

"내가 받아 입는 것보다는 승단에 보시하는 것이 좋겠습니다."

자신이 친아들처럼 기른 석가모니만을 생각하며 손수 만든 옷이었으므로 그녀는 다시 간청했다.

"이 가사는 특히 세존을 위해서 내 손수 만든 옷이니 세존이 입으셔야 합니다."

이렇게 거절하고 간청하는 것을 세 번이나 반복하였다고 한다. 그래서 석가모니는 자기 이름으로 받아들이되 그 가사는 승단에 돌려보내게 되었는데, 이번에는 그 가사를 승단에서 누가 입을 것인지가 문제가 되었다고 한다. 가사가 예사롭지 않게 너무 잘 만들어져 있어 옷을 입을 만한 자신이 아무에게도 없었던 까닭이었다.

결국 이리저리 밀려다니다가 부처의 명으로 미륵 비구가 입게 되었는데, 하루는 미륵 비구가 그 가사를 걸치고 탁발을 나갔다고 한다. 그런데 미륵 비구는 부처와 똑같은 32상이 몸에 나타나고 온몸이 순금처럼 빛나 거리의 사람들이 그 옷차림에 정신이 팔려 음식을 바치는 것조차 잊어버리고 말았다고 한다.

어쨌든 마하프라자파티는 다시 출가를 간청했다. 석가모니 부처가 바이샬리 교외에 있는 중각당에 있을 때였다. 이번에는 손수 머리를 깎고 가사를 입은 다음 울부짖으며 눈물로 호소를 했다. 그녀뿐만 아니라 석가족의 많은 여자들이 그녀를 따라 출가하기를 호소해 왔다. 여인들의 울음소리를 듣고는 시자(侍者) 아난이 나와 그녀들의 사정을 세 번씩이나 석가모니에게 전했지만 그때마다 석가모니는 거절을 하였었다. 그때 자신의 입장이 난처해진 아난은 석가모니 부처에게 이런 질문을 해보았다.

"세존이시여, 만약 여성이 가르침을 따라 출가 수행한다면 남자와 같이 수행의 효과를 얻을 수 있습니까."

"아난이여, 물론 그렇다."

대답을 듣고 용기를 얻은 아난은 다시 마하프라자파티가 바친 신심이 어린 가사를 말하고 허락해달라고 몇 번이나 매달렸다. 사정이 이에 이르자 석가모니 부처도 더 이상은 거절을 못하고 여덟 가지 조건을 붙였다. 이른바 팔귀경계(八歸敬戒)였다.

첫째, 출가하여 백년의 경력을 가진 비구니일지라도 바로 그날 자격을 얻은 비구에 대해서는 먼저 합장 존경을 해야 한다.

둘째, 비구니는 비구가 없는 장소에서 안거를 해서는 안 된다.

셋째, 비구니는 한 달에 두 번씩 비구 승단으로부터 계율의 강설을 들어야 한다.

넷째, 비구니는 안거가 끝난 뒤 남녀 양쪽 승단에 대해서 수행이 순결했다는 증거를 제시해야 한다.

다섯째, 비구니가 중대한 죄를 범했을 때에는 남녀 양쪽 승단으로부터 반 달 동안 별거 취급을 당해야 한다.

여섯째, 비구니의 견습(式叉摩那)은 2년 동안 일정한 수행을 거친 다음, 남녀 양쪽의 승단으로부터 온전한 비구니가 되는 의식을 받아야 한다.

일곱째, 어떤 일이 있더라도 비구니는 비구를 욕하거나 비난해서는 안 된다.

여덟째, 비구니는 비구의 허물을 꾸짖을 수 없지만 비구는 비구니의 허물을 꾸짖어도 무방하다.

아난은 즉시 마하프라자파티에게 가서 석가모니 부처가 내세운 조건을 설명했다. 어찌 들어보면 여성을 무시하는 듯한, 그렇게 해서라도 출가를 만류하겠다는 조건이 분명했다. 그런데도 그녀는 어떤 악조건에도 출가를 목적하고 있었으므로 이렇게 기뻐하며 말했다.

"젊은이가 머리를 감고 아름다운 꽃을 장식하는 것을 좋아하듯이 나는 이 여덟가지 조항을 한평생 소중하게 지키겠습니다."

이렇게 해서 웬만한 결심이 아니면 받아들이기 어려운 조건이 붙었음에도 불구하고 마하프라자파티가 불교 교단의 최초 비구니가 된 것이었다.

이천배를 넘어서고 있었다. 행자들의 얼굴에는 어느새 미소가 어리고 있었다. 삼천배를 하는데 이젠 고비를 넘긴 셈이었다. 무릎이 뻑뻑하고 얼얼한 것도 사라지고 숨이 가빠지는 것도 사라졌으며 몸도 더없이 가벼워져 있었다. 한배 한배를 하는데 날아갈 것만 같은 기분이 드는 것이었다.

지켜보던 신도들이 박수라도 쳐줄 듯한 자세로 합장으로써 응원을 해오고도 있었다. 햇볕도 양광으로 변해 언 마당을 녹이고, 돌탑에 붙어사는 죽은 이끼를 되살리고, 수많은 매화나무 가지들의 수만 수억개 꽃망울들이 어서어서 터지도록 재촉하고 있었다.

그러나 승 행자는 마음이 더 무거워지기만 하였다. 삼천배를 참회의 기회로 삼고자 시작했던 것인데, 참회는커녕 한배 한배 숫자가 채워질수록 번민의 고통이 바위처럼 무겁게 짓눌렀다.

'이대로 일어나 저 산문 밖으로 도망쳐 버릴까.'

'아니야. 이대로 물러서기에는 너무나 억울하지 않은가.'

이제 눈물이 나오지는 않았다. 더 흐를 눈물이 없는 듯 눈가장자리에 모래가 박힌 것처럼 따끔거릴 뿐이었다. 아, 석가모니를 자기가 낳지는 않았지만 기른정으로 친아들처럼 사랑했던 마하 프라자파티는 가사를 지어 부처님한테 바쳤지만 내가 마련한 가사는 누구에게 바쳐야 하나. 나는 이제 가사를 입을 자격이 없는 것이다. 계를 하나 어겼으므로 스님이 될 수 없지 않은가. 그렇다면 왜 나는 이곳에서 삼천배를 하고 있는 것일까. 언젠가 내 배는 불러올 것이고 나는 출송(出送)의 징계를 당하여 산문 밖으로 쫓겨나고 말 것이다.

나는 임신을 한 게 분명해. 내 뱃속에는 지금 원하지 않은 생명 하나가 잉태되어 있지 않은가. 박 행자에게 오늘밤에라도 낙태를 부탁해볼까. 그녀는 간호사 출신이니까 어떻게 하라고 도움을 주겠지. 그러면 아무도 모를 것이고 나는 스님이 될 수 있을 것이다.

감쪽같이 아무도 모르게 나는 오매불망 그리도 원하던 스님이 되는 것이다. 박 행자만 입을 다물어준다면 비밀은 새나가지 않겠지. 더구나 박 행자와 나는 뜻이 맞아 지금 한방을 쓰고 있지 않은가. 오늘밤에라도 박 행자의 도움을 요청해볼까. 김씨에게 몹쓸 짓을 당한 게 한 달, 손을 쓰는 것도 빠르면 빠를수록 죄를 덜 짓는 게 아닐까.

아, 그건 안 된다. 다른 사람을 속일지는 몰라도 나 자신을 영원히 속이는 것이 아닌가. 차라리 지웅 스님 앞으로 나아가 고백을 하고 스스로 절을 떠나는 것이 더 마음 편할 것이다. 그래 떠나자. 파계를 했으니 벌을 받자.

그렇다면 뱃속에 잉태된 아기는 어찌될까. 뱃속의 아기야 무슨 죄가 있을까. 죄가 있다면 나에게 먼저 있고 김씨에게 있기 때문이다. 그러나 그러나… 무슨 수로 생각지도 않던 아기를 낳고 키운단 말인가.

지웅 스님이 원망스럽기도 하다. 지웅 스님이 최림이 미소사에 머물 때처럼 나를 신뢰하지 않고 불신했다면 결코 저자거리로 내보내는 일은 없었을 것이다. 재(齋) 지낼 물품을 사러 서울에 보내지 않았더라면 김씨를 우연히 만나는 일은 없었을테니까. 하늘도 무심하게 그 여관에서 잡일을 하게 된 김씨를 우연히 맞닥뜨리지 않았던가.

아, 악몽 같은 하룻밤. 문을 따고 들어오는 김씨에게 불가항력일 수밖에 별다른 방법은 없었다. 김씨는 내 몸을 찢고 잔인무도하게 순결을 빼앗아가 버렸었다. 그 순간 나는 타락신이 되어버렸다. 한꺼번에 지켜야 할 계율이 와르르 무너져버린 것이다. 김씨는 나의 약점을 잘 알고 있었다. 아무에게도 말을 하지 못할 것이라고.

그렇다. 나는 지금까지 아무에게도 말을 못하고 있다. 어쩌면 평생 동안 말을 못하고 끙끙 앓으며 살아갈지 모른다. 스님이 되고자 하는 일념뿐이기에 그렇다. 부처의 길을 걷고자 하는 소망뿐이기에 그렇다. 나의 파계를 용서해줄 스님이 아무도 없기에 그렇다. 사미십계, 팔경계, 팔기계, 팔귀경계 등 어느 계율을 보더라도 나를 꾸짖고만 있다. 부처님도 스님도 대중들도 어느 누구 하나 나를 용서해주지 않고 있다. 준엄하게 가혹하게 비난하고 있다.

그것은 당연한 꾸짖음이다. 삼보(三寶)를 탓할 일이 결코 아니다. 나 자신마저 나를 원망하고 있지 않은가. 그런데 어디서 용서를 구한단 말인가. 아아아….

이천오백배가 넘어서자 절을 하던 행자들 사이에서 약간의 동요가 일어났다. 지금까지는 반사적으로 무아의 지경에서 절을 하던 행자들이 갑자기 헐떡이는 소리를 내고들 있었다. 이제 오백배만 더하면 된다는 안도감이 리듬을 깨뜨리고 있는 것이었다. 그러니까 오백배가 넘어서면서부터는 절을 한다는 생각도 없이 마치 로봇처럼 움직였던 것인데 이제 목표가 보인다고 생각하니 무감각에 빠졌던 근육이 경련을 일으키고 마음이 흔들려 버린 결과였다.

멍든 무릎이 다시 느껴졌고 어깨와 팔다리 그리고 온몸이 타박상을 입은 것처럼 쑤셔왔다. 사실 이처럼 삼천배를 극기훈련하듯이 쉬지 않고 하는 예는 드물었다. 비구나 비구니들도 오백배를 하고는 10분간 휴식한 다음 또 오백배를 하는 식으로 하는 것인데 미소사에서는 행자들에게 마라톤을 뛰는 선수처럼 쉬는 시간을 허락해 주지 않았다. 오백배를 하는 데 걸리는 시간은 보통 50분 정도가 걸리기 때문에 10분 포행(휴식) 시간까지 합치면 1시간이 걸리는 셈이었다. 그러므로 삼천배까지는 무려 6시간이 걸렸다.

삼천배.

어떤 의미에서 행자들이 온몸으로 듣는 최초의 화두인 셈이다. 절을 왜 삼천번을 하는가. 왜 온몸으로 6시간 동안이나 굴신운동을 하는가. 부처를 공경하라는 뜻인가. 물론 그것만은 아니다. 부처는 자신이 우상화되는 것을 원치 않기 때문이다. 부처는 제자들에게 유언으로 오로지 진리에만 의지하고 자기 자신에게만 의지하라고 했었다(法燈明 自燈明). 그래도 부처를 다시 볼 수 없게 되므로 안타까운 나머지 한마디만 남겨달라고 애원을 하자 이렇게 말하고 만다. 그대들에게 일찍이 한마디도 말한 적이 없다(曾一字不說). 수많은 설법을 해왔으면서 갑자기 입멸에 들면서, 즉 죽음에 이르러 한마디도 한 적이 없다고 잡아떼니 이상하지 않은가. 이처럼 명백한 거짓말이 어디 있는가. 그러나 부처를 위선자라고 욕하는 사람은 이 세상에 단 한 사람도 없다. 그러기는커녕 그가 걸었던 길을 걷기 위해 예나 지금이나 나라를 가리지 않고 얼굴색을 따지지 않고 머리를 깎고 고행의 입산을 하지 않는가.

그렇다.

법당에 덩그러니 앉아 있는 부처도 지금까지 한마디도 말한 적이 없는 부처이다. 그런데 그 부처에게서 무슨 말을 듣는단 말인가. 그럼 무엇을 보고 절을 삼천번이나 하는 것인가.

어떤 선승은 자신을 만나고 싶거든 먼저 법당에 들어가 부처에게 삼천배를 하라고 했다. 사람들은 그를 만나기 위해 초인적인 인내심을 발휘하며 삼천배를 하고 그 선승을 만난다. 물론 절을 하다가 힘이 들어 지가 뭔데, 하고는 도중에 삼천배하기를 포기하고 산을 내려가 버린 사람도 많았을 것이다. 또 삼천배를 다하고서도 그 선승의 마음을 간파했으므로 그를 보지 않고 내려간 사람도 있었을 것이다.

그 선승의 마음은 무엇일까. 그는 말했다. 법당에 앉아 있는 부처가 그대 자신이므로 굳이 중을 보려고 절에 오지 말라고. 법당의 부처에게 삼천배를 하다보면 그대의 진면 곧 참모습이 부처임을 깨닫게 된다고 말했던 것이다.

그렇다면 부처가 일찍이 한마디도 한 적이 없다는 말이야말로 진리가 아닌가. 깨달았을 때의 그대, 바로 부처인 그대의 말을 내가 빌려서 한 것뿐인데 굳이 내가 이야기했다고 할 수 있겠는가.

이처럼 삼천배는 행자들을 각성시키기 위한 방편의 화두인 것이다. 그러나 행자들에게 있어 습의 과정 중에 가장 고통스럽고 가장 힘이 든 고행임은 분명하다. 이천오백배가 넘어서면서부터 박 행자는 울음보를 터뜨릴 듯이 헉헉대면서 얼굴을 일그러뜨리고 있는 것이었다. 마라톤 선수가 마지막 질주를 하면서 이를 악물고 기진한 표정을 지어 보는 사람으로 하여금 안타까움을 자아내게 하듯 법당 밖에 서 있는 신도들의 가슴을 한껏 졸이게 하고 있었다. 힘들고 벅차기는 승 행자도 마찬가지였다. 파계를 했다는 갈등과 번민이 자학 같은 삼천배의 고통 속에 어느새 묻혀버려 차라리 마음은 편했다.

남자행자들도 삼천배가 가까워올수록 마룻바닥을 헛짚어 이마를 찧고 손목을 다치기도 하였다. 그러나 누구 하나 행자들을 거들어주는 사람은 없었다. 마룻바닥에서 쓰러지면 스스로 있는 힘을 다해서 자신이 쓰러졌던 그 마룻바닥을 짚고 일어나야 했다 의지할 것이라고는 자신을 미끄러지게 한 그 마룻바닥뿐 아무 것도 의지할 게 없었다. 습의 과정을 지켜보고 있는 승려들이 있지만 그들은 마치 마라톤 코스 중간중간에 서 있는 심판관처럼 어떤 도움도 주지 않았다.

햇살은 어느새 법당문을 넘어 들어와 법당 안을 환하게 밝히고 있었다. 법당 안은 오후의 햇살로 가득 차 눈부시게 흘러넘치고 있었다. 부처도 반사광에 눈을 찌를 듯 더욱 눈을 부시게 하고, 부처 좌우로 자리한 보살들도 금빛으로 번뜩였다. 햇살은 마룻 바닥에도 사금처럼 쏟아져내려 행자들이 흘린 흥건한 땀을 말려주고 있었다. 그런가 하면 법당 천정에 걸린 수백 개의 붉은 연등들이 햇살을 받아 낮은 촉광의 등처럼 빛을 발하고 있었다.

갑자기 법당 밖에서 지켜보던 신도들로부터 우레와 같은 박수가 터져나오고 있었다. 마침내 행자들의 삼천배가 끝난 것이다. 삼천배가 있는 날에는 이로써 하루 일과가 끝난 셈이었다. 이제 취침 때까지 자유시간을 주는 게 미소사의 관례였다. 포행이라 하여 절 주위를 산보하며 굳어진 근육을 풀어주거나 긴장한 마음을 이완시켜주는 휴식시간을 주었다. 행자들은 이때를 이용하여 속가에서 온 친족들을 면회를 하거나 동료들과 사색하는 시간을 갖곤 하였다. 행자들이 법당을 나서자 또 한번 더 박수소리가 났다.

"수고했어요, 스님."

이어 몰려든 신도들 사이에서 시끌벅적하게 행자들을 부르는 소리가 났다. 어떤 보살은 행자의 손을 낚아채듯이 붙들고는 대견해 어쩔 줄을 모르기도 하고 또 어떤 신도는 행자가 안쓰러운 듯 눈물을 훔치기도 하였다. 승 행자는 누가 찾아올 사람도 없고 하여 법당 뒷산 오솔길로 나섰다.

그때 박 행자가 승 행자를 불렀다.

"승 행자님, 함께 가요."

뒤를 돌아보니 박 행자와 그녀의 어머니가 보따리를 하나 들고 따라오고 있었다. 박 행자의 어머니는 승 행자도 이미 잘 알고 있는 보살이었다. 미소사는 물론 박 행자가 행자생활을 하고 있는 암자의 독실한 신도였다. 스스로 출가를 원하여 입산을 한 박 행자였지만 그것은 그녀의 어머니가 바라던 발원인 것도 같았다. 딸들 중에 한 사람은 꼭 출가를 시키겠다고 늘 기도를 해온 박 행자 어머니이기 때문이었다. 박 행자 어머니인 윤 보살은 꼭 딸의 입학식에 온 학부형처럼 약간은 기분좋게 들떠 있었다.

"보살님 오셨어요."

"아이구 스님, 오래간만이우."

"네."

"삼천배하느라고 얼마나 힘드셨수. 안색이 안 좋아 보이는구먼."

"괜찮습니다."

"음식 좀 싸가지고 왔으니 우리 스님하고 같이 먹어요."

윤 보살은 자기 딸인 박 행자를 스스럼없이 스님이라고 호칭하고 있었다. 하긴 승 행자한테도 꼭 스님이라고 불러 요사채에서 음식을 장만하는 공양주보살처럼 친근함을 느끼게 하는 보살이었다.

승 행자는 혼자 있고 싶었지만 그녀의 호의를 뿌리치지 못하고 동행을 했다, 더구나 박 행자와는 사흘 전부터 한방을 쓰고 있기 때문에 금세 동료의식 같은 게 싹터 있었다.

"우리 어디로 갈까."

박 행자는 언제 삼천배를 했느냐 싶게 발걸음이 가벼웠다. 어머니인 윤 보살까지 와주어 격려를 해주니 힘이 더 솟아나 있는 모습이었다. 그러나 승 행자는 몰래 숨어 우짖는 산새 소리를 들으며 말끝을 흐렸다.

"글쎄."

"조금 더 가면 좋은 데가 있어요. 햇볕도 잘 들고 앉으면 바람도 안 느껴지는 곳이지요."

"아이고, 스님들 이 향기 좀 맡고가요. 벌써 꽃이 피었구만요."

윤 보살의 감탄은 사실이었다. 양지 바른 산기슭에는 채마밭의 것과는 달리 유두 같은 매화 꽃망울들이 막 터져 연분홍 꽃을 피우면서 향기를 퍼뜨리고 있었다. 지금 쏟아지고 있는 양광을 받아서 수줍게 오므리고 있던 꽃망울들이 슬쩍슬쩍 펴지고 있었다. 막 터진 꽃망울들은 나비처럼 너울너울 산기슭을 날아오를 듯하였고 진한 향기를 바람에 실어 중생을 유혹하는 교향(嬌香)처럼 온산을 들뜨게 하고 있는 것이었다.

채마밭의 매화가 자생하는 것이라면 이곳의 매화는 산기슭을 개간하여 지웅이 심어 가꾼 것들이었다. 약용 내지는 식용으로 기르는 매화들이었다. 신도 중에 한의원들이 지웅의 허락을 받아 열매를 몇 가마씩 수확하는데, 대부분 살구처럼 홍색으로 익기 전에 따내려 백매(白梅)라 하여 소금에 절였다가 햇볕에 말리거나, 또한 오매(烏梅)라 하여 볏짚을 태워 연기를 쐬면서 검게 말리기도 하였다. 수렴(收斂), 지사(止瀉), 생진(生津), 진해(鎭

咳), 구충(驅蟲) 등의 효과가 탁월한 한방 약재라고 하나 위장이 몹시 나쁜 지웅은 해마다 소주에 매실을 담가 두었다가 매실주가 빚어지면 공양 후에 소화제로 사용하곤 하였다.

술을 일절 입에 대지 않는 지웅은 불음주의 계율을 미소사의 모든 대중들에게도 철저하게 지키도록 하였다. 다만 소화제로서 매실주를 한 모금씩 하는 것은 자신도 그 효험을 톡톡히 보고 있었으므로 마지못해 허락하고 있었다. 그래서 매실주는 소화제 대용으로 위장이 나쁜 미소사 승려들에게는 상비약이나 다름없었다.

매화밭을 지나자 다복솔이 들어찬 솔숲이 나타났다. 매화 향기는 솔숲에도 묻어 있었지만 그곳에서는 솔잎냄새가 더 코를 찔렀다. 솔숲으로 들어가자 한결 바람결이 누그러지고 산새들이 먹이를 찾아 부리로 풀섶을 헤치고 있었다.

"다 왔어. 바로 여기에요."

박 행자가 잘 마른 풀밭에 앉자 뒤따라 온 윤 보살도 보따리를 소리나게 풀썩 놓았다. 그리고는 보따리를 주섬주섬 풀기 시작했다.

"스님도 앉아요."

"아, 네."

윤 보살이 보따리를 풀다 말고는 승 행자를 다시 바라보았다.

"스님, 어디 아프우. 아까부터 안색이 안 좋아요. 말해봐요. 내약을 보낼테니까."

승 행자는 어색하게 웃으며 고개를 저었다.

"아니예요."

그러나 눈치 빠른 박 행자가 적당히 얼버무려주었다.

"몸이 안 좋은가봐요. 그러니 우린 여기서 쉬었다 내려갈테니 먼저 가 계세요."

"그래그래. 요사채에 있을 테니 그리 내려와라."

윤 보살은 보따리에서 꺼낸 음식들을 펼쳐놓고는 자리를 털고 일어섰다. 김밥과 사과, 귤, 튀김 종류의 간식을 보자 승 행자는 문득 어머니 생각이 나 가슴이 저렸다. 벌써 승 행자의 눈에는 눈물이 그렁그렁 맺혀 산길을 내려가는 윤 보살을 쳐다볼 수 없었다.

"이리 앉아요. 승 행자님, 무슨 고민 있나봐요."

"사실은."

"맞아요. 아까 삼천배할 때부터 이상했어. 울고 있는 것을 보았어요."

"박 행자님, 난 스님 될 자격이 없어요."

"아니, 그게 무슨 말이에요. 승 행자님처럼 인정을 받아온 행자가 어디 있어요."

승 행자는 망설였다. 박 행자에게 자신의 비밀을 털어놓을까 말까를 망설였다. 그러나 차마 입이 떨어지지 않았다. 수계를 앞두고 들떠있는 박 행자의 기분에 찬물을 끼얹고 싶지 않은 것이었다.

실망은 박 행자뿐만 아니라 미소사의 대중들이 두고두고 손가락질을 할 것이었다. 믿었던 승 행자가 그럴지 몰랐다며 낙인 찍어 기억할지도 모를 일이었다. 승 행자는 박 행자가 내민 차가운 김밥을 들다 말고는 중얼거렸다.

'어쩌면 지웅 스님과 연관시켜 오해를 할지도 모른다.'

그렇지 않아도 지웅과 반대편에서 사사건건 시비를 걸어온 대중들이 승 행자를 가만 놔두지 않을 것은 자명한 일이었다. 승 행자야말로 결코 누구도 믿으려 하지 않는 미소사 주지인 지웅의 신임을 받아 왔기 때문이었다. 지웅을 물고 늘어지기 위해서 승 행자의 파계를 더 확대시켜 소문을 퍼뜨릴지도 몰랐다.

법상이 행적을 감춘 후에도 그를 따르는 몇몇 수좌들은 미소사를 떠나지 않고 있었다. 소위 법상을 추종하는 승려들로서 이따금 지웅과 반대편에 서서 절 일에 간여하곤 하였다. 지웅이 일을 추진하기 위해서 절의 청규를 어긴다거나 타협을 하면 언제나 벌떼처럼 일어나 이의를 제기하는 승려들이었다.

법상이 떠나고 없는데도 수좌들은 법상이 있는 것처럼 행동을 했다. 가령 천불탑 공사가 밤에까지 계속되기 일쑤여서 새벽예불 시간을 새벽 3시에서 4시로 늦추자고 했을 때도 그들이 일언지하에 거절하는 바람에 무산되고 말았으며, 선객이 줄어 빈 방이 나왔을 때 그곳을 일반 신도들을 위해 숙소로 제공하자는 것도 반대를 하여 이루어지지 못했던 것이다.

물론 지위로 따지자면 지웅이 어른이고 위였지만 명분을 가지고 하는 토론에는 여법(如法)한 것이 이길 수밖에 없었다. 수좌들은 법상이 있을 때나 없을 때나 선방 앞에 〈출입금지〉라는 팻말을 걸어놓고 하루도 어김없이 법도대로 수행을 했다.

딱딱딱.

새벽 3시가 되면 단 하루도 빠짐없이 도량석의 목탁소리가 울려퍼지는 것이었다, 처음에는 여리게 두드리다가 차츰 세게 두드리어 뭇 중생들을 미망의 잠에서 깨워 깨달음의 세계로 동참하자는 호소가 도량석인 셈이었다.

이처럼 수좌들의 도량석에는 간절한 기원이 담겨 있게 마련이었다. 깊이 잠든 사바세계를 향해서 보내는 수좌의 목탁소리와 독경소리는 피를 토하듯 울어제끼는 두견새 울음소리와 합창을 하듯 짝하여 울려퍼질 때에는 처절한 느낌마저 주기도 하였다.

이렇게 시작한 수좌들의 선수행(禪修行) 일과는 밤 9시에 방선(放禪)을 하고 취침에 들 때까지 그 누구도 간섭할 수 없었다. 주지인 지웅도 수좌들이 입선(入禪)에 들면 선방 출입을 자제할 정도였다. 어느 때인가 선방을 취재하겠다고 방송국에서 선방에 카메라를 들이댔다가 소동이 일어난 적도 있었다. 누구에게도 자신의 삶을 드러내지 않는 게 수좌들의 가풍이었으므로 함부로 카메라를 들이댄 방송국측에서 살살 빌고서야 해결이 날 수 있었던 것이다.

그때도 지웅은 수좌들과 갈등을 빚었었다. 미소사를 소개하여 속인들의 불교에 대한 잘못된 통념을 씻어주고 싶은 지웅과 속세를 떠나 출가한 마당에 무슨 촬영이냐고 대드는 수좌들과 맞섰던 것이다. 이처럼 원리 원칙대로만 수행하는 수좌들이었으므로 그들은 한점의 파계에도 가혹하리만치 엄격했다.

만약 승 행자와 지웅이 파계를 했다고 잘못 소문이 나는 날에는 미소사가 그야말로 발칵 뒤집힐 것이었다. 그렇게 된다면 천불탑의 공사도 지웅이 미소사를 쫓겨나게 됨으로써 중단될지도 모를 일이었다. 승 행자는 다시 중얼거렸다.

'나 때문에 그렇게 되어서는 안 돼.'

수좌들에게는 은근히 지웅을 얕보는 의식이 심리 저변에 깔려 있었다. 불사를 일으키고 추진하는 승려(사판승)를 무시하는 관습이 선가에 줄곧 남아온 것이었다. 선수행자(이판승)만이 부처가 될 수 있다고 믿고 있기 때문이었다.

　그러나 지웅은 그들을, 날마다 도량석에서도 외치듯 말로는 중생제도를 맹세하면서도 자신의 성불밖에 모르는 소승이라고 비웃곤 하였다. 부처가 되겠다고 한평생 신도들의 시주물을 축내는 그들이야말로 가사 입은 도둑이라고 부를 만하다고 비아냥댔다. 부처가 위대한 것은 자신만의 깨달음에 멈추지 않고 중생을 위해 열반에 들 때까지 설법을 했기 때문이라고 행자들에게 누누이 강조하는 지웅이었다.

　수좌들을 위해 선방을 중수해주고서도 지웅은 그들 중에 아무도 성불하지 못할 것이라고 믿었다. 그럴 바에는 차라리 자신처럼 선수행을 포기하고 불사를 일으켜 중생을 제도하는 편이 더 부처의 길에 가깝게 가는 것이라고 생각했다. 지웅이 그들을 위해 선방을 중수해 준 것은 그것도 중생제도라고 생각하기 때문이었다.

　어쨌든 지웅 스님과 아무 관련이 없다는 것만은 알려져야 한다. 그래야만 최림이 설계한 천불탑 공사가 차질 없이 진행될 것이 아닌가. 나로 인해서 지웅 스님이 오해를 받는 일은 없어야 한다. 내가 할 수 있는 마지막 일은 이제 오해를 없애는 일인지도 모르겠다. 그래야 천불탑에 온 삶을 다 바치고 있는 최림의 순수한 열정이 다치지 않고 계획대로 지어지지 않을까.

　내기 알기로는 천불탑에 관한 한 지웅 스님이나 설계를 한 최림이나 모연금을 내어온 신도들이나 모두 다 순수하다. 부처님의 진신사리를 모시고자 벌이는 장엄불사가 아닌가.

그렇다면.

승 행자는 입술을 깨물며 생각했다.

'박 행자에게 사실대로 고백하자.'

다복솔 위로 날카로운 바람이 쌩하니 지나가고 있었다. 그러나 햇살이 마른 풀밭 위로 쏟아져내리고 있으므로 춥지는 않았다. 거기에서 매화숲은 산길 아래로 잔설처럼 희끗희끗 조금밖에 보이지 않고 있었다.

"승 행자님, 고민이 있으면 말해봐요."

"박 행자님."

"털어놓고 나면 시원할거예요. 승 행자님을 도울 수 있다면 좋겠어요."

그러나 입을 떼어 고백의 말을 하기가 쉬운 일은 아니었다. 스스로 다짐을 해보지만 혀가 갑자기 굳어버린듯 말이 나오지 않고 있었다. 승 행자는 다복솔잎을 따서 깨물면서 다시 생각에 잠겼다.

박 행자는 나를 어떻게 생각할까. 일단 지웅 스님과 아무 관련이 없다는 것을 믿어준다고 해도 파계는 파계가 아닌가. 어쩌면 당장 오늘밤부터 방을 같이 쓰지 않겠다고 할지도 모른다. 그럼 나는 내일 당장 절을 떠나야 한다.

이렇게 절을 떠나기는 싫다. 내 스스로 산문을 떠난다면 모르겠지만 징계를 받아 떠나기는 싫다. 내가 원해서 파계한 것은 아니잖은가. 변명할 기회를 받아 변명은 하고 떠나야 하지 않을까.

그래야 손가락질만은 면하지 않겠는가. 그래야 지웅 스님이 짓고 있는 천불탑도 완성되고 거기에 부처님의 진신사리도 봉안되지 않겠는가.

승 행자는 잘근잘근 씹고 있던 솔잎을 뱉어내며 박 행자를 다시 불렀다.

"박 행자님."

"말해봐요."

귤껍질을 벗기다 말고는 박 행자가 긴장을 했다. 벌써 승 행자의 눈빛에서 심각한 말을 읽으려 하고 있는 간호사 출신인 박 행자였다.

"사실은."

승 행자는 하나도 숨김없이 또박또박 다 고백을 해버렸다. 김씨와의 악연을 다 고백을 했고, 더 나아가 자신이 지금 아이를 가지고 있다는 사실까지도 다 털어놓아 버렸다.

박 행자는 큰 충격을 받은 듯 두 손을 모으고 합장을 했다. 합장을 한 손은 물론 입술까지 달달 떨고 있는 그녀였다. 까다 만 귤이 그녀 손에서 떨어져 풀밭 밑으로 데굴데굴 굴러가고 있었다. 잠시 후 그러고 있던 박 행자가 무심코 관세음보살을 부르고 있었다.

"관세음보살, 관세음보살."

이번에는 좀 거친 바람이 불어가는 듯 솔바람 소리가 우우우 하고 마른 풀밭에 떨어져 뒹굴었다.

"박 행자님, 미안해요."

"어쩌면 좋아요. 승 행자님."

"아무도 해결해 줄 수 없는 문제라서 망설였어요. 애기를 안하는 건데 정말 미안해요."

그러나 곧 충격이 가신 듯 박 행자는 의외로 침착한 목소리로 승 행자를 위로해 주었다. 마치 출가 전 간호사 시절에 고통을 호소하는 환자를 대하듯 차분하게 이런저런 말을 걸어오고 있는 것이었다.

"승 행자님은 피해자예요. 그러니까 잘못이 하나도 없다는 거예요."

"하지만 절을 떠나야 할 것 같아요."

"아니에요. 지금 승 행자님의 소원이 뭐예요. 삼천배는 왜 했어요."

승 행자의 소원은 물론 스님이 되는 것, 그것 말고는 없었다. 그러나 승 행자는 박 행자에게 대답을 못했다. 그러자 박 행자가 다시 말했다.

"절대 절을 떠나지 마세요. 무슨 방법이 있을 거예요."

"방법은 무슨 방법."

"내일이면 계첩을 받는 날이에요."

"나에게는 수계식이 아무 소용이 없어요. 나 스스로를 속이는 일이니까요."

"승 행자님이 지금 누굴 속이고 싶어 속이나요. 어쩔 수 없는 일 아녜요. 그러니까 방법을 생각해보자구요."

승 행자는 박 행자의 말에 조금도 위안을 받지는 못했지만 그래도 이해를 해주어 눈물이 날 만큼 고마웠다. 승 행자의 큰 눈에 다시 눈물이 그렁그렁 맺히자 박 행자가 승 행자의 손을 꼭 잡아당기며 관세음보살을 불러 주었다.

"관세음보살 관세음보살."

승 행자 역시도 관세음보살을 부르고 싶지만 차마 그럴 엄두가
나지 않아 이를 꼭 물고 말았다. 승 행자는 손등으로 눈물을 훔
치면서 자리에서 일어났다. 그러자 박 행자도 따라 일어서며 울
상을 지었다. 그녀의 눈가에도 어느새 물기가 번지고 있었다.

"그럼, 어떡하시겠어요."

"아무 대책이 없어요. 다만 지웅 스님과 이번 일이 무관하다는
것을 알려주고 떠나고 싶은 마음뿐이에요."

"왜, 승 행자님이 떠나야 해요."

"파계를 했으니까요."

"승 행자님, 지웅 스님은 물론 어느 스님도 모르시겠죠."

"그래요."

이제 승 행자가 아이를 가졌다는 사실을 아는 사람은 단 세 사
람뿐이었다. 승 행자와 박 행자와 김씨뿐인 것이다. 다만 김씨는
모를 수도 있었다. 그러나 미소사를 찾아와 승 행자와 관계를 가
졌다고 협박할 가능성은 배제할 수 없었다. 그러므로 불음행(不
淫行)의 파계 자체를 알고 있는 사람은 세 사람이라고 봐야 했
다. 박 행자가 다시 간호사의 입장에서 묻고 있었다.

"김씨를 만난 적이 언제였어요."

"한 달 전이에요."

"그럼 달거리는."

"없어요."

"조금 더 기다려봐요. 충격을 받으면 건너뛰기도 하니까요."

승 행자는 고개를 저으며 그럴 가능성을 부인했다. 달거리가 사라진 후 몸의 변화를 하루가 다르게 감지하고 있기 때문이었다. 갑자기 머리가 멍해지거나 현기증이 나고 심장 박동이 빨라졌다가 정상으로 되돌아가곤 하는 것이었다.

"기도를 해봐요. 관세음보살님께."

"생각해줘서 고마워요. 하지만."

박 행자의 말투가 어느새 빨라져 있었다. 안타까운 듯 우격다짐의 말을 하고 있었다.

"잘 생각해봐요. 내일만 지나면 스님이 되잖아요."

"그러겠지요."

"계첩을 받고 어디 먼 데로 가 있다가 올 수도 있잖아요. 사실 미소사에서 계율을 어기는 스님이 어디 한둘이에요."

"박 행자님은 내일이면 스님이 되겠군요."

승 행자는 털썩 주저앉으면서 절망적으로 말했다. 그러고 보니 아무라도 스님이 되는 것은 아니었다. 지웅의 말대로 전생의 선업이 없다면 현세의 선업이라도 있어야만 출가가 되고 스님이 되는 것 같았다. 말하자면 억지로 되고자 해서 스님이 되는 것은 아닌 성싶었다. 입시나 자격시험처럼 피나는 노력의 대가도 아니고 순수한 각오의 용기나 열정적인 충동질의 소산도 아님이 분명했다. 전생으로부터 이어지고 있는 시절의 인연이 닿아야만 매화가 향기를 퍼뜨리며 꽃을 피우듯 출가가 이루어지는 것만 같은 것이다.

"승 행자님, 힘을 내세요. 반드시 무슨 방도가 있을 거예요."

"고마워요. 박 행자님. 관세음보살님께 기도를 해보겠어요."

"그러세요. 관세음보살님이 도와주실 거예요."

두 사람은 다복솔밭을 나와 아까 왔던 산길을 내려갔다. 삼천배가 끝났으므로 오늘 하루의 습의 과정은 없었다. 이제 내일 전계사인 지웅에게 계를 맹세하고 연비를 한 다음 계첩을 받으면 수계식은 끝나는 것이었다. 계첩을 받는 그 순간이 바로 행자에서 사미니가 되어 스님이라는 호칭을 정식으로 듣게 되는 것이었다.

"어머. 승 행자님 저기 좀 봐요."

다람쥐가 매화가지를 타며 재주를 부리고 있었다. 설마 매화꽃잎을 따먹기 위해 저러는 것은 아니겠지. 그런데도 다람쥐는 매화가지를 오르내리면서 두발로 꽃잎을 훔치고 있었다.

일주일이 더 지나면 이곳의 매화나무들은 일제히 꽃망울을 터뜨려 눈 오듯 펑펑 꽃을 피울 것이었다. 벌써부터 그 소식을 알리기 위해 여기저기 여러 가지에 여인네 화장냄새처럼 교향을 퍼뜨리고 있는 것이다.

박 행자가 더 가까이 다가서자 다람쥐가 찍찍 소리를 내며 밭끝으로 도망쳐버렸다. 승 행자는 박 행자와 매화밭 어귀에서 헤어졌다. 관음전이 법당 오른편에 있기 때문이었다. 관음전은 천불탑과 가장 가까운 거리에 있는, 관세음보살을 모시고 있는 가람이었다.

승 행자는 관음전에 들어가 먼저 관세음보살께 삼배를 올렸다. 그리고는 가부좌를 튼 채 합장을 하고 두눈을 감았다. 관음전에 공양을 올리기 위해 들어와 본 적은 있지만 절박한 심정으로 참배하기는 처음이었다.

미소사를 처음 찾은 것은 부처의 진신사리가 있다는 신문기사를 보고 나서 친구들과 같이 들른 22살 때였었다. 그때도 주지는 지웅 스님이었고 가람 불사가 한창 진행되고 있어 절은 약간 어수선한 느낌을 주었었다. 그로부터 2년 후 스님이 되기를 결심하고 다시 미소사를 찾아 지웅에게 출가를 허락받았던 것이다. 특별한 출가 동기는 없었다. 누구에게 실연을 당한 것도 아니고, 거창하게 인생을 알고 싶어 그랬던 것도 아니고, 원효처럼 유명한 고승이 되고 싶어 그랬던 것도 아니었다. 그렇다고 삶이 허망해서 도피한 것도 아니었다. 고등학교를 졸업하고 학교에서 추천해주어 용모단정하게 직장생활을 하다가 스님이 되고 싶어 절에 들어온 것뿐이었다. 굳이 출가 이유라면 처녀들이 한두번쯤 품어봄직한 위선적인 결혼에 대한 막연한 거부감이 있었으며, 무엇에도 걸림없는 봉사생활을 하고 싶은 게 출가 동기의 전부라고 해도 과언이 아니었다.

그리고 그런 막연한 이유로 출가를 결심했을 때 미소사에서의 첫날밤은 희미하게 타는 심지에 기름을 넘치도록 부어넣은 격이 되고 말았다. 요의를 느끼고 객실에서 일어나 화장실을 찾고 있는데 마침 한 스님이 일어나 도량석을 하고 있는 것이었다.

화장실에서 볼일을 급히 보고 나서 도량석하는 광경을 찬찬히 보게 되었는데 자신도 모르게 눈물이 주르르 흘러내리는 것이었다. 별빛이 성성한 새벽 하늘 아래서 목탁을 치며 타령조로 독경하는 모습이 그렇게 장엄해 보일 수가 없었다. 지금까지 이십 몇 년을 살아오면서 단 한 번도 일어나 본 적이 없는 새벽 3시. 그 시각에 한 사람이 잠을 자지 않고 기도를 하고 있다는 사실은 그녀에게 있어 충격 이상의 것이었다. 깊은 잠에 떨어져 있는 별빛만 홀로 또렷한 그 시각에 한 사람이 도량을 느릿느릿 걸으며 독경을 하고 있는 것이었다. 어떤 경을 독경하는지 그 내용을 알 수는 없지만 그 승려는 분명 자신만을 위해서 그러는 것 같지는 않았다. 어둠 속이었지만 목탁의 타음과 스님의 목소리는 간절함, 그 자체였기 때문이었다.

마치 산사를 감싸고 있는 어둠을 물리치기 위해 그러는 것만 같았다. 나중에 도량석의 의미를 알게 되었지만 그것은 그때 받은 느낌과 거의 비슷한 뜻이었다. 이른바 모든 중생의 미망을 깨워 깨달음의 세계로 나아가게 한다는 기원의식이라는 것이었다.

승 행자는 눈을 감은 채 관세음보살을 외우기 시작했다. 〈관세음보살보문품〉의 서두에 관세음보살의 명호를 일심으로 외우면 관세음보살이 곧 부르는 이의 음성을 관하고 모든 고뇌에서 해탈케 해준다고 쓰여 있음이다. 큰 불속에 들어가 있더라도 불이 부르는 이를 태우지 못하고 큰 물에 떠내려가는 일이 있더라도 부르는 이를 얕은 물가에 이르게 한다고 가르치고 있는 것이다.

"관세음보살 관세음보살."

승 행자가 처음부터 지웅의 신임을 받은 것은 결코 아니었다. 지웅은 지나칠 정도로 승 행자한테 모질게 굴었었다. 어느 때에 이르서는 그녀의 미모 때문에 환속을 하지 않을까 하는 예감이 들어서 그랬을지 모른다. 사실 승 행자한테는 자신은 의식하지 못하지만 여자의 끼 같은 것이 있었다. 지웅은 그런 끼를 스님이 되는 데 장애라고 여겼으며, 그런 장애를 없애야만 중노릇을 잘 힐 기리고 회련에게까지 막한 적이 있을 정도였다.

그러나 승 행자는 지웅의 기우에도 불구하고 행자생활을 누구보다도 잘 견뎌냈다. 특히 절살림을 하는 데 이미 수계하여 비구니가 된 스님보다도 더 야무지게 잘하여 절 심부름을 도맡다시피 하였다. 뿐만 아니라 행자로서의 수행도 한치의 어김도 없이 시키는 대로 잘 따라주었다. 불경을 외우거나 참선을 하는 데도 어떤 행자보다도 자발적이었고 빼어났다.

다만 최림과의 빨래 사건이라든지, 김씨가 연정을 품는다든지 하는 문제들이 옥에 티가 되고 있을 뿐이었다. 그러나 그녀가 미소사에 와서 한 일에 비하면 아무 것도 아니었다. 신도 관리를 완전히 컴퓨터에 입력시켜 전산화시킨 것도 그녀가 없었더라면 불가능한 일인 것이었다.

최림이 법상을 좇아서 미소사를 떠난 후, 승 행자의 역할은 더욱 커질 수밖에 없었고 지웅은 그녀를 완전히 신뢰할 수밖에 없었다. 컴퓨터를 이용해 절의 온갖 사무를 완전히 편리하게 바꾸어놓은 것뿐만 아니라 비구나 비구니가 할 수 없는 힘들고 어려운 일까지도 척척 해내었기 때문이었다.

지웅이 그녀의 수계를 미루었던 이유는 사실 다른 데 있었다. 법상을 찾아 떠난 최림이 만약 약속을 어길 경우를 대비해서 그녀를 보내려고 계획하고 있었기 때문이었다. 오직 스님이 되기만을 원하고 있는 그녀였으므로 부처의 진신사리를 구해오라는 자신의 부탁을 거절하지 못할 것이라는 계산에서였다.

그러나 그것은 최악의 경우를 상정한 것이었고 다행히 최림은 법상을 찾아서 최선을 다하고 있기 때문에 승 행자를 보낼 일은 없었다. 그래서 지웅은 일년동안 행자생활을 한 승 행자에게 사미니계를 주기로 한 것이었다.

승 행자는 더 빨리 관세음보살의 명호를 외워나갔다. 갑자기 김씨의 얼굴이 떠올라 달려들고 있음이었다. 감고 있는 눈 속의 망막 저편에 김씨가 나타나 집요하게 어른대고 있는 것이었다.

할 수 없이 승 행자는 두 눈을 뜬 채 관세음보살을 외웠다. 그러자 망막 저편에서 어른거리던 김씨가 사라지고 대신 미소 짓고 있는 관세음보살이 눈에 들어오고 있었다. 승 행자는 다시 천천히 관세음보살을 불렀다. 그러면서 자신의 심정을 하소연했다.

'관음보살님, 내일이면 수계를 받아 스님이 되는 날입니다. 그러나 저는 파계를 했으므로 스님이 될 자격이 없는 행자입니다. 방금 박 행자에게 제가 지키지 못하고 파계한 것을 다 고백했습니다. 이제 저는 무엇을 해야 합니까.'

그러나 관음보살은 아무 대답 없이 미소를 짓고만 있었다. 아무런 해답도 들려주지 않고 있었다. 그의 대답은 시종 미소를 짓고 있을 뿐이었다. 그런 관세음보살이 원망스럽기조차 하였다. 부르는 이의 음성을 관(觀)하고 고뇌에서 해탈시켜준다는 관세음보살. 그러나 어찌된 영문인지 아무런 응답이 없는 것이었다.

잠시 후, 승 행자는 그래도 합장을 한 번 더 하고는 관음전을 나와버렸다. 밖은 어느새 캄캄한 초저녁으로 변해 있었다. 천불탑 너머로 별들이 하나 둘 떠올라 있었다. 천불탑의 풍경소리는 낮이나 밤이나 여전히 바람이 불 때마다 뎅그렁뎅그렁 울리고 있었다.

미소사는 이미 어둠이 가득 들어 차 적막으로 곤두박질치고 있었다. 기온 또한 뚝 떨어져 코를 베어갈 것처럼 차가워지고 있었다. 승 행자는 박 행자가 머무르고 있는 방으로 발걸음을 떼었다. 행자들은 습의 중에 오후불식(午後不食), 즉 저녁을 먹지 않으므로 공양을 하러 요사채로 갈 필요는 없었다. 그러나 그때 어둠 속에서 불쑥 여자 하나가 다가와 승 행자를 붙들었다. 이제 막 미소사에 도착한 듯 관음전의 희미한 불빛에 드러난 그 중년 여인은 가방을 하나 들고 있었다. 불빛 속에 보이는 여인의 얼굴은 다급한 표정을 짓고 있었다. 표정으로 보거나 관음전을 먼저 찾은 서툰 걸음걸이로 보아 미소사의 신도가 아닌 것 같았다.

"누굴 찾으세요."

"우리집 딸을 찾아왔수."

"딸이라뇨."

"아, 글쎄 스님이 되겠다고 가출한 지 일년이 넘었다우."

"그러세요."

"멀리서 들어보니 여기서 수계식인가 뭔가를 한다고 해서 왔수. 시집을 가야지 스님이 돼서 뭐하겠수."

승 행자는 여인의 얼굴을 자세히 들여다보았다. 희미한 불빛이었지만 수심어린 얼굴을 느낄 수 있었다. 말씨로 보아 충청도 어디에서 온 평범한 여인임이 분명했다. 먼 거리를 달려와 가출한 딸을 찾는 시골의 어머니인 것이다. 수계식에서 종종 볼 수 있는 일이었다.

"이름이 무어예요."

"김성애지유."

"그런 이름을 가진 행자는 없는데요. 아주머니."

"행자가 뭔데유. 지 딸년이 이름을 바꿨어유."

"그게 아니고요. 스님이 되려고 하는 사람을 행자라고 해요."

승 행자는 일단 여인을 요사채로 데리고 가 원주스님에게 소개를 해주었다. 여인의 저녁공양과 잠자리를 부탁하기 위해서였다.

"아이고, 고맙구먼유. 스님."

승 행자는 멋쩍게 미소로 답해주고는 그 자리를 물러섰다. 경내는 법당에서 흘러나온 불빛과 막 달이 떠올라 빛을 뿌리고 있으므로 전깃불을 켜지 않고도 걸을 수 있었다.

달은 커다란 보름달이었다. 그것은 떠오르자마자 칠흑같이 어두웠던 미소사를 서서히 금빛으로 바뀌게 하는 마술을 부리고 있었다. 금가루 같은 달빛을 일시에 쏟아부으면서 조금 전까지만 해도 검은 숯덩어리같이 보이던 미소사를 금세 금빛 일색으로 바꾸어 놓고 있는 것이었다.

천불탑이나 법당에도, 선방이나 승방에도, 관음전이나 명부전에도, 일주문이나 천왕문에도, 요사채도, 경내의 나뭇가지나 나뭇잎에도 사금 같은 달빛이 떨어져 내려 반짝이고 있는 것이었다. 칼날 같은 바람도 금빛을 거두어가지는 못하고 고작 천불탑에 매어달린 풍경을 울리고 달아날 뿐이었다.

뎅그렁 뗑강 뎅그렁 뗑강.

승 행자는 풍경소리가 귀에 익어 그 소리만을 듣고도 거친 바람과 실바람을 구분할 수 있었다. 지금 허공을 베듯 불어가는 바람은 여울목을 빠져나가는 물살 같은 것이나 다름없었다. 산정에서 천천히 불어왔다가 계곡을 획 빠져나가는 산풍(山風)이었다. 비록 휘두르는 회초리처럼 매섭기는 하지만 휘몰아치며 정신없이 불어가는 삭풍은 아니었다.

박 행자가 어디로 간 것일까. 먼저 방으로 들어가 쉬겠다던 박 행자가 보이지 않았다. 윤 보살과 아직도 정담을 나누고 있는 것일까. 승 행자는 벽에 등을 기대고 미끄러지듯 주저앉았다. 그러자 맞은편 벽에 몇 자 적어서 붙여놓은 글귀가 눈에 들어왔다.

이 종소리 듣고 번뇌를 끊어서
지혜를 더하고 구도심을 내어
지옥을 여의고 삼계를 벗어나
원컨대 성불하여 중생을 제도하여지이다.

聞鍾聲 煩惱斷
智慧長 菩提生
離地獄 出三界
願成佛 度衆生

아, 소종(小鍾)소리를 듣고 싶다. 종소리를 들어 번뇌가 끊어진다면 고막이 터지도록 들을 것이다. 천 번을 들어 지혜가 더해지고, 만 번을 들어 구도심이 용솟음쳐진다면 지금 당장이라도 법당으로 달려가 소종을 쳐댈 것이다.

그래서 지옥을 여의고 삼계의 긴 여정에서 해탈한다면, 부처가 되어 중생을 제도할 수 있다면 고막이 찢어져 귀머거리가 된다 하더라도 소종소리를 수천 번 수만 번이라도 들을 것이다.

그러나 그러나.

승 행자는 눈을 감고 두 손으로 귀를 막았다. 종소리가 울려온

다면 귀를 막지 않고서는 견딜 수 없을 것 같았다. 번뇌가 들끓어도, 지혜가 줄어들고 구도심이 사라진다 해도, 지옥에 들어간다 해도, 삼계를 벗어나지 못한다 해도, 부처가 되지 못하여 미망에 빠져 있을지라도 지금은 아무 소리도 듣고 싶지 않았다.

그저 망연히 그대로 있고 싶을 뿐이었다. 이제 미소사의 생활도 인연이 다해가고 있는 느낌이었다. 종소리를 듣지 않아도 좋으니 지금 이대로 시간이 정지해버렸으면 싶었다. 수계를 받지 않아도 좋으니 행자인 채로 석상처럼 영원히 붙박혀버렸으면 싶은 것이었다.

그런 생각에 빠져들자 갑자기 이마에 진땀이 흘렀다. 죄를 짓고 그것을 숨기고자 허둥대는 사람처럼 식은땀이 솟아 돋는 것이었다. 그래서 승 행자는 두 눈을 뜨고 앉은 자세를 바로했다.

그때 박 행자가 표정을 얼른 바꾸며 들어오고 있었다. 윤 보살과 지금까지 절 생활의 이런저런 얘기를 나누었으리라. 정담을 나눈 뒤끝이 그러하듯 그녀의 눈이나 입가에 훈훈한 기운이 아직도 묻어 있었다.

"피곤하지요. 불 끌게."

"그래요."

차라리 불을 끄고 눕는 게 덜 어색했다. 두 사람은 어젯밤처럼 문가에 승 행자가 눕고 아랫목쪽으로 박 행자가 누웠다. 두 사람은 잠이 오지 않는데도 뒤척거리며 잠을 자는 시늉을 했다. 그러나 한참만에 박 행자가 방 안의 정적을 깨뜨렸다.

"승 행자님."

"네."

"기도는."

"관세음보살님께 드렸어요."

"응답이 꼭 있을 거예요."

"아니요."

"믿어봐요."

"나도 그러고 싶어요."

창호에 달빛이 밝게 비치고 있었다. 달빛이 문을 뚫고 있지는 못하지만 희미한 빛을 던져주고는 있었다. 여광(餘光) 같은 그것은 방 안의 두 사람은 물론 방 안의 장삼 두 벌과 앉은뱅이 책상 하나와 그 위에 얹힌 책 몇 권을 드러내보여주고 있었다.

박 행자가 희미한 빛 속에서 눈을 다시 반짝이며 물었다.

"우리 꼭 스님이 되자구요."

그러나 승 행자는 빛으로 드러난 콧날을 꿈쩍하지 않았다. 콧날뿐만 아니라 온몸이 굳어져버린 듯 머리카락 한 올도 움직이지 않았다. 그러자 박 행자가 돌아누우며 다시 말했다.

"힘을 내요. 그래야 돼요."

"그럴게요."

"승 행자님은 나보다 굳세잖아요."

"……"

대답이 없자 박 행자가 승 행자를 흔들며 나직이 물었다.

"벌써 잠들었나 봐요."

"아니요."

"그럼 대답해요."

"할말이 없는 걸요. 박 행자님."

"방법이 없는 건 아니예요."

"무슨 방법."

"나, 간호사 출신인 것 잘 알고 있죠."

"그래요."

천불탑의 풍경소리가 방 안에까지 들려오는 것은 바람이 거세어졌기 때문이었다. 낮에는 골바람에 풍경이 울고, 밤에는 산풍에 풍경이 울어 잠을 방해하므로 어느 승려는 아예 풍경을 떼어버리자고 주장하기도 하였다. 하긴 태풍에 우는 풍경소리는 미친 바람소리와 같이 울부짖는 소리를 내어 마음을 우울케 하고 심란하게 한 적도 있었다.

"구로동에 있는 병원에 있었어요."

"알고 있어요."

"알고 있으면 뭐해요."

"그래서요."

"나이 어린 여자 공원들이 많이 찾아오는 병원이었어요."

승 행자는 박 행자가 무엇을 말하려는지 눈치를 채고 비로소 얼굴을 박 행자 반대편으로 약간 돌렸다. 박 행자는 승 행자가 듣던 말던 개의치 않고 계속 중얼거리듯 말을 하고 있었다.

"약으로도 떼어내고 손으로도 떼어내고 기계로도 떼어내곤 했어요. 우리 병원이 낙태수술을 잘한다고 소문이 난 바람에 환자들이 몰려든 거죠. 간호사인 나 역시도 의사가 눈코 뜰 새 없이 바빠서 할 수 없게 되어 있는데도 의사 노릇까지 했고요."

"그랬군요."

"실패란 백에 하나 정도였어요. 거의 정확했죠."

"양심의 가책이 들 때도 있었겠군요."

"출근해서 하는 일이 그거였는데 어쩔 수 없었죠."

할말이 없자 또다시 침묵이 흘렀고 몇 번 뒤척거림 끝에 그 침묵을 깨뜨리고 말을 건 사람은 박 행자였다.

"승 행자님. 무슨 얘긴지 알겠지요. 일단 수계를 받아둬요. 그리고 나서 잉태한 태아를 생각해보자구요."

"그건 안 돼요."

승 행자는 필요 이상으로 날카로운 비명처럼 소리쳐 말했다. 그러자 박 행자가 놀란 채 말을 못했다. 승 행자가 그렇게 반응하리라고는 전혀 예측을 못했기 때문이었다. 그러나 승 행자가 박 행자의 그 한마디에 흥분을 하고 있는 것은 아니었다. 자신도 모르게 갑자기 용수철처럼 튀어나온 말일 뿐 승 행자는 체념에 빠진 사람같이 몹시 가라앉아 있는 상태였다.

"박 행자님. 미안해요."

"내가 너무 심한 말을 했어요."

"아니요. 나를 위해서 하는 말인지 왜 모르겠어요."

"아무튼 용서하세요. 승 행자님."

"그게 아니예요. 잉태한 생명을 떼어내면 스님이 될 수도 있겠죠. 하지만 불살생의 계율을 또 하나 어기고 말게 되는 것이죠."

"승 행자님. 계율이 원망스럽네요. 누구 좋으라고 만들어진 계율인지 모르겠단 말이에요."

"달리 할 말이 없어요. 내 불찰이고 내 업보죠."

"그럼 아기를 키우기라도 하겠다는 말처럼 들리네요."

"스님이 되지 못할 바에는."

승 행자는 비록 악의 씨앗일 망정 낳아 기르겠다는 말을 잘라버렸다. 그것은 자신이 없어 그랬다기보다는 뭔가를 더 정리할 필요가 있기 때문이었다. 일체중생 실유불성, 얼마나 귀가 아프게 들어왔던 말인가. 모든 중생에게는 다 부처의 성품이 있다는 말이 아닌가. 그렇다면 선한 생명한테도 악한 생명한테도 불성이 있다는 말이 아닌가.

"아이구, 나 머리 무거워 더 이상 생각 못하겠어요."

박 행자가 긴 하품을 하더니 돌아누워버렸다. 졸리기도 하거니와 더 이상 머리 무거운 이야기로 잠을 쫓고 싶지 않은 듯 입을 다물어버리는 것이었다. 그러더니 박 행자는 10여 분이 지나서는 전신마취를 당한 사람처럼 깊은 잠에 떨어져버렸다. 방 안에 두 사람이 있다고는 하지만 이제 승 행자뿐인 셈이었다. 박 행자는 곧 가볍게 코까지 골며 고른 숨을 쉬고 있는 것이었다.

승 행자는 감추어둔 일기장을 꺼낸 뒤 방문을 조금 열고는 꺼낸 일기장에 달빛을 쐬었다. 그러자 찬 공기가 쏴아 하니 그녀의 눈을 씻어주고 있었다. 그녀는 편지를 쓰듯 맑아진 의식으로 한 자 한 자 적어내려갔다.

수계식에 참석하되 계첩을 받지는 않으리. 계첩을 받는다는 것은 불가의 스승을 속이고 나를 속이는 일이기에. 그러나 수계식만은 반드시 참석하여 스스로 다짐을 하리. 비록 계를 하나 어긴 타락녀라고는 하지만 속세로 나아가서는 더 이상 계를 어기지 않고자 맹세를 하고 싶기에. 이제 사미니가 되고 비구니가 되어 스님의 길을 걷는 것은 이미 끝난 일이므로 절을 떠나 마음속에 스님 하나를 모시고 계를 지키며 살고 싶음이다.

아기는 낳아 기르리. 악의 씨앗이라고 하지만 부처님께서 모든 중생에게 다 불성이 있다고 말씀하셨음이다. 낙태는 또 하나의 계율을 파계하는 것, 그래서 사미니가 되고 비구니가 된들 출가의 무슨 의미가 있으리. 이것도 인연인지 모른다. 비구니가 되어 산사에 머물지는 못하지만 속세에 나아가 아기를 부처로 키우라는 혜명인지도 모른다. 악의 씨앗이라고 함께 수행하던 도반이 말리고 신도분이 말리더라도 나는 반드시 아기를 낳아 어떤 생명에게나 다 부처의 성품이 있음을 보여주고 말으리.

아니 간단하게 정리하자. 공연히 긴 말을 꺼내어 불가를 욕되게 하지 말자. 나는 아기를 미워하고 싶어도 용기가 없는 것이다. 그런 용기가 없기 때문에 낳아 사랑하고 싶은 것이다. 아기를 사랑하고 싶기 때문에 부처님을 끌어들였고 스님을 끌어들였고 도반을 끌어들였고 신도분을 끌어들였고 마침내는 나를 끌어들인 것이리.

더 솔직해지자. 그래서 단 한마디만 허락하자. 나는 아기를 사랑하리.

승 행자는 방문을 닫았다. 투명해진 의식이었으므로 거기에는 한치의 번뇌도 끼어들 수 없었다. 의식이 흘러가는 대로 달빛의 도움을 받아 볼펜이 굴러갔을 뿐이었다. 한 장을 꽉 채우고 나자 더 이상 할 말이 없어져 볼펜을 놓았을 뿐이었다. 마치 번뇌와 갈등이 양광에 눈녹듯 녹아져 소멸되어버린 느낌이었다.

다음날, 말하자면 행자들이 습의를 다 끝내고 수계를 받는 날이었다. 회향식이라고도 부르는데 의식은 그야말로 시작부터 엄숙하게 치러지고 있었다. 법상이 없으므로 미소사 주지인 지웅이 삭발한 머리를 번쩍거리며 전계사로서 중앙에 자리를 잡고 앉아 있었으며 그 좌우로 수계사와 교수사가, 그리고 그들 옆으로 허리를 곧추세운 중진스님 일곱 명이 앉아 있는 것이었다.

먼저 사회자의 지시에 따라 의식이 진행되었고 그런 다음에는 일제히 독경을 시작했다. 독경소리는 수계식장이 떠나갈 듯이 우렁차 그 소리가 계곡에까지 울려퍼져 메아리가 되어 돌아올 정도였다.

대소의 의식이 끝나자 곧바로 지웅의 설법이 이어졌다. 지웅의 목소리는 원래 우렁우렁 컸었으므로 마이크를 통해 흘러나오는 그의 음성은 사자의 포효를 연상케 하였다.

"…본래무일물(本來無一物), 수행인이란 마땅히 마음을 단정히 하여 검소하고 진실한 것을 근본을 삼아야 하며 표주박 한 개와 누더기 한 벌로 거리낌없이 사는 게 승려의 본분사가 아니겠소. 말세에는 부처를 팔아 온갖 나쁜 업을 짓는 무리가 생길 것이라고 옛 고승이 말했소. 또 그런 무리들을 휴정선사는 이렇게 말씀하셨소. 중도 아닌 체, 속인도 아닌 체하는 비구를 '박쥐중'이라 하고, 혀를 가지고도 설법하지 못하는 중을 '벙어리염소중'이라 하고, 승려의 모양에 속인의 마음을 쓰는 이를 '머리깎은 거사'라고 하고, 지은 죄가 무거워서 꼼짝할 수 없는 이를 '지옥찌꺼기'라 하고, 부처를 팔아서 살아가는 이를 '가사 입은 도둑'이라고 하였소. 자, 박쥐중이 되지 않으려면 어떻게 수행해야 하겠소. 자, 벙어리염소중을 면하려면 어떻게 수행해야 하겠소. 자, 머리깎은 거사가 되지 않으려면 어떻게 수행해야 하겠소. 자, 지옥찌꺼기가 되지 않으려면 어떻게 수행해야 하겠소. 자, 가사 입은 도둑이 되지 않으려면 어떻게 수행해야 하겠소…"

지웅의 입에서 거침없이 터져 흘러나오는 사자후에 행자들은 간이 콩알만해져 있었다. 특히 '가사 입은 도둑'이라는 말에는 긴장하지 않는 행자가 없었다. 전계사 지웅이 작년과 달리 휴정 선사의 〈선가귀감〉을 인용하여 사자후를 터뜨리고 있는 데는 미소사의 수좌들을 겨냥한 측면도 없지는 않았지만 사미, 사미니가 될 행자들에게 좋은 화두가 되어주었다.

가사 입은 도둑.

청정한 계율을 지키고 핏방울이 뚝뚝 떨어지는 고행으로 진리를 얻고, 그런 다음에는 중생을 구제해야 할 승려들이 자신들의 본분을 잊고 세속의 명리를 탐하거나 무소유를 잊고 부귀영화를 구하는 것이야말로 '가사 입은 도둑'의 전형이라 할 수 있을 것이었다. 가사 입은 도둑은 휴정이 살았던 그 시대에도 득실댔던 모양으로 그의 명저 〈선가귀감〉에 기록해놓고 있음이다. 휴정의 말마따나 지옥찌꺼기 같은 가사 입은 도둑들이 박쥐중의 모습으로 나타나 때로는 머리깎은 거사 노릇을 하면서 어느 때는 벙어리염소중이 되어 오늘날에도 거리를 활보하고 있지는 않은지 눈 부릅뜨고 지켜볼 일인 것이다.

마침내 지웅이 십계를 주는 의식이 진행되고 있었다. 겨울의 아침햇살이 그의 눈을 부시게 하고 있는지 이따금 그는 심하게 눈살을 찌푸리며 행자들에게 맹세를 받곤 하였다.

"첫째는 살생을 하지 않는 것이 너희 사미, 사미니 계이니 몸과 목숨을 다하도록 이 계를 지키겠느냐, 말겠느냐."

"지키겠습니다."

작년과 다름없이 세 번을 묻고 세 번을 대답하는 식으로 차가운 겨울날씨를 의식해서인지 빠르게 한 계 한 계를 넘어가고 있었다. 아닌게 아니라 높은 단상에 앉아서 행자들과 신도들을 내려다보고 있는 노승과 중진스님들은 오들오들 떨고 있었다. 그러나 신도들은 입학식이나 졸업식에 참석한 학부모처럼 만면에 미소를 머금고 웅성웅성거리며 들떠 있었다.

승 행자는 누구보다도 굳게 다짐을 하였다. 이것이 미소사와의 마지막 인연이라고 생각하며 떨리는 목소리로 지웅이 물을 때마다 마음속으로 꼭꼭 다짐을 하였다. 속가에 내려가더라도 마음속에 스님 하나를 간직하기 위해서 계율을 하나씩 도장을 파듯 새겨들었다.

마지막으로 여덟번째의 계율을 다짐할 때도 역시 그녀는 흔들림없이 맹세를 하였다. 그리고 간밤에 스스로에게 약속했던 것처럼 계첩을 받기 전에 그녀는 식장을 빠져나오고 말았다. 수군거리던 신도들이 의아하게 쳐다보았지만 그녀는 그들을 비집고 나오고 말았다.

그러나 승 행자를 붙잡는 승려나 신도는 아무도 없었다.

또 다른 비밀

　법상의 유일한 상좌 적음(寂音)이 거처하고 있는 암자 불이사는 경주에서 동쪽으로 빠져나가는 감포로 가는 길목에 있었다. 시가지에서 먼거리에 떨어진 야산이었지만 그곳도 역시 관광도시인 경주의 시경계 안에 있었다.

　지난 겨울 법상의 속가가 있는 M시에서 바로 찾아온 적이 있었으므로 최근에만 이번의 경주 여행은 두 달 만에 다시 이루어진 셈이었다.

　고속도로를 달려온 최림은 곧장 적음을 만나러 가지는 않았다. 감포로 빠지지 않고 분황사 앞 황룡사지를 찾아갔다. 가로수로 심겨진 벚꽃이 만개해 있지는 않았지만 곧 꽃망울이 터져 거리는 온통 벚꽃 터널로 바뀔 것이었다.

　해는 벌써 중천으로 떠올라 시가지의 변방에도 봄볕을 한가득 뿌리고 있었다. 멀리 화사한 단청처럼 보이는 붉고 노란 것은 진달래와 개나리꽃이 만개하여 물든 빛깔임이 분명하였다.

사방이 산으로 둘러싸인 경주. 그래서 고도의 분위기를 더 자아내게 하는지도 모른다. 사방의 산들이 천연의 성곽처럼 보이고 산등성이에 얹혀 있는 집들은 마치 고대의 옛 망루를 연상케 하고도 있었다. 이제 그 둘러싸인 산들은 거대한 한폭의 채색화가 되어 푸른 화폭 사이사이에 붉고 노란 물감이 듬뿍듬뿍 묻혀지고 있는 중이었다.

최림은 황룡사지 앞에 지프를 멈추었다. 황룡사지를 다시 찾아온 것은 벌써 열번째나 되었다. 미소사 주지인 지웅과 온 것만도 네 번이나 되었고, 방문희와 한 번, 그리고 스스로 천불탑을 설계하기 위해 찾아온 횟수가 세 번, 이번까지 합쳐서 그렇게 되었다. 두 달 전에 법상의 상좌인 적음을 만나러 올 때만 황룡사지를 들르지 않았을 뿐 경주를 내려오면 꼭 빠뜨리지 않고 찾아보는 곳이 바로 이곳이었다.

허허벌판인 황룡사지도 완연한 봄이었다. 주춧돌들이 질서정연히 놓여 있는 텅 빈 사지(寺趾) 사이로 과거의 기운인 양 흙속에 묻혔던 지열이 실타래처럼 아지랑이로 한가득 피어오르고 있었다. 최림은 황룡사 금당(金堂:법당)의 주춧돌로 보이는 널따란 바위에 걸터앉아 9층탑의 탑지(塔趾)를 바라보며 다섯 손가락 마디를 오도독 꺾었다.

주춧돌들은 매우 독특하게 1탑 3금당, 즉 세 개의 금당이 하나의 탑을 에워싸고 있는 형식으로 놓여져 있었다.

최림은 사지를 올 때마다 그랬듯이 습관대로 탑지의 주춧돌들을 세어 보았다. 그것의 숫자는 언제나 변함이 없었다. 8개씩 8

열로 정방형을 이루며 놓여져 있으며, 탑지의 한가운데는 과거 가섭불이 설법하였다고 하는 연좌석이 놓여 있는 것이었다.

가섭불이란 석가모니 부처 이전에 출현하였던 과거의 무수한 부처들 중에 하나인데 흔히 7불(佛) 가운데도 끼어 중생들과 친숙한 부처. 가섭불이 앉았다는 연좌석은 어디에선가 옮겨져 지금도 이 탑지를 지키고 있는 셈이었다.

침략군인 몽고군들에 의해 9층탑이 전소된 직후 절을 지키던 승려들이 연좌석을 사리공(舍利孔)이 있는 지금의 위치로 옮겼을 것이다. 사리공이란 사리장엄구를 보관하는 구멍이라 할 수 있는데 사리장엄구에는 자장 대사가 중국에서 가져온 부처의 사리가 봉안되어 있었기 때문이었다.

그렇다면.

그때 봉안되었던 부처의 사리는 어디로 갔는가.

천년의 비밀을 간직하며 연좌석 밑 사리공에 보관되어 오던 부처의 사리는 어디로 갔는가. 그러나 사리의 행방은 아직도 비밀에 붙여진 채 누구도 아는 이가 없다. 사리가 사라져버린 내력만이 전해지고 있을 뿐인 것이다.

9층탑지는 조선조 수백 년을 내려오면서 민가의 터로 바뀌고 말았다고 전해진다. 목탑지 중앙의 심초석(心礎石)까지 민가의 돌담장이 놓이게 될 정도로 민가의 터로 바뀌게 된 것이었다. 때문에 사리구 속의 부처의 사리는 오히려 사람들의 눈 밖에 난 셈이어서 안전하게 보관되어 왔던 것인데, 농가를 철거하고 유적지를 보호한다는 조치가 취해짐으로써 오히려 도굴꾼의 표적이 되어버린 것이었다.

1964년 문화재위원회의 승낙 아래 돌담장을 제거하자 연좌석이 여지없이 드러나게 되었고, 도굴꾼은 그것을 노리고 있다가 그해 12월 사리구를 도굴하고 말았던 것이다. 사리구 안에 있던 사리를 담는 함이기도 한 사리장엄구는 가까스로 수습할 수는 있었지만 모두가 기대했던 오색 영롱하고 불가사의하다는 깨달음의 결정체인 부처의 사리는 누구도 볼 수 없게 되어버린 것이었다. 도굴꾼이 탈취해 간 것인지, 그들의 손이 미치기 전에 이미 스스로 사라져버린 것인지 미스터리가 되어버린 것이었다.

지웅은 원래 황룡사의 9층탑을 완벽하게 재현해 달라고 부탁했었다. 그러나 그러한 재현은 자료의 부족으로 거의 불가능한 일이었으므로 최림은 그것과 비슷한 목탑을 세우기로 지웅과 약조를 굳게 했었는데, 그 기억은 황룡사지를 찾을 때마다 생생하게 떠올랐다.

지웅의 꿈은 황룡사 9층탑을 재현해 내어 불국토를 이루는 것이었다. 9층탑을 지어 당대에 불국토를 이룬 선덕여왕처럼 살아생전에 또다시 불국(佛國)을 이루는 것이 그의 축원이었다.

"내 꿈은 불국토를 이루는 것이오. 그게 부처님의 혜명(慧命)을 잇는 것이라 생각하오. 장엄한 9층탑을 재현하는 것이야말로 부처님 만난 인연에 조금이라도 빚을 갚는 일이 아니겠소."

말하고 있는 지웅의 이글거리는 눈을 보면 마치 그 앞에 역사 속으로 사라져버린 9층탑이 날아와 버티고 서 있는 것 같았다. 그만큼 그는 신기루 같은 9층탑에 미쳐 있었고 거기에 자신의 생명을 걸고 있었다.

"보시오."

"무엇을 말입니까."

"처사님의 눈에는 보이지 않소."

"이런 폐사지에 무엇이 보인단 말씀입니까. 저의 눈에는 아무것도 보이지 않습니다."

"허허. 9층탑이 말이오."

그러나 허허벌판에 보이는 것은 탑의 크기를 헤아리게 해주는 주춧돌만 을씨년스럽게 놓여져 있을 뿐, 거기에는 다람쥐새끼 한 마리도 없었다. 맞은편에 있는 분황사쪽에서 날아온 새들이 부리로 무언가를 쪼아먹는 모습만이 보일 뿐 황룡사지는 그대로 허허벌판이었다.

지웅은 황룡사지에만 들어서면 언제나 흥분을 하여 장광설을 늘어놓았다. 그의 설법은 종교라고는 문외한인 최림에게 언제나 지루함을 안겨주었다.

"허허. 불타버린 폐사지, 물론 맞는 말이지. 허나 여기에서 9층탑을 보려고 노력을 해보시오. 일심 원력으로 진력하다 보면 처사의 눈 앞도 개안이 되어 9층탑이 나타날거요."

"전 컴퓨터가 해결해줄 거라고 믿습니다. 자료는 다 정리되어 응용만 하면 되거든요. 컴퓨터는 한 치의 오차도 없습니다."

"그건 기능일 뿐이오. 혼이 없는 탑에 무슨 장엄함이 깃들겠소."

"아닙니다. 컴퓨터의 능력을 이해하지 못해서 하시는 말씀입니다. 컴퓨터는 설계만 하는 게 아니라 도면을 바탕으로 해서 완성된 건물의 모습까지도 보여주거든요."

최림의 말은 거짓이 아니었다. 컴퓨터가 단순히 뼈만 앙상한 설계 도면만 만들어내는 것이 아니라 완성된 탑의 모습까지도 보여주는 것이었다. 그러한 탑은 실제 현장감을 주기에 충분했다. 탑 주위로는 숲이 우거지고 새소리가 들려오고 구름이 흐르는 풍경이 생동감 있게 나타나기 때문이었다. 특히 석양빛이 떨어지게 처리하면 탑의 장엄함은 한층 더해졌다.

그래도 지웅은 심미안을 길러 영혼이 깃든 건물이 되어야 한다고 주장을 하였다. 그리고는 9층탑을 찬탄하는, 고려시대 최대의 선승이자 학승이었던 일연(一然)의 시를 한 수 읊조리는 것이었다.

귀신이 받쳐주는 탑 서울에 우뚝하여
휘황한 채색으로 처마가 움직이네.
여기에 올라 어찌 9한(韓)의 항복만을 보랴
천지가 특별히 태평함을 이제야 깨닫겠구나.

鬼拱神扶聳帝京
輝煌金碧動飛甍
登臨何啻九韓伏
始覺乾坤特地平

자장 대사가 중국 오대산에서 받아온 부처의 진신사리를 봉안한 9층탑. 일연은 탑의 영험을 〈삼국유사〉에 이렇게 기록하고 있다.

'탑을 세운 뒤에 천지가 태평하게 되었고 삼한이 하나로 되었으니 이것이 탑의 영헌이 아니고 무엇이랴.'

실제로 고구려왕은 신라를 공벌하려다 다음과 같이 말하며 계획을 취소했다고 전해지고 있다.

"신라에는 세 가지의 보배가 있어 범할 수 없겠다. 그 세 가지란 황룡사의 장육존상과 9층탑, 그리고 하늘이 하사한 진평왕의 옥대가 바로 그것들이다."

장엄한 탑 하나가 세워져 9한, 즉 주변의 나라들이 항복하고 천지가 특별히 태평해졌다는 것은 불국토가 도래했음을 의미하는 노래가 아닐 것인가. 불법이 봄날의 개나리 진달래꽃처럼 물감을 흩뿌리듯 피어나 천지가 그대로 불국토가 되어버린 것이다.

"9한이 어찌 침범하는 이웃 나라만을 의미하겠소. 민족의 성인 자장대사께서 어찌 눈에 보이는 현상계만을 걱정하시었겠소."

지웅의 중얼거리는 말을 최림은 하나도 놓치지 않았다.

"그것은 눈에 보이는 천년 전의 적국을 말한 것일 뿐이오."

"그럼 눈에 보이지 않는 천년 후의 나라가 또 있다는 말입니까."

최림의 물음에 지웅이 단언하듯 잘라 말했다.

"있소. 마음에 국경선을 긋는 종교 분쟁이 있을 것이오. 그러니 종교를 눈에 보이지 않는 나라라고 할 수 있지 않겠소. 이미 우리는 종교 분쟁에 서서히 휘말려들어가 있소. 두고 보시오. 동서가 화합하고 남북이 통일된다 하더라도 그게 더 큰 문제가 되어 필경 많은 피를 흘리고 말 것이오. 우리 민족의 스승 자장 대사의 고언이 담긴 황룡사 9층탑을 재현하여 불국토를 만들고자 하는 것은 언젠가 닥쳐올 그때의 재앙을 부처님의 자비와 지혜로써 미리 막아보고자 함이오."

최림은 지웅의 말을 도무지 이해할 수 없었다. 9한이라 함은 지금으로부터 천 몇 백년 전에 신라를 위협하였던 일본(日本), 중화(中華), 오월(吳越), 탁라(托羅), 응유(鷹遊), 말갈(靺鞨), 단국(丹國), 여적(女狄), 예맥(穢貊)을 가리키는 말일 것이다.

그런데 지웅은 우리 나라에 이미 들어와 교세를 확장해가고 있는 기독교나 회교 등 타종교를 자신이 믿는 불법의 진리가 아니라고 하여 현대판 9한으로 지칭하고 있음이다.

그러나 종교란 서로가 타도해야 할 대상이 아니라 공존해야 할 존재가 아닐 것인가. 서로가 외도(外道)라 하고 사탄이라고 증오한다면 그 자체가 벌써 사랑과 자비가 아닌 비종교적인 것이다. 최림은 지웅의 주장에 선뜻 동조할 수는 없었다. 9층탑을 조성하여 부처의 자비가 흘러넘치는 불국토를 만들어 종교간의 갈등으로 인한 피흘림을 막겠다는 모양인데, 그것은 어디까지나 한 종교인의 신념과 예단일 뿐 모든 사람들이 동의하지 않을 것이기 때문이었다.

"어쨌든 고려 때 몽고군의 내침으로 불타버렸던 9층탑이 750여 년 만에 다시 조성된다는 것은 우리 나라 불교사에 있어서 부처님 법의 흥망성쇠와도 밀접한 인연이 있는 것이오. 조선조 5백년 동안 핍박을 받아왔던 불교가 이제야 시절인연이 도래하여 불국토의 상징인 9층탑을 재현한 천불탑을 짓고 있는 것 아니겠소."

〈삼국유사〉에는 탑이 선덕여왕 때 그러니까 당 태종 19년(645년)에 건립된 후 신라 32대 효소왕 즉위 7년(698년)에 벼락이 처음으로 떨어져 33대 성덕왕 즉위 19년(720년)에 복원하였다고 기록되어 있는데, 그 이후 중수 사실도 다음과 같이 자세하게 전해주고 있다,

'48대 경문왕 즉위 8년(868년) 6월에 탑은 두번째로 벼락을 맞아 같은 왕 때에 세번째의 중수를 했다. 본조(本朝)에 이르러 광종 즉위 5년(953년) 10월에 세번째 벼락이 떨어졌고, 현종 13년(1021년)에 네번째로 중수했다. 다음은 정종 2년(1035년)에 네번째로 벼락이 떨어졌으며, 문종 18년(1064년)에 다섯번째로 중수했다. 그 다음은 헌종 말년(1095년)에 다섯번째로 벼락이 떨어져 숙종 원년(1096년)에 여섯번째로 중수했다.

마지막으로 고종 25년(1238년) 겨울, 서산병화(西山兵火)로 9층탑과 장륙존상과 건물 등이 모두가 손실되고 말았다.'

서산병화란 몽고의 내침을 말하는 것인데 그때가 1238년. 지금으로부터 750여 년 전의 일로 9층탑의 전소가 불법의 쇠퇴를 상징한다면 지웅의 원력에 의한 9층탑의 조성은 몇 백년 만에 도래하는 중흥을 의미하는 것일까.

최림은 9층탑의 탑지에 놓인 주춧돌로 옮겨앉아 다투어 피어오르는 아지랑이를 바라보았다. 아지랑이는 불국토를 꿈꾸는 지웅의 야망처럼 쏟아지고 있는 봄볕을 받아 끝없이 솟구쳐오르고 있었다. 최림은 자신도 모르게 몸을 떨었다. 그러고 보니 미소사의 주지 지웅이 범상치 않은 승려로 느껴지는 것이었다.

중원 지방에 자리잡은 미소사. 무서운 기세로 교세를 일으키고 불려가고 있는 선종 사찰인 미소사. 지웅은 한낱 그 절의 주지가 아니라 한국 불교사를 앞에서 이끌어갈 인물이 될지도 모른다는 느낌이 불현듯 들었기 때문이었다.

천불탑의 자리를 중원 지방에 잡은 것도 지웅 나름의 치밀한 계산에 의한 것임이 분명하였다.

최림은 담배를 피워 물었다. 바람이 한 점 없었으므로 내뿜는 담배 연기는 아지랑이를 타고 깊은 상념의 한 조각처럼 느릿느릿 흩어지고 있었다.

지웅이 중원 지방의 미소사에 자리잡은 것은 그 자리가 바로 한반도의 정중앙인 배꼽의 위치이기 때문일 것이었다. 이제 한 반도의 중심은 천년 고도인 경주가 아니라 중원이 되어야 한다는 그 나름의 용의주도한 계산이 깔려 9층탑을 그곳에 조성하고 천불탑이라고 명명하고 있음이었다. 그는 지금도 이렇게 기도하고 있을지 모른다.

'민족의 성인 자장 대사의 서원으로부터 비롯되어 조성한 9층 탑이 아닙니까. 머잖아 당시 그대로 재현할 천불탑의 층층마다에서 불법의 빛살이 천지사방으로 퍼져나가 한반도가 그대로 청정한 불국토가 되어지이다.'

그러나 최림은 고개를 저으며 일어났다.

자신이 설계하여 층이 올려지고 있는 천불탑에다 지웅이 생각하는 것처럼 그러한 명분까지 붙이고 싶지는 않았다. 최림에게는 종교간의 갈등도 불국토의 갈망도 자장 대사의 서원도 관심밖의 일일 뿐이었다. 오로지 자신의 컴퓨터 소프트웨어로써 당대에 최고의 완벽한 설계를 했다고 인정을 받으면 그뿐이었다. 오직 한가지, 누구도 흉내내지 못했던 황룡사 9층탑을 재현한 걸작품을 남기고 싶은 것뿐이었다.

또 한가지 덧붙여 바랄 게 있다면 재현한 9층탑에다 부처의 진신사리가 봉안된다면 거대한 탑 자체가 등신불이 되어 세세생생 수백 수천만의 신도들에게 참배를 받는 경배의 대상이 될 것이 아닌가. 젊은 설계사로서 최림이 아니더라도 누구나 한 번쯤 가져봄직한 야망이 아닐 수 없었다.

최림은 담배 꽁초를 휴지통에 버리며 중얼거렸다.

'부처의 진신사리는 이 담배 꽁초만 할 것이다. 그러나 불도들에게 있어 그것의 가치는 금강석 덩어리보다 수미산의 백련 한 송이보다 더할 것이다.'

이번에는 누가 옆에 있기라도 한듯 최림은 소리내어 중얼거렸다.

'그러하나 나같은 무종교도에게는 한낱 이물질에 불과할 뿐이다. 아무리 부처의 몸 속에서 나왔다 하더라도 그것은 하찮은 담배 꽁초와 다름없는 쓰레기일 뿐인 것이다.'

그러나 최림은 그것의 가치를 두고 시비하고 싶은 마음은 추호도 없었다. 부처의 진신사리가 금강석보다 귀중한 것이든 담배 꽁초처럼 쓰레기부스러기 같은 것이든 불도들에게는 천불탑을 장엄하게 해줄, 부처가 불도들에게 남긴 깨달음을 상징하는 결정체이기 때문이었다.

최림의 판단으로는 어쨌든 부처의 진신사리가 천불탑에 봉안되어야 한다는 것이었다. 또 그기 위해서는 8년 전부터 행방불명이 된 법상을 찾아야 하고 그리하여 그로부터 부처의 진신사리를 넘겨받아야 하는 것이었다.

지금 적음을 만나려고 경주에 내려온 것도 다 그 이유 때문인 것이다. 법상의 유일한 상좌라는 적음이야말로 법상의 행선지를 알고 있을지 모르기 때문이었다. 더구나 적음 역시도 법상을 찾고 있지 않은가.

어느새 서너 시간이 흘러가버린 것일까. 하늘 한쪽이 진달래

꽃물이 든 것처럼 붉어지더니 분황사쪽에서 저녁예불이라고 하기에는 아직 이른 법고 소리가 둥둥둥 들려오고 있는 것이었다. 탑지에 어른거리던 아지랑이도 이제는 걷히어버리고 스러진 봄볕은 거짓말같이 냉기로 변해가고 있었다.

문득, 최림은 언젠가 지웅이 읊조리던 〈동경잡기(東京雜記)〉의 시문 중에서도 최홍빈(崔鴻賓)이 황룡사를 찾아와 아무것도 없는 빈 터를 보고 애상에 젖었다는 절창의 시 한 구절을 둥둥둥 울리는 법고소리에 다시 떠올려보았다.

옛나무는 삭풍에 울고
잔 물결은 저녁볕에 일렁이네
배회하며 옛일을 생각하니
저도 모르게 눈물이 옷깃을 스치네

古樹鳴朔吹
微波漾殘暉
徘徊想前事
不覺淚沾衣

최홍빈이 어떤 인품의 사람인지 어떤 종교를 가지고 있는 사람인지는 잘 모르겠지만 황룡사의 옛 영화를 떠올리며 안타까워하는 심정을 최림 역시 충분히 이해할 만도 하였다. 더구나 큰 나무까지 북풍의 찬바람에 울어예고, 잔물결마저 스러지는 석양을 받아 일렁이고 있는 것이다. 황룡사가 아니더라도 절과 실오라기 한올만큼의 인연이라도 있는 길손이라면 어찌 빈 터를 배회하지 않을 것이며, 어찌 자신도 모르게 떨어지는 눈물을 참아낼 수 있을 것인가.

그러나 최림은 감상에 젖어 배회하지도 않았을 뿐더러 눈물을 떨어뜨리지도 않았다. 다만 들려오는 법고소리가 발걸음을 재촉하는 것 같아 탑지를 서서히 벗어났을 뿐이었다.

적음이 수도를 하고 있는 암자 불이사는 황룡사에서 그다지 멀지않은 곳에 자리하고 있었다. 지프의 엔진이 열을 받기도 전에 암자의 일주문이 보이고 있었다. 단촐한 암자에 거대한 일주문이 있다는 것은 다소 불균형한 느낌을 주었다.

암자의 풍경은 온통 불균형한 것들뿐이었다. 야산에 들어찬 고목 주위에 형성된 난쟁이처럼 작은 산죽의 군락도 불균형한 느낌을 주었고, 요사채 하나 암자 하나가 넓은 계곡을 차지하고 있는 것도 균형감이 없었다.

요사채에는 저녁이 되었건만 연기가 피어오르지 않고 있었다. 그렇다고 사람의 자취를 느낄 수 없는 것은 아니었다. 도회지의 하숙집에서나 볼 수 있는 역기대 등 운동기구가 한쪽에 놓여 있어 고시를 준비하는 학생이 있지 않나 하는 추측이 들었다. 두 달 전에 법상을 찾아 M시에서 바로 달려왔을 때는 보이지 않던 운동기구였다. 그러니까 그 사이에 이 불이사는 한두 사람을 더 맞아들인 것이 분명하였다. 그때는 법당도 요사채도 텅 비고 약간 두려움도 들어 얼른 메모만 남겨놓고 서울로 되돌아 와버리고 말았던 것이다.

암자가 바로 법당이었다.

불이사(不二寺).

불이(不二), 말하자면 두 가지가 다르지 않다는 말이었다. 두 달 전, 적음을 만나러 왔다가 허탕을 치고 서울로 돌아오면서 최림은 지프 안에서 생각나는 대로 두 가지의 대립되는 개념을 심심풀이로 떠올려 본 적이 있었는데, 암자의 '不二寺'라는 현판을 보니 다시 그때가 선명히 기억되었다.

생(生)과 사(死). 선과 악. 천당과 지옥. 부처와 중생. 성스러움과 속됨. 진리와 거짓. 지혜와 어리석음. 출가자와 재가자. 남자와 여자. 육체와 정신. 밤과 낮… 그러고 보니 세상은 얼마든지 서로 반대편으로 나누어 편을 갈라볼 수 있는 것들로 가득 차 있는 것 같았다. 사람들은 두 극단 사이를 시계추처럼 끝없이 반복운동을 하면서 자신에게 주어진 생(生)을 살아가다가 마침내는 그 낡은 시계 같은 삶마저 반납하는 것인지도 모를 일이었다.

그런데 암자의 이름은 단언하여 말하듯 그렇지 않다는 것이었다. 두 가지가 다르지 않다는 것이었다. 마침 법당에서 낭랑한 독경소리가 흘러나오기 시작하였는데, 귀에 익은 〈반야심경〉으로서 역시 불이(不二)를 이야기하고 있는 느낌이 들었다.

미소사에서 귀에 익은 구절이었기 때문에 뜻은 모르지만 최림은 무슨 유행가 가사처럼 독경소리를 따라 할 수도 있었다.

색불이공 공불이색 색즉시공 공즉시색(色不異空 空不異色 色卽是空 空卽是色)… 불생불멸 불구부정 부증불감(不生不滅 不垢不淨 不增不減)… 아제 아제 바라아제 바라승아제 보리승아세 보리 사바하.

부처가 남긴 말이니 진리임이 분명할 것이다. 그렇다면 깊은 뜻은 알 수 없으나 색은 공과 다르지 아니하고, 공은 색과 다르지 아니하다, 나타남도 없고 사라짐도 없다, 더러움도 없고 깨끗함도 없다, 불어남도 없고 줄어듦도 없다는 등등 양 극단을 부정하는 말이 진리라는 것이다.

그러나 최림은 들려오고 있는 독경 구절이 삶을 부정하는 소리로 들렸다. 두 가지 중에서 시비를 가리고 선택을 하며 사는 것이 삶이 아닌가. 무엇이든 순간순간 시비를 가리고 선택을 하며 사는 게 삶이 아닌가. 무엇이든 좋고 싫음을 나타내며 친구와 남(他人)으로 편가르며 사는 게 삶이 아닌가.

그런데 부처는 그것을 포기하라고 주장하고 있는 것이다. 그렇게 하면 삶의 고통과 혼곤함으로부터 벗어날 수 있다는 말일까. 혹시 그것은 고통과 긴장의 팽팽한 삶을 포기해버리는 무기력을 의미하는 것은 아닐까.

최림은 마당에 곧 쓰러질 것처럼 서 있는 석등을 바라보았다. 어느새 불이사 주위는 어둠이 서서히 내려 쌓이고 석등에는 불이 들어와 있었다. 전깃줄은 드러나 보이지 않았지만 석등 내부에는 꼬마전구가 가설되어 있는 것이었다. 그때 저녁예불도 끝이 난듯 법당 문이 삐이걱 하는 소리가 들려왔다.

그제야 최림은 법당쪽으로 더 다가가 문을 나오는 승려에게 합장을 하였다. 삼십대 중반으로 보이는 그의 얼굴은 눈썹이 짙고 광대뼈가 튀어나와 강하고 날카로운 느낌을 주고 있었다.

그가 바로 최림이 찾는 적음이었다.

"적음 스님이십니까. 두 달 전에 찾아왔다가 메모만 남겨두고 간 사람입니다."

"법상 스님을 찾는다는 처사님입니까."

"그렇습니다."

"스님을 왜 찾고 있습니까."

"반드시 뵈야 할 이유가 있습니다. 그것도 올 초파일 전까지는 꼭 뵈야 합니다. 그렇지 않으면 큰일납니다."

적음은 눈썹을 꿈틀거리며 최림의 말을 듣고 있었다. 속인이 출가한 승려를 찾고 있다는 것은 좀 이상한 일일 수도 있었다. 그것도 두 번씩이나 찾아오다니 적음은 최림에게 강한 호기심을 느꼈다.

"그렇다면 스님의 행적을 알고는 있습니까."

"모릅니다. 확실한 것은 아무 것도 없습니다."

최림은 적음이 앞서 걸으며 안내한 요사채의 방으로 들어갔다.

"여기는 어떻게 오셨습니까."

"법상 스님의 속가 부인을 만나 알게 되었습니다. 그때 바로 M시에서 이리로 달려왔지만 스님을 뵙지 못했습니다. 빈방에서 하루를 기다릴까 하고도 망설였습니다만 기분이 이상하기도 해서 곧장 서울로 올라가버렸습니다."

"마치 잃어버린 무언가를 찾고 있는 사람 같습니다."

"제가 말입니까."

"그렇습니다. 처사님 얼굴에 그렇게 씌어 있습니다. 그게 무엇입니까."

최림이 대답을 못하고 있자 적음이 너털웃음을 터뜨렸다.

"하하하. 미안하오. 차 한잔 할 여유도 주지 않고 몰아쳤습니다. 오해는 마시오."

다기를 무릎 앞에 놓더니 강한 인상과는 달리 섬세한 동작으로 녹차를 우려내기 시작하는 적음이었다. 최림은 비로소 여유를 되찾을 수 있었다. 방 안의 물건들이 눈에 들어오고 있었는데 미소사의 주지 지웅의 방보다도 더 간소했다. 방바닥에 놓인 다기가 한 세트 있을 뿐 벽에는 아무 것도 없었다. 못 하나 박혀 있지 않았으며 못을 뺀 자리의 흔적도 보이지 않았다.

방의 분위기만으로도 적음의 성격이 다 드러난 느낌이었다. 송곳 하나 찌를 자리가 없을 만큼 완벽을 추구하는 결벽증의 승려가 틀림없었다. 불빛에 반사되어 더 튀어나오게 보이는 광대뼈와 송충이 같은 눈썹 아래의 한일자로 째어진 두 눈은 임전무퇴의 기질이 몸에 밴 무사를 연상하기에 충분했다.

"참 스님께 미처 제 소개를 못 했습니다. 저는 미소사 천불탑을 설계한 설계사 최림이라고 합니다."

"그렇습니까. 적음이라고 합니다. 처사님이 찾고 있는 법상 큰스님께서 지어주신 법명입니다."

적음은 자신의 법명에 만족하고 있었다. 굳이 그런 표현은 하지 않았지만 법명을 내린 은사를 들먹이는 것을 보아 알 수 있었다.

"자, 한잔 드시지요."

"네."

차를 받자마자 쭉 마셔버리자 적음이 실망한 표정을 지었다.

"차는 목으로만 마시는 게 아닙니다. 눈으로도 마시고 코로도 마시고 혀로도 마시고 그런 다음에야 입으로 마시게 됩니다."

원칙주의자.

어떤 원칙을 결코 벗어나지 않으려 하는 말하자면 꼭 법상을 닳은 승려인지도 몰랐다. 원칙을 위해서는 목숨까지도 버릴 각오가 되어 있는 철저한 계율주의자 같은 느낌이었다.

"스님의 법명이 참 근사합니다."

"고맙소. 그리고 보니 법상 큰스님께서 정진하여 적음의 경계에 이르라고 하신 말씀이 아직도 가슴에 절절합니다."

"적음이 무슨 뜻인지요."

"적음(寂音), 즉 번뇌라는 음(音)이 끊어져 적(寂)해버린 경계라고 말씀하셨습니다."

다시 한 잔을 더 따라주었을 때 최림은 그냥 마시지 않고 눈으로 먼저 마시는 시늉을 했다.

"스님, 법상 스님이 계시는 곳을 알고 있습니까."

"좋소."

적음은 곧 말해줄 것처럼 잘라 말하더니 조건을 하나 달았다.

"법상 스님은 나의 은사스님이오. 때문에 소승 또한 은사스님의 행방을 누구보다도 궁금해 하는 사람 중의 한 사람이오. 소승도 분명히 만날 이유가 하나 있소. 그래서 큰스님의 속가를 찾아갔던 것이오. 처사님이나 소승이나 뵙고 싶어하는 목적은 같소. 소승이 먼저 뵙고 싶어하는 이유를 말씀드린다면 처사님도 하나도 숨김없이 털어놓으시겠습니까."

최림은 코로 녹차의 향기를 맡으며 적음의 질문을 피했다.

"아직 스님께 말씀을 드릴 수는 없습니다. 감추고 싶은 마음은 추호도 없습니다. 그러나 그것은 제 의사라기보다는 한 스님과 약속한 약조를 지켜야 하기 때문입니다."

"난 알고 있소. 그가 누구라는 것을."

"뭐라구요."

적음은 마치 최림의 마음을 꿰뚫어보고 있다는 듯이 자신있게 말하고 있었다. 최림은 다소 자존심이 상했지만 그에게 압도되어 더 이상은 묻지 못했다.

"지웅 스님이오. 천불탑을 설계했다고 했을 때 나는 이미 짐작을 하고 있었소."

그러나 대답을 하지 못하는 이유는 분명하게 밝히는 것이 좋을 듯 싶어 최림은 망설이지 않고 말했다.

"그렇습니다. 미소사 주지스님과의 약조를 지켜야 하므로 지금 스님한테서 스님이 법상 스님을 왜 만나야 되는지를 듣지 못한다 하더라도 저는 말을 할 수가 없습니다."

그러자 적음이 처음에 내걸었던 조건을 치워버렸다. 그리고는 방바닥에 놓여 있던 염주를 끌어다가 굴리기 시작하였다.

"승려가 무엇을 감추고 무엇을 숨기겠습니까."

"고맙습니다."

최림은 적음이 오른손으로 굴리기 시작한 염주를 보았다. 염주를 굴리는 자세는 아주 어색하고 기이했다. 엄지와 중지만으로 굵은 염주알을 굴리고 있는 것이었다. 엄지와 검지를 이용하는 것이 보통인데 검지 대신에 중지가 사용되고 있는 것이었다. 좀 더 자세히 보니 적음에게는 오른손 검지가 없었다. 검지손가락의 두마디가 예리한 칼 같은 것에 잘려져 남은 마디가 혹처럼 짧고 뭉툭했다.

"좀전에도 말씀드렸지만 소승은 큰스님에게 받은 법명이 곧 수행의 목표였소. 말하자면 번뇌를 끊고 다시 시절인연을 기다려 해탈에 이르는 것이 출가 수행의 목적이 된 것이오. 큰스님께서도 그런 경지를 한입이나마 맛보기 전에는 나를 찾지 말라고 엄명을 내리셨지요. 그게 바로 저에게는 화두가 된 셈이지요. 물론 큰스님으로부터 법명을 받고 바로 헤어진 것은 아니었소. 큰스님으로부터 화두이자 법명을 받은 유일한 상좌가 되어 5년을 시봉을 했지요. 그리고 나서 적음의 경지에 도달하기 전까지는 다시 나를 만나지도 찾지도 말라는 엄명을 들은 것이지요."

최림은 그의 이야기를 듣는 동안 그의 어조에 빨려들었다. 단호하고 확신에 차 있는 어조에 강한 설득력 같은 것이 느껴지는 것이었다.

그렇다면 그는 적음의 경지에 한 발이나마 걸치게 되어 스승인 법상에게 인가를 받고자 그를 찾고 있는 것임이 틀림없었다.

그렇다면 적음 역시 녹녹치 않은 승려인 것이다.

"좋습니다. 처사님이 법상 스님을 왜 찾는지 그 동기는 더 이상 묻지는 않겠습니다. 그러나 이제부터는 법상 스님을 함께 찾아나서야 할 입장이 되었으므로 스님이 어디에 계시는지 추측되는 바가 있으면 아는 데까지는 말해야 할 의무가 있습니다."

"스님, 동감입니다."

"이로써 우리는 의기가 투합된 것이오."

적음은 여전히 잘린 검지를 내보이며 염주를 굴리고 있었다. 염주알은 일정한 속도로 한 알 한 알 엄지의 잡아당기는 힘으로 돌려지고 있었다. 어쩌면 그것은 석음의 심리를 나타내보이는 것인지도 몰랐다. 적음은 한 번도 마음을 흐트리지 않고 최림을 시종 압도하듯 대하고 있는 것이었다.

그렇다고 최림이 위축되어 할말을 못하거나 그에게 큰 부담을 느끼고 있는 것은 아니었다. 오히려 시원시원한 그의 태도가 마음에 들어 법상을 찾는 데 뭔가 도움이 될 것 같은 예감이 드는 것이었다.

자꾸 자신의 잘려진 손가락에 최림의 눈길이 미치자 적음이 숨기려 들지 않고 한마디했다.

"잘라버렸소."

"일부러 말입니까."

"부처님 앞에서 잘라버렸소."

"그런 의식이 있습니까."

"아니오. 그런 의식이 있다고 하더라도 누가 감히 자기 신체를 스스로 잘라내겠소."

적음은 묻지도 않았는데 자신의 수행담을 이야기하고 있었다.

"삭도로 손가락을 자르면서 부처님께 맹세하였지요. 8년 동안의 참선 정진 중에 망언을 하게 되면 입안의 혀를 잘라버릴 것이며, 수마(잠)를 이기지 못할 때에는 송곳으로 눈을 찔러버릴 것이며, 일주문을 벗어날 때면 다리를 스스로 부러뜨려 불구를 만들어버릴 것이며, 애욕이 마음을 괴롭힐 때는 미련없이 성기를 잘라버릴 것이라고 맹세를 하였던 것이오."

"이제 번뇌가 다 끊겼다는 말씀입니까."

"법상 스님을 찾아나선 것이 2년 전이오."

그러니까 법상과 약속한 경지를 수행으로 도달한 것이 2년 전이라는 대답이었다. 그러나 적음은 스승인 법상을 만나고 나면 또다른 화두 하나가 자신에게 내려 던져질 것이라고 믿어 의심치 아니하였다. 그것을 예감하듯 적음이 다시 한마디를 했다.

"허나 법상 스님의 경지까지 가려면 아직 멀었소."

"법상 스님의 경지란 어떤 것입니까."

"물론 말로 설명할 수는 없습니다. 법상 스님을 만나 보면 이해가 될 것입니다."

"그런데 스님을 어디서 찾을지 정말 막연하기만 합니다."

"2년 동안 스님이 갈 만한 암자는 다 돌아다녀 보았소. 국내에 계시지 않은 것 같소."

"저도 그런 기분입니다."

최림은 법상의 속가 동생인 의사로부터 들었던 이야기를 들려주었다. 그리고 그 엽서에 적혀 있던 '라즈기르'라는 지명의 이름도 들려주었다. 그러자 적음은 결론을 내리듯 단언을 해버렸다.

"어디까지나 제 추측입니다만 스님은 인도에 계십니다."

"라즈기르에 말입니까."

"그곳에 정착하고 계실 리는 없습니다. 성지 순례 길에 그곳을 들르셨겠지요. 스님은 아직도 성지를 순례하며 수행을 하고 계실지도 모릅니다. 부처님도 팔십여 평생을 길에서 보내셨습니다. 그래서 불교를 길을 찾는 종교라고 하지 않소. 아무튼 순례길에 스님을 보았다는 소문이 아주 드문드문 들려오고는 있습니다. 사실 몇 년 동안을 계속하는 큰스님의 순례가 진정한 순례지요. 여행사를 통해서 며칠 만에 순례한다는 것은 가짜입니다. 다시 말씀드리지만 부처님은 팔십 평생을 길 위에서 설법하시고, 길 위에서 선정에 드시는 등, 길 위에서 생로병사를 맞이하셨습니다."

"인도로 가도 스님을 만날 것이라고는 장담 못하겠군요."

"그렇지요."

그러나 최림은 M시 바닷가에서 스스로 한 약속을 떠올렸다. 법상이 있는 곳이라면 지구 끝이라도 쫓아가겠다고 다짐을 하지 않았던가. 천불탑에 부처의 진신사리를 꼭 봉안하여 자신의 걸작품이 세세생생 경배의 보물이 되게 하고 싶은 것이었다.

자신이 설계한 천불탑에 부처의 진신사리가 봉안되려면 무슨 일이 있더라도 법상을 찾아야 한다. 황룡사 9층탑과 비슷해져 가고 있는 천불탑, 그것만으로도 불교계는 서서히 흥분을 하고 있지 않은가. 그런데 거기에다 부처의 진신사리까지 봉안된다고 하니 전 불교 신도들은 크나큰 법열로 가슴이 터져버릴 지경인 것이다.

탑에 부처의 사리가 봉안되는 것과 그렇지 않은 것의 차이란 하늘과 땅의 차이가 나는 법. 하나의 건축물이 경배의 대상인 등신불처럼 신앙의 상징물이 되어버리기 때문이다. 그러므로 최림은 어떠한 난관에 봉착하더라도 법상을 찾아 부처의 진신사리를 건네받고 싶은 것이었다.

물론 최림은 불교 신도가 아니었다. 불교 신자가 아니기에 부처의 진신사리에 대한 불도들 같은 경외심도 없었다. 다만 자신이 설계한 천불탑에 부처의 사리가 봉안되어 자신이 설계한 천불탑을 오래오래 기억하고 찬탄할 것이므로 법상을 찾고 있을 뿐이었다.

"처사님도 인도로 갈 계획이오."

최림을 쳐다보는 적음의 눈빛은 어느새 많이 누그러져 있었다. 최림은 분명하게 자신의 뜻을 밝혔다.

"전 무슨 일이 있어도 갈 겁니다."

"좋소. 소승도 동행하겠소."

불이사를 내려와 뜻밖의 소득인 셈이었다. 한 번도 간 적이 없는 인도를 혼자 가는 것보다는 승려와 동행한다는 것은 여러 모로 보탬이 될 것만 같아 최림은 뜻이 있는 곳에 길이 있다는 말을 실감하였다.

더구나 적음은 단순히 성지 순례를 한다는 것이 아니라 법상을 만나야 할 이유가 분명한 것이었다. 법상이 내린 법명을 지키고자 손가락을 자른 그가 아닌가. 스승과의 약속이란 번뇌를 끊고 망상을 일으키지 않는 경지에 이르는 것. 속인이라면 도저히 불가능한 그런 데까지 도달하여 정복한 그인 것이다. 그러한 그이므로 금의환향이란 말이 있듯 아무리 승려의 신분이라고는 하지만 자신에게 첫 숙제를 내준 불가의 부모인데 진리의 비단옷을 두르고 어찌 만나고 싶지 않겠는가.

손가락을 미련없이 자르고 혀와 성기를 잘라버리겠다고 할 정도로 격렬하고 치열한 구도심을 가져온 적음이지만 스승 앞에서는 어쩔 수 없는 학생이고 아이인 것이다. 법상을 만나 자신의 경지를 인가받고 또다시 화두라는 숙제를 받고 싶은 것이었다.

그때 승용차의 클랙슨 소리가 빵빵 들려오고 있었다. 그러자 적음이 문을 활짝 열어젖히며 소리쳤다.

"누구요."

"스님. 접니다."

젊은 청년의 목소리였다. 계곡에 공명이 되어 목소리가 울려퍼지고 있었다. 청년의 목소리 사이사이에 깔깔거리는 여자의 목소리도 끼어 있었다.

계곡은 달빛이 폭포처럼 쏟아지고 있어 금빛이 한가득이었다. 검 같은 날카로운 산죽의 이파리들도 달빛의 반사광으로 번뜩거리고 있었다.

"서울에서 온 여자 하나와 고시 준비하는 학생이오."

"아무라도 스님이 허락만 하면 여기서 머무를 수 있습니까."

"오는 사람 막지 말고 가는 사람 잡지 말라고 했소. 허락이고 뭐고가 있겠소. 인연 따라 오고갈 뿐이지요."

문을 열어두고 달빛을 더 감상하고 싶은데 적음이 문을 닫아버렸다.

"서울에서 온 여자도 공부를 하는 여잡니까."

"모르오. 아직까지 뭐하는 여잔지 물어보지도 못했소."

"그렇군요."

무심하기로 친다면 승려들보다 더 무심한 사람들도 없을 것이었다. 물론 무관심과는 다른 의미지만 아무 데에도 정을 두지 않는 게 승려들의 습성이었다. 인정을 번뇌의 씨앗으로 보는 적음에게 있어서는 더욱 그러하였다.

"여기서 머물다가 떠나고 싶으면 떠나겠지."

적음은 지극히 무관심한 말투로 여자를 이야기하고 있었다. 무관심이 지나쳐 여자를 무시한다는 느낌이 들 정도로 깔아뭉개고 있었다. 여자가 불이사를 찾은 지 한 달이 넘건만 적음이 그녀에게 말을 건넨 것은 한두마디에 불과했을 뿐이었다.

"저 여자뿐 아니라 누구든 쉬었다가 갈 수 있는 곳이 절이오. 세상이 각박해졌느니 어쩌니 하지만 절 인심은 그래도 좋아 밥

한그릇 물 한그릇 얻어먹고 갈 만한 곳이라오."

여자가 불이사를 찾아온 것은 한 달 전이었다. 찾아왔다기보다는 불이사 일주문까지 걸어왔다가는 쓰러져 있었다. 나중에 안 일지만 경주고속터미널에서부터 목적지도 없이 걷다가 그만 정신을 잃었다는 것이었다. 여행객이라기보다는 가출한 여자로서 그녀는 몸과 마음이 극도로 피폐해 있는 상태였었다.

나이는 스물 너댓 살로 보였다.

적음은 가끔 보아온 일로 일단 여자를 요사채의 방에 뉘이고 응급치료를 해주었다. 마침 고시 공부를 하겠다고 들어온 젊은 청년이 있어서 두 사람이 여자의 신발을 벗기고 옷을 벗기어 방으로 옮길 수 있었던 것이었다.

의사가 왔다가 간 다음에야 여자가 눈을 뜨고 있었다. 그런데 의사는 여자를 조심하라고 주의를 주며 방을 나가고 있었다. 여자의 팔에는 주사바늘 자국이 쿡쿡 찔려 있었다.

"마약 하는 여잡니다."

젊은 청년이 못볼 것을 본 것처럼 놀라자 적음이 대수롭지 않다는 얼굴로 말했다.

"여기는 부처님 땅이오. 누구든 쉬었다 갈 수 있는 곳이오. 올해 들어 처음이지만 이곳에서 지내다 보면 자주 겪게 될 것이오."

적음 역시 처음부터 여자를 절에 받아들인 것은 아니었다. 고시 청년처럼 계율에 따라 못본 체를 하였었다. 애욕이 일어나면 성기를 절단해버리겠다는 각오로 정진해온 그였으므로 마음 한 구석에 두려움조차 일었기 때문이었다.

그러나 그러한 두려움은 적음에게 있어서는 기우에 불과하였다. 어떤 여자도 적음에게는 번뇌 망상을 일으키는 존재가 못 되었다. 그만큼 적음은 장검과 철갑으로 무장한 장수처럼 굳센 수행력을 가지고 있었다.

작년에도 여름에 한 여자가 출가를 하겠다고 불이사를 찾아온 적이 있었는데 그녀는 암자에 머무른 지 일주일 만에 자신의 본색을 드러내는 것이었다.

처음에는 적음에게 바치는 상에 고기 반찬을 올리고는 적음의 반응을 살피는 것이었다. 고기 굽는 고약한 냄새부터 속이 뒤틀려 있던 적음은 상을 밀치고 말았다. 눈 앞에 고기를 보자 구역질이 치밀었기 때문이었다. 출가 이후 처음 맡는 고기 냄새로서 역한 누린내는 입맛을 싹 가시게 하고 말았었다.

"고기를 먹는 게 승려에게는 살생이오. 그래서 육식을 하지 않는 것이오."

"제가 살던 곳에서는 스님들이 거리낌없이 먹었어요. 무애행을 하는 도사님들같이."

"세상 어디에나 옥석은 있는 법이오. 뭐 눈에는 뭐만 보인다더니 가사 입은 도둑들만 보고 왔구만."

적음이 흥분하여 소리치자 서울 인사동에서 왔다는 여자는 고개를 들지 못했다. 그러나 적음은 그녀를 일주문 밖으로 내쫓지는 않았다. 저잣거리에서 몸에 묻힌 습(習)이 남아 있어 그러겠거니 하였던 것이다. 더욱이 그녀는 그러한 습을 버리고 출가를 하겠으니 받아달라고 간청을 한 여자가 아닌가. 마침 암자에 요사채 공양을 맡아야 될 여자가 필요하기도 하여 적음은 꾹 참아버렸던 것이었다.

두번째로 적음을 실망시킨 것은 술상 때문이었다. 적음이 삼일 낮밤을 철야로 참선 정진을 한 적이 있는데 바로 정진을 마치는 날에 그녀가 술상을 올린 것이었다.

"스님, 수고하셨습니다. 마을에 내려가 밀주를 구해왔습니다. 제가 좀 마셔보니 보약 같았습니다. 스님."

불음주의 계율을 알 리가 없는 여자라고는 하지만 적음은 절망을 하였다. 여자가 출가를 하여 머리를 깎는다는 것이 불가능하게만 여겨졌다. 그래서 적음은 그녀를 불러놓고 정중하게 충고를 하였었다.

"출가는 언제든지 할 수 있소. 그러니 다시 생각해 보고 결심해도 늦지 않으니 돌아가시오."

그러자 여자가 소리를 내며 흐느끼는 것이었다. 그러다가는 정색을 하고 말했다.

"차라리."

여자는 비장한 목소리로 적음을 위협했다.

"죽어버리겠어요. 스님."

별 수 없이 적음은 그녀가 더 머물도록 허락할 수밖에 없었다. 죽어버리겠다고 매달리는 여자를 못 본 체는 할 수 없기 때문이었다.

여자가 적음을 난처하게 하는 것은 그것뿐만 아니었다. 여자는 성욕을 견디지 못하고 이상한 행동을 보이기도 했었다. 한 달 중에 며칠은 본능을 참지 못하여 눈에 광기를 내보이는 것이었다. 그것도 습이라면 습이었다.

대낮인데도 빨랫줄에 팬티를 널어둔다거나 부엌에서 불을 지퍼놓고 목욕을 하는 것이었다. 아무도 없는 암자였으므로 적음을 자극하기에 충분한 발정이었다.

여자는 그래도 적음이 무반응을 보이자 더 적극적으로 발정을 했다. 하기는 그 정도의 발정으로 적음을 유혹할 수는 없었다. 애욕으로 망상을 일으키게 된다면 자신의 성기를 잘라버리겠다고 수행을 해온 적음이었던 것이다. 적음은 조금도 의심 없이 혼자서 정진해 온 수행의 경지를 믿고 있었다. 이제 자신의 몸과 마음에서 성욕의 본능을 깨끗이 소멸시켜버렸다고.

그러나 여자도 그냥 물러서지는 않았다. 지금까지 자신이 유혹하여 넘어지지 않은 남자는 단 한 명도 없었던 것이다. 여자는 저녁예불 시간을 이용하여 적음과 몸을 섞고자 하였다. 그래서 그녀는 예불을 올리려 들어오는 적음보다 먼저 목욕을 하고 난 뒤 법당으로 가 있었다.

적음은 놀랐다.

목탁을 떨어뜨릴 정도로 놀랐다. 머리가 돌고 두 눈이 뒤짚히려 하고 있었다. 그녀가 법당 마룻바닥에 실오라기 하나 걸치지 않은 알몸으로 드러누워 있는 것이었다. 더구나 그녀는 부처와 보살이 그려진 탱화를 벽에서 떼어내어 담요처럼 바닥에 깔고 누워 있었다.

법당 안의 부처와 보살들을 모독하고 승려인 자신을 무시하는 해괴한 사건이었다. 적음은 당장 그녀를 법당 안에서 몰아냈다. 그리고 나서 그녀의 머리채를 잡아끌어 일주문 밖으로 내동댕이쳐 버렸던 것이었다.

"여기에 와서 출가를 하는 여성은 얼마나 됩니까."

"일 년에 한두 명에 불과하오. 출가가 어디 쉬운 일이오. 예전에는 사는 게 힘들어서, 혹은 실연을 하고서 도피처 삼아 출가를 더러 했던 모양인데 지금은 사정이 다르오."

최림은 적음의 수행이 새삼 놀랍게 보였다. 그 누구도 적음의 마음을 흔들 수는 없을 듯이 보였다. 번뇌와 망상을 끊는다는 것이 불가능한 일은 아닌 모양이었다. 비구 수행자란 출가하여 적음같이 치열한 정진과 고행을 하고 난 승려를 두고 하는 말일 것이었다.

계곡에는 여전히 금가루 같은 달빛이 쏟아져 내리고 있었다. 석등의 불빛이 초라하게 보일 정도로 소나기가 내리듯 한꺼번에 퍼부어지고 있었다. 마당을 가로지르는 다람쥐가 대낮처럼 또렷하게 보이고 진달래 꽃이 요사채 위 기슭에서 무더기로 피어나고 있었다.

"이제 겨우 한 계단을 올라섰을 뿐이오."

"저도 비로소 이해가 됩니다. 스님이 왜 법상 스님을 만나려 하는지를 이제 납득이 갑니다."

"법상 큰스님과 약속한 대로 번뇌 망상을 굴복시켰으니 다시 큰스님으로부터 화두를 받고 수행자로서의 서원을 세워 재출가를 하려는 것이오."

"그 서원은 무엇입니까."

"해탈이오."

그리고 보니 적음은 무사(武士) 같았다. 수행이란 칼과 화살로 번뇌의 마군을 굴복시키고 망상의 마군을 항복시켜버린 무사였다. 그의 짙은 눈썹과 일자로 그어진 두 눈과 뼈가 튀어나올 듯한 광대뼈를 보고, 또 검지 손가락이 잘린 그의 주먹을 보고서 도망치지 않을 마군은 없을 것이었다.

적음은 다시 녹차를 끓였다.

이번에는 손님을 접대하기보다는 도반을 대접한 것 같은 느낌을 주었다. 시종 말이 없었다. 다기를 씻고 만지며 온도를 조절하기 위해 끓는 물을 붓고 옮기는 동작이 범상치가 않았다.

검지가 잘려 보기에는 흉했지만 다도(茶道)를 펼쳐보이는 데는 조금도 지장이 없었다.

끓여진 물에 투차(投茶)를 하고 난 다음 적음은 숨을 고르듯 조용히 눈을 감고 있었다. 그러더니 잠시 후에는 탕관에서 물을 푸기 전, 참선에 들기 위해 입정(入定)의 죽비를 치듯 차도구로 탁탁탁 삼세 번을 치는 것이었다. 그런 다음에야 찻잔을 최림에게 내밀었고 내민 손을 거두어 갈 때는 둥그렇게 원상(圓相)을 그리고 있었다.

찻잔을 입에 대고 마시는 양은 몇 방울이 될까 말까 하였다. 마신다기보다는 향기를 맡는 것 같았고 차의 기운으로 무엇인가에 점화하는 느낌이었다. 비록 방 안에 앉아 있었지만 방문을 열어젖혀 두고 있었으므로 계곡에 나앉아 있는 기분이 들었다. 적음이 읊조리는 황산곡(黃山谷)의 시 한 구절이 더욱 그런 분위기를 자아내고 있었다.

고요히 차를 마시는데
반쯤 마셔도 향기는 처음 그대로이고
슬슬 거니니 물이 흐르고 꽃이 벙근다.

靜坐處茶半香初
妙用時水流花開

따로 설명이 필요 없을 정도로 지금의 정경을 노래하고 있는
시였다. 적음과 최림이 아무 말없이 고요히 차를 마시고 있는 것
도 그렇고, 차향기가 방 안에 가득한 것도 역시 그렇고, 계곡에
물 흐르는 소리가 나직이 들려오는 것도 그렇고 진달래가 달빛
을 받으며 벙글고 있는 정경도 황산곡의 선시와 너무도 같은 것
이었다.

달이 떠올라 방에서 정면으로 보일 무렵에야 문을 닫았다. 최
림은 요사채 골방으로 안내되었고 적음은 볼일이 있는 듯 정랑
쪽으로 가버렸다.

요사채는 도회지의 여인숙처럼 여러 개의 작은 방으로 나뉘어
져 고시를 공부하는 청년이 한 칸, 젊은 여자가 한 칸, 그리고 적
음이 주지실로 한 칸을 차지하고 있는데도 빈방이 두 칸이나 남
아 있는 것이었다.

최림은 드러누워 담배를 물었다.

고속도로를 달려와 쉬지 않고 황룡사지를 거쳐 불이사에 왔기
때문에 피곤함이 몰려왔지만 곧 눈이 감겨지지는 않을 것 같았
다. 술이 생각났지만 그것은 지프에 있었다.

방음이 안 되는 벽 저쪽에서 수군거리는 소리도 신경을 날카롭
게 하였다. 고시 공부하는 청년과 여자가 때로는 깔깔거리기도
하고 뭔가를 우기고도 있었다. 그런가 하면 일정한 간격으로 탁
탁 치는 소리가 들려오는 것이었다. 트럼프나 화투를 치고 있음

이 분명했다.

적음이 알게 되면 가만두지 않을 것이다. 다행히 적음의 방은
불이 꺼져 있다. 정랑에서 볼일을 보고 온 적음은 깊은 잠에 빠
진 듯하다. 두어 번 헛기침 소리가 들리더니 거짓말처럼 기척이
사라져버린 것이다.

석등의 불도 어느새 꺼져 있다. 눈을 뜨고 있는 사람은 두 사
람과 이방인인 최림 자신뿐.

이방인. 영낙없이 자신은 외딴 섬 같은 객(客)인 것이다. 그러
고 보니 이십 년 만인 것 같다. 바리톤의 음악선생에게 배웠던
그 노래의 그윽하고 비장한 분위기가 이제야 가슴에 와닿는다.
최림은 약간은 감상에 젖어 잘 기억나지 않는 가사를 어렵사리
떠올려 중얼거리기 시작하였다.

성불사 깊은 밤에 그윽한 풍경소리
주승은 잠이 들고 객이 홀로 듣는구나
저 손아 마저 잠들어 혼자 울게 하여라.

불이사의 밤은 깊어가고 있으며 풍경소리는 바람이 쉬어갈 때
마다 뎅그랑뎅그랑거리고 있음이다. 또한 적음은 주승(主僧)이
고 최림은 객인 것이며, 지금 깔깔거리는 저 두 남녀는 길손이
아닐 것인가.

최림은 꽁초가 된 담배를 눌러 끄고 다시 한 대를 더 피워 물었
다. 그리고는 방문희는 지금 어디 있을까, 하고 중얼거렸다. 그러
자 언젠가 경주에 가고 싶다고 한 말이 생생하게 기억되었다.

'당신과 여행을 했던 경주로 도망치고 싶어요. 온천으로 가서 목욕도 하고 싶고, 천마총도 보고 싶고, 불국사도 보고 싶고, 석굴암도 보고 싶고, 분황사도 보고 싶고, 안압지도 보고 싶고, 첨성대로 가서 별도 보고 싶어요. 그리고 남산으로 들어가 풀숲에 눕고 싶어요.'

그녀는 왜 경주로 도망치고 싶다고 했을까.

천년 고도인 경주, 서라벌이라고 불린 이 도시에 있는 것은 과거의 유물과 유적뿐이다. 그런데도 방문희는 자신의 상처를 위로해 줄 무엇이 있다고 여기는 모양이다. 그러나 경주에는 상처받은 여자들을 위로해 줄 공공시설은 단 한 군데도 없는 것이다. 입장료를 내면 누구나 들어갈 수 있는 관광시설들이 공무원들에 의해 잘 관리되고 있을 뿐.

그리고 보니 지금 옆방에서 깔깔거리는 여자도 서울에서 온 여자이다. 저 여자가 무엇을 하였던 여자인지 알려진 것은 없다. 분명한 것은 경주터미널에서부터 걷고 걷다가 불이사 일주문 앞에서 쓰러져 있었다는 사실뿐이다.

적음은 저 여자에 대해서 알려고 하지 않는다. 지금까지 두어 번밖에 말을 하지 않았을 뿐이다. 그런데도 여자는 마음의 상처가 치유된 듯 가뭄에 비를 만난 화초처럼 싱싱하게 웃고 있는 것이다. 적음에게 부탁을 하여 방문희도 이곳에서 머물도록 권유해 볼까.

최림은 방문을 열었다. 그러자 담배 연기가 빠져나가며 환기가 되었다. 최림은 여전히 달빛을 뿌리고 있는 부처의 얼굴 같은 둥 그런 만월을 올려다보았다.

그러자 만월 아래서 자신의 빨래를 해주었던 승 행자도 떠올랐다. 승 행자의 소식은 지웅 스님한테서 들은 것이 마지막이었다.

수계식 도중에 미소사를 떠난 그녀는 아직도 일자리를 못 구해 속가에서 살고 있다는 것이었다. 그러나 아기를 가진 몸이기 때문에 남의 눈도 있고 해서 속가를 떠날 것 같다고 전해주었다.

지금쯤 아기를 가진 배가 반달같이 상당히 불러 있을 것이다. 그러나 아기를 낳아 어찌하겠다는 것인지 최림은 도무지 이해를 할 수가 없었다. 그녀의 고집스런 태도가 무모하게만 느껴졌다.

태어날 아기에게는 미안하지만 김씨와의 악연으로 가지게 된 악의 씨가 아닌가. 그런데도 아기를 낳아 부처로 키우겠다고 박 행자 앞에서 다짐을 했다니 답답하기만 하였다. 간호사 출신인 박 행자에게 낙태를 하여 승 행자 자신의 소망이기도 한 비구니가 되어 있어야 하는 것인데 스스로 자신의 꿈을 포기해버린 결과가 아닌가. 그것도 계첩만 받으면 비구니의 길을 걷게 되는 것인데 수계식 마지막 날에.

일정한 거처가 없다고 하니 적음에게 부탁을 하여 승 행자도 아기와 함께 이 불이사에서 살게 해볼까. 혹독한 행자생활을 거쳤기에 절의 법도도 알고, 비구니가 되는 게 그녀의 유일한 꿈이었으므로 공양주보살 노릇을 하게 되면 적음에게도 도움이 될 것이고, 그녀 자신에게도 어느 정도 보상이 될 것이므로.

그러나 최림은 고개를 저었다. 단호하게 고개를 저었다. 법상을 찾기 전까지는 아무 것에도 관심을 갖고 싶지 않았다. 원래가 한 가지에 몰두하면 두 가지 일을 못하는 자신의 까탈스러운 성격을 잘 알고 있기 때문이었다.

자신이 매달려 해결해야 할 것은 법상을 추적하여 그를 만나는 일이었다. 법상을 만나지 않고는 알맹이가 빠진 천불탑이 되어 버리고 말기 때문이었다. 천불탑이 등신불처럼 되려면 반드시 무슨 일이 있더라도 법상을 찾아야 하는 것이었다.

　그러므로 자신은 추적자이고 법상은 도망자인 셈이었다. 적음에게는 법명을 내린 부모와 같은 큰스님이지만 최림의 입장에서는 부처의 진신사리를 가지고 사라져버린 도망자인 것이었다. 불교계에서는 법상이 최고의 선승으로 흠모를 받고 있지만 미소사 주지이자 속가의 친구였던 지웅에게는 8년 동안이나 약속을 어긴 사기꾼에 불과한 것이었다.

　법상을 좇은 지 두서너 달.

　성과가 전혀 없었던 것은 아니었다. 최림은 추적자의 입장에서 그가 어디에 있는지를 대충 추리해 볼 수는 있었다. 그러므로 그만큼 시간을 허비하지는 않아도 되는 게 그동안의 성과라면 성과였다.

　첫째, 그는 인도에 있는 게 분명했다.

　둘째, 그는 아직도 불교성지를 순례하고 있는 게 확실했다.

　이 두 가지 정보를 얻은 것만도 큰 수확이었으며 더구나 승려인 적음과 동행을 한다는 것은 대단한 원군을 얻은 셈이 되었다.

　그런데도 최림은 의혹 하나를 떨쳐버릴 수 없었다. 적음이 자신의 구도를 스승 법상에게 확인하고, 다시 그 경지에서 진일보하기 위한 그 이유 하나만으로 인도를 떠난다는 게 이상하시 않은가. 과연 그러한가. 온전히 믿을 수 있는 이유가 되는가. 그에게 또하나의 숨겨진 이유는 없을 것인가. 그러나 최림이 부처의 진신사리를 구하러 간다는 말을 하지 않고 있듯, 적음 또한 인도를 가서 법상을 꼭 만나야 될 비밀은 없는 것일까.

최림은 갑자기 강한 의심을 했다. 적음이 무엇을 숨기고 있는지도 모른다는 한가닥 의혹 때문이었다.

적음은 승려가 무얼 숨길 것이 있느냐고 큰소리를 쳤었다. 그러나 승려도 사람인 이상 선의의 비밀이 있을 수 있지 않겠는가. 밝혀지는 것 자체가 스승에게 허물이 된다면 입밖에 내지 못하는 비밀이 될 수밖에 없을 것이다. 무언가 비밀이 없다면 2년 동안이나 화급하게 국내의 암자를 이잡듯이 돌아다닐 이유가 어디 있었겠는가. 무언가 숨기고 있는 게 없다면 법상의 속가를 다녀갈 이유가 없지 않은가. 선승의 가풍은 부처도 죽이고 스승도 죽이고 부모도 죽이고 친척도 죽이고 도반도 죽이라는 것이다. 부처도 스승도 부모도 친척도 도반의 존재도 깨달음을 위한 자기 앞에서는 가차없이 인정하지 않는 게 선가의 법도인 것이다. 말하자면 누구나 다 극복하여야 할 대상이지 맹종하는 주종의 관계가 아닌 것이다.

그런데도 적음이 법상을 찾고 있는 것은 무슨 사연이 있을 것 같다. 운수승이자 스승인 법상을 흠모하여 그 이유 하나만으로 찾는 것 같지는 않은 것이다. 구도를 인가받으려고 하는 이유와 또다른 이유. 하나는 구도 같은 것으로 공적이어서 공개되거나 널리 알려져도 괜찮지만 또 하나는 스승과 제자간의 일로 사적이어서 비밀이 되어야 하는 은밀한 것인지도 모른다.

최림은 더욱더 적음에게 있을 법한 그 비밀이 알고 싶어졌다.

물론 적음이 사적인 것까지 쉽게 말해주지는 않을 것이다. 그러나 인도의 여기저기를 동행하다 보면 그 자신이 먼저 참지 못하고 언젠가는 발설을 하고 말 것이다. 어쩌면 적음이 감추고 있을지도 모르는 그 비밀 속에 최림이 찾고 있는 부처의 진신사리가 얽혀 있을지도 모른다. 최림은 중얼거리며 말했다.

'적음이 감추고 있는 또 하나의 비밀. 그것은 무엇일까.'

최림은 이를 악물고 다시 중얼거렸다.

'부처의 진신사리를 찾기 위해서는 적음이 감추고 있는 또 하나의 비밀까지 밝혀내고야 말 것이다.'

어느새 옆방도 불이 꺼졌는지 인기척이 뚝 끊어지고 들려오는 소리라고는 자연의 소리뿐이었다. 계곡의 물소리와 풍경소리 그리고 밤이 깊어지면서 피를 토하듯 소쩍소쩍 울어대는 소쩍새의 비통한 울음소리가 들려오고 있을 뿐이었다.

소쩍소쩍.

깊은 산에서 불이사 부근까지 내려온 소쩍새가 틀림없었다. 이곳의 소쩍새는 초저녁이 지나야만 암자의 계곡까지 내려와 밤을 지새우고는 날이 새기 시작하면 깊은 곳으로 몸을 숨기는 습성이 있었다. 그래서 초저녁이면 계곡이 잠잠하다가도 밤이 깊어지면 소쩍새 무리가 피를 토하듯 처절하게 울어대므로 계곡은 자못 비통한 분위기로 빠져들었다.

소쩍새는 실연을 한 남녀같이 우수에 젖은 눈매의 새를 연상케 하지만 실제로 보게 되면 당혹감을 주는 새이기도 하였다. 그래서 소쩍새는 날이 밝아지기 시작하면 몸을 숨겨버리고 마는 것일까. 내쏘는 안광은 다분히 공격적이고 실연의 아픔을 견디는 한의 눈이라기보다는 무엇을 잡아 씹어먹고 말겠다는 저주의 눈

빚인 것이다.

최림은 어머니의 임종 때에도 소쩍새의 울음소리를 들은 적이 있는데, 그때의 느낌도 이미 입을 다물어버린 어머니의 혼이 그녀의 메시지를 갑자기 나타난 소쩍새를 통해서 자신에게 전언(傳言)을 하는 듯한 한의 소리로 들었던 것이다.

그래서 최림은 어느 날인가 백과사전을 들추어 보았는데 그만 소쩍새의 모습을 보고 심한 이질감을 느꼈었던 것이다. 소쩍소쩍. 소쩍새의 울음소리가 좀더 가까운 곳에서 들려오고 있었다. 최림은 갑자기 요의를 느꼈다. 그러고 보니 절의 분위기도 익숙치 않아 요통이 느껴질 정도로 좀전부터 억지로 참고 있었던 게 생각났다.

보는 사람은 아무도 없다. 정랑까지 가기에는 왠지 꺼림칙하다. 최림은 주위를 두리번거려 으슥한 곳을 찾아보았다. 그러나 달빛이 워낙 밝아 암자 주위는 자신을 은폐하기가 곤란했다.

할 수 없이 최림은 숲을 조금 들어가 소변을 보았다. 그사이 기온이 내려갔는지 남근을 터는 순간 온몸이 한기에 든 것처럼 움찔거렸다.

그런데 바로 그때였다.

방문이 삐걱 열려지는 소리가 나더니 고시 준비를 하는 청년하고 여자가 보였다. 최림은 몸을 잡목 숲에 감추고 그들을 지켜보았다. 여자가 자꾸 물러서려 하자 청년이 억지로 끌어당기고 있었다. 여자의 웃옷은 어느새 반쯤 찢어지고 벗겨져 한쪽 어깨와 젖무덤이 보이고 있었다.

여자가 욕설을 내뱉고 있었다.

"어, 이 새끼가."

그러자 청년이 애원했다.

"나하고 결혼해줘요."

"내일 얘기해요."

그래도 청년이 애원을 하자, 여자가 큰소리를 쳤다.

"뭐, 이런 새끼가 있어."

그제야 청년이 비명을 지르며 여자를 놓고 그 자리에 주저앉고 있었다. 여자가 청년의 급소를 엉겁결에 팔뚝으로 찌른 모양으로 청년은 그대로 앉아 비실거리고 있는 것이었다.

여자가 자기 방으로 들어가버리자 주위는 다시 심연 같은 침묵 속으로 빠져들고 있었다. 아무 일도 없었던 듯 밤이 깊어가고 있을 뿐이었다. 조금 전같이 풍경소리가 뎅그렁거리고 소쩍새가 소쩍소쩍 울어예고 있을 뿐 좀전의 격랑은 감쪽같이 소멸되어버리고 만 것이었다.

최림은 다가가 청년을 일으켜 세워주었다. 청년은 겁에 질려 최림을 적음으로 착각하고 있었다.

"스님, 죄송합니다."

"이봐요. 난 적음 스님이 아니오."

"그, 그렇군요."

"어서 방으로 들어가시오."

"씨팔. 지독한 년이에요"

"보지 않았던 걸로 할 테니 어서 들어가시오."

그러나 청년은 짐을 싸고 있는지 덜그럭거리는 소리를 보내오고 있었다. 최림은 그쪽 벽에 등을 대고 누웠다. 그러나 좀전에 보았던 잔상이 지워지지는 않았다. 지금의 사건 역시 주승은 잠이 들고 객이 홀로 보고 듣고 있는 셈이었다.

아닌게 아니라 다음 날 아침에 그는 방을 비우고 없었다. 여자는 적음의 눈치를 살피느라고 몹시 행동을 조심하고 있었지만 적음은 조금도 내색을 하지 않고 있었다.

갑자기 한 사람이 비어버린 밥상을 앞에 두고 마주앉아서 고작 적음이 한 말은 이러했다.

"오늘은 우물을 좀 칩시다."

우물에 고인 물을 퍼내고 바닥에 낀 이끼도 걷어내고 우물 주위에 쌓인 낙엽을 청소하자는 얘기를 한마디로 끊고는 더 이상 말을 않는 것이었다. 짧게 끊어 한 그의 말 속에는 고인 물을 흘려 보내자는 뜻도 담겨 있는 게 분명했다.

하기는 떠나지 않고 흘러가지 않는 게 어디 있을 것인가. 적음은 무상(無常), 즉 변하지 않는 것은 하나도 없다고 믿고 있는 얼굴이었다.

이제 고시 공부를 하던 청년도 떠나고, 적음을 만나러 찾아온 최림도 떠나게 되면 불이사 암자에는 적음과 여자 단 두 사람만 남게 될 것이다. 그러나 곧 적음마저 인도로 떠나게 될 것이며, 불이사에 혼자 남는 것이 두렵고 무서워서 여자도 떠날지 모른다.

따지고 보면 사람들만 흘러가는 게 아니라 우물물도 고여 있는 것처럼 보이나 실은 흘러가고 있는 것이다. 불이사를 끝없이 떠나 흘러가고 있음이다. 끝없이 솟아나 주승과 객들의 목을 축이고는 미련없이 흘러가고 마는 것이다. 적음의 냉담에 가까운 태도가 옳은지 모른다. 가는 사람 잡지 말고 오는 사람 막지 말라는 그의 냉혹한 태도가.

  우물물은 끝없이 흘러가기 때문에 고여 썩지 않고 날마다 새로운 우물물로 다시 태어나는 것이 아닌가. 〈하권에 계속〉

산에 부처가 있다 / 상권

초판인쇄 · 1997년 8월 20일
1쇄 발행 · 1997년 8월 31일

지은이 · 정찬주
펴낸이 · 최정헌
펴낸곳 · 좋은날
주소　· 서울시 서대문구 충정로 3가 8-5호 동아 아트 1층
전화번호 · 392-2588~9
팩시밀리 · 313-0104

등록일자 · 1995년 12월 9일
등록번호 · 제 13-444호

값 7,000원
ISBN 89-86894-08-4　04810
ISBN 89-86894-07-6　04810 (세트 2권)
*잘못된 책은 바꿔 드립니다.